LE LOTUS D'OR
ET
LES TROIS PYRAMIDES
DU PHARAON SNÉFROU

Christian Jacq

LE LOTUS D'OR
ET
LES TROIS PYRAMIDES
DU PHARAON SNÉFROU

roman

XO
EDITIONS

www.xoeditions.com

ISBN : 978-2-37448-319-1

« Les scribes pleins de sagesse,
leurs noms durent éternellement.
Les enseignements sont leurs pyramides.
Alors même qu'ils ont disparu,
leur puissance magique atteint
tous ceux qui lisent leurs écrits. »

Papyrus du Nouvel Empire

— 1 —

Le jeune Snéfrou n'aurait pas dû, en pleine nuit, sortir de la haute école des scribes sans autorisation. Si son professeur, un enseignant rugueux, s'en apercevait, l'étudiant le paierait cher. Dans cet établissement de Memphis, la capitale de l'Égypte, on ne plaisantait pas avec la discipline.

Snéfrou n'avait prévenu ni sa mère, veuve fort soucieuse de son éducation, ni son ami d'enfance et camarade de promotion, qui dormait paisiblement dans sa chambre du bâtiment réservé aux futures élites de l'État.

Snéfrou n'avait pas le choix. Selon le texte qu'il avait déchiffré, la déesse du sycomore sacré n'apparaissait qu'une fois l'an, la nuit de la première pleine lune du printemps. Comment ne pas éprouver le désir ardent de la contempler, dans le silence et la solitude ?

Vêtu d'une tunique de lin grossier et chaussé de sandales de marche, il avait, à vive allure, traversé un faubourg et longé plusieurs villas avant de s'engager dans une palmeraie, qui jouxtait un jardin où trônait l'arbre de la déesse.

Tout en reprenant son souffle, Snéfrou l'observa. Un vent frais et léger animait son feuillage. Mais aucun signe n'annonçait la présence d'une puissance surnaturelle.

Ainsi, le texte magique n'était que de la poésie vouée à faire vibrer l'imagination. Tant de risques inutiles ! Déçu, le jeune homme choisit la voie de la patience. Il récita les formules destinées à la déesse-ciel, au corps immense, constellé d'étoiles innombrables.

Hélas, l'arbre, si imposant fût-il, n'était qu'un arbre.

L'étudiant aurait dû regagner au plus vite l'école des scribes, mais il savait persévérer. En cette nuit si particulière, il décida d'attendre encore un moment, en fixant tantôt les branches hautes, tantôt le tronc.

Soudain, un rayon de lune, où résidait le dieu des actions tranchantes, enveloppa le sycomore. Et la métamorphose se produisit. Sous le regard ébahi de Snéfrou, une figure féminine, d'une incroyable beauté, se dessina peu à peu. La déesse du Bel Occident, élancée, aux traits d'une finesse irréelle, vêtue d'une longue robe rouge et parée de bijoux d'or, lui souriait. La suavité de sa voix l'enchanta.

— Te voici à la frontière entre l'invisible et le visible, déclara-t-elle avec douceur. Désires-tu quitter le monde des humains ?

Pris de court, le scribe balbutia.

— Non, j'aimerais vivre pour apprendre et…

— Pourquoi voulais-tu me voir ?

— Acceptez-vous d'éclairer mon destin ?

— Quel nom t'a donné ta mère ?

— Snéfrou.

— Que signifie-t-il ?

— « Le frère de la perfection ».

— Souhaites-tu connaître son sens secret ?

— Oui, je…

— Prends garde, car c'est lui qui dictera ton destin, auquel tu ne pourras échapper, sous peine d'être anéanti.

Incapable de se contenter d'une existence ordinaire en demeurant ignorant, Snéfrou n'hésita pas.

— Je souhaite le connaître.

— Ta décision est ferme ?

— Elle l'est.

— Snéfrou, « Celui qui accomplit la perfection ». Voilà qui tu dois devenir, en ne te satisfaisant pas d'être seulement son frère. Le lotus d'or a été perdu. Retrouve-le.

Le jeune homme aurait aimé poser des questions et obtenir des explications, mais le rayon de lune, soleil de la nuit, s'éteignit. Absorbée par le tronc du sycomore, la déesse disparut.

Inutile de s'attarder, puisque le Bel Occident avait délivré son message, qui troublait Snéfrou au plus profond de lui-même tant il se sentait écrasé par la tâche que lui assignait la déesse. Quel humain pouvait accomplir la perfection ? Et comment déceler le chemin qui menait à ce lotus d'or, dont il n'avait jamais entendu parler ?

Tout en se hâtant de rentrer, le scribe ne parvenait pas à se détacher de cette vision, désormais gravée en son cœur. Une certitude : essayer de fuir son destin serait à la fois une lâcheté et une faute fatale. Même si, à cet instant, son avenir paraissait hermétique, il n'avait d'autre solution que d'aller de l'avant.

Quoique plongé dans ses pensées, il perçut un bruit de pas, et se dissimula à l'angle du mur d'enceinte d'une villa. Bien lui en prit, car une patrouille de police passa non loin de lui, sans l'apercevoir. Interpellé, il aurait été conduit sans ménagement à son école, et toute la ville aurait été informée de son escapade. Adieu études et brillante carrière !

Accélérant encore l'allure et se faufilant dans les ruelles endormies, Snéfrou parvint à l'arrière du bâtiment où logeaient ses camarades. Il escalada le mur en s'aidant de ses aspérités et sauta en souplesse de l'autre côté. Il ne lui restait plus qu'à traverser une cour et à pousser une petite porte, qu'il avait pris soin de laisser entrouverte. Un couloir menait à sa chambre où l'attendaient une natte confortable et quelques heures de sommeil, hanté par le miracle qu'il venait de vivre.

C'est alors que tonna une voix agressive.

— D'où viens-tu, Snéfrou ?

— 2 —

La Trique, selon le surnom que lui avaient attribué les étudiants, était considéré, à juste titre, comme le plus sévère des enseignants. Chargé de former de véritables élites, quelle que fût leur origine sociale, il leur menait la vie dure et ne tolérait aucune déviance.

Face à ce quinquagénaire râblé, Snéfrou baissa la tête : surtout pas la moindre arrogance !

— Je répète ma question : d'où viens-tu ?

Impossible de lui parler de sa rencontre avec la déesse du sycomore et de la teneur de leur entretien. La Trique n'en croirait pas un mot et jugerait que le jeune homme se moquait de lui.

— Je me sentais mal, j'ai éprouvé un besoin irrésistible de prendre l'air.

— Ben voyons... Tu te moques de moi ?

— Non, professeur. C'est aussi stupide que cela, et je regrette cette attitude irraisonnée. Je vous présente mes excuses.

— Refusées. Ton explication ne tient pas debout. Soit tu es allé boire dans une taverne, soit tu as forniqué avec une fille. Soit les deux. La vérité, tout de suite !

— Je vous jure que je n'ai rien fait de mal !

— Je mènerai mon enquête. Ton comportement déshonore notre école, je réclamerai donc ton exclusion. En attendant, je t'enferme dans ta chambre. Demain, je t'ouvrirai l'oreille du dos.

*
* *

Tous les étudiants étaient réunis dans la principale salle de classe. Serrés les uns contre les autres, ils observaient un silence complet.

Snéfrou était à plat ventre sur le sol, bras tendus devant lui.

— Vous êtes ici pour recevoir l'enseignement qui vous permettra d'appartenir aux grands corps de l'État et de participer au gouvernement de ce pays selon la règle de Maât, justesse et cohérence, déclara La Trique. Le terme *seba* signifie « instruire, guider, piloter ». Il représente l'« étoile », la porte par laquelle passe l'enseignement céleste qui doit animer votre conscience. J'ai le devoir de vous former, sans faiblesse, sans tolérer le moindre relâchement. Votre camarade Snéfrou a enfreint le règlement de l'école en sortant, la nuit dernière, sans autorisation. Quelle que soit la raison, elle est inacceptable. Par bonheur, on ne l'a repéré nulle part dans la ville, il n'a donc pas nui à la réputation de notre établissement. C'est pourquoi nous pouvons arranger cette affaire en interne, avec dix coups de bâton, qui ouvriront l'oreille qu'il a sur le dos.

La Trique brandit l'arme et regarda les étudiants.

— L'un d'entre vous exécutera ce châtiment, ô combien justifié.

Déjà lourde, l'atmosphère s'appesantit.

— Toi, Rek, décida le professeur.

Le jeune homme, aussi robuste que Snéfrou et à l'allure comparable, protesta.

— Moi ? Mais Snéfrou est mon meilleur ami !

— La première vertu de cette école, rappela La Trique, c'est l'obéissance. Si tu refuses, tu sors d'ici. Définitivement.

— C'est trop cruel, c'est...

— Tu obéis ou non ?

Rek n'osa pas soutenir le regard de l'enseignant. Aucun de ses condisciples ne lui viendrait en aide. Il accepta le bâton que lui tendait La Trique.

— Ne te contente pas de l'effleurer, recommanda ce dernier. Dix coups. Dix vrais coups.

— Pardonne-moi, mon ami, murmura Rek en assenant le premier.

*
* *

Le professeur hésitait encore à exclure Snéfrou de la haute école, dont il était le meilleur élément dans presque toutes les disciplines, de la pratique des hiéroglyphes à l'astronomie. Néanmoins, quoique sa faute eût été justement sanctionnée, elle demeurait une tache indélébile.

L'un de ses assistants lui annonça la visite de la dame Méresânkh. La mère de Snéfrou.

Sans être une personnalité de premier plan ni jouir d'une fortune appréciable, cette ritualiste austère, qui accédait à certaines parties secrètes des temples, avait une parole qui portait. Veuve à la dignité remarquable, elle était employée à la Maison de Vie de la capitale, où ses compétences en matière d'écrits anciens et de médecine étaient reconnues.

Hors de question de l'éconduire. Aussi l'enseignant la reçut-il dans la salle réservée aux visiteurs et l'invita-t-il à s'asseoir sur une chaise équipée d'un coussin.

— Que me vaut l'honneur de votre venue ?

— J'attendais mon fils, comme tous les huit jours, après sa séance de travail. Pourquoi le retenez-vous à l'école ?

— Il nettoie les locaux.

— Une punition ?

— Méritée, en complément de dix coups de bâton.

— Une bastonnade ! s'étonna la dame Méresânkh. Quelle faute a-t-il commise pour subir un châtiment si sévère ?

— Il a quitté notre établissement en pleine nuit.

— Pour quelle raison ?

— Une folie passagère, semble-t-il. Mon enquête ne m'a pas fourni d'autre explication.

— Aurait-il causé un trouble quelconque ?

— Aucun.

— Ses notes ne sont-elles pas excellentes ?

— Snéfrou est mon meilleur élève. Mais ce comportement…

— Songeriez-vous à l'exclure ?

— Une telle décision ne serait pas anormale.

— À votre place, je la prendrais. Mais ne faut-il pas penser à l'avenir du pays, et pas seulement à celui de mon fils ? Si vous estimez que Snéfrou peut être utile à l'Égypte en raison de ses qualités, achevez sa formation.

— 3 —

Grâce à une pommade, d'abord glaciale puis brûlante, Snéfrou ne ressentait plus la moindre douleur. Rek, son ami d'enfance, la lui avait étalée sur tout le dos, avant de quitter l'école pour deux jours de congé. Le fautif finissait quant à lui de purger sa peine en balayant les salles de classe et les chambres. Et vu le niveau d'hygiène et de propreté exigé quotidiennement, la tâche était pénible.

Entre Snéfrou et Rek, c'était à la vie à la mort. Gamins, ils s'entendaient à merveille pour commettre toutes les bêtises possibles et provoquer l'irritation, voire la lassitude, de leurs parents. Aussi doués l'un que l'autre, tant en classe que lors des activités sportives, ils obtenaient le pardon en se montrant brillants.

Snéfrou avait sauvé Rek en détournant l'attention d'un crocodile, tandis que son ami nageait dans un canal sans avoir repéré le reptile prêt à attaquer. Et Rek avait rendu la pareille à Snéfrou, en trucidant de sa lance une panthère du désert qui le menaçait. En de multiples circonstances, plus ou moins critiques, ils s'étaient toujours défendus l'un l'autre.

Alors que Snéfrou s'apprêtait à fumiger les locaux, il entendit des coups répétés à la porte principale. Intrigué, il alla ouvrir.

— Rek ! Qu'est-ce que tu fais ici ?

Son ami portait deux lourds paniers.

— J'ai prétexté une révision urgente pour le prochain examen, les gardes m'ont laissé passer. En réalité, je voulais t'annoncer d'excellentes nouvelles, à fêter ensemble.

Snéfrou suivit Rek jusqu'au réfectoire. De ses paniers, ce dernier sortit une cruche de bière, des galettes fourrées aux légumes, des tranches de viande séchée, du pain frais et des gâteaux.

— Tu as frappé dur, ce matin, rappela Snéfrou.

— J'y étais obligé. Si La Trique m'avait jugé trop mou, tu aurais eu droit à dix coups supplémentaires, assenés par un autre étudiant, sans doute moins complaisant que moi, qui s'en serait donné à cœur joie. Et puis notre rigide professeur n'est pas aussi méchant qu'on le croit. J'ai appris que c'est lui qui avait choisi la plus efficace des pommades, afin d'atténuer la douleur. Tout ça appartient au passé, moquons-nous-en !

— Détail gênant : je vais être renvoyé, ma carrière est brisée.

— Justement pas, et voici la première bonne nouvelle : ton cas est réglé, tu restes à l'école.

— Comment le sais-tu ?

— Ma famille est très influente, mon père a parlé à La Trique en ta faveur. Le convaincre n'a pas été trop difficile, car notre cher professeur te tient en haute estime et te considère comme un futur serviteur de l'État. À ta santé, mon ami !

Snéfrou n'avait jamais bu une bière si douce et si revigorante.

— Sur mon escapade, je te dois la vérité.

— Et moi, je te dois des informations fabuleuses ! Commence.

Pendant que Rek, avec son appétit habituel, dégustait une galette, Snéfrou, recueilli, narra son aventure d'une voix posée, où perçait l'émotion.

— J'ai déchiffré un papyrus qui indiquait que, la nuit de la première pleine lune du printemps, la déesse du Bel Occident apparaissait dans le sycomore sacré, à l'orée du désert.

— De la jolie poésie !

— J'ai voulu m'en assurer. C'est pourquoi je suis sorti de l'école.

— Un tel risque pour contempler un arbre ! Par moments, tu perds la tête. Heureusement que je suis là pour te protéger.

— Elle est apparue, Rek.

— Qui, elle ?

— La déesse.

Le gourmand cessa de mastiquer.

— Tu plaisantes ?

— J'ai vu la déesse du Bel Occident, d'une beauté inimaginable.

— Le Bel Occident... mais c'est la mort !

— Pas pour moi. Je suis bien vivant.

— Soit tu as rêvé, soit tu as été victime d'un mirage causé par la pleine lune.

— Ni l'un ni l'autre. Le papyrus disait vrai. Et je n'ai pas seulement *vu* la déesse.

— Quoi de plus ?

— Elle m'a parlé.

Abasourdi, Rek but une grande gorgée de bière.

— Parlé... Tu divagues ?

— Elle m'a confié deux missions. La première : rendre réelle la signification secrète de mon nom.

— Ah… et quelle est-elle ?

— « Celui qui accomplit la perfection ».

— Rien que ça !

— C'est impossible, j'en suis conscient. Et j'ignore comment donner satisfaction à la déesse.

— J'ai la solution : renonce ! Et la seconde mission, tout aussi délirante ?

— Retrouver le lotus d'or.

Rek fronça les sourcils.

— Jamais entendu parler. Renonce aussi.

— La déesse s'est exprimée. Je ne peux pas négliger ces deux missions.

— Oh si, tu le peux, car tu as un formidable destin devant toi, et pas dans la rêverie ! Notre vraie mission, à tous les deux, je vais te la révéler.

— 4 —

Comme pour se donner du courage, Rek dévora les tranches de viande séchée.

— Toi et moi, Snéfrou, on est jeunes. Mais ça ne nous empêche pas de connaître des secrets d'État. C'est autrement sérieux que ta rencontre en rêve avec la déesse du sycomore.

— Ai-je bien entendu : des « secrets d'État » ?

— Eh oui, mon ami ! Le médecin du palais est un proche de mon père, qui l'avait recommandé à notre pharaon, Houni. Le praticien s'est confié. Notre roi est malade, très malade. Sa pyramide est loin d'être terminée, tant son projet était démesuré. Un unique problème, à présent : sa succession.

— Un de ses fils ?

— Hors de question, ce sont des incapables. Le Grand Conseil d'Héliopolis les évincerait.

— Alors, qui ?

Rek regarda Snéfrou droit dans les yeux.

— Moi.

— Toi ?

— Ça t'étonne ?

— Ton âge, ton manque d'expérience…

— Quelle importance ? C'est moi que le roi a choisi. Dans cette haute école, il nous suit à la trace. Il estime que je possède les qualités nécessaires pour lui succéder. Et moi, je n'en doute pas.

— Le Grand Conseil te reconnaîtra-t-il apte à remplir cette fonction ?

— Mon père y dispose de nombreux appuis. Grâce à la recommandation de Houni, mon élection est assurée.

— Tu me donnes le vertige.

— Normal, tu n'es pas un chef ! En revanche, tu seras un excellent Premier ministre. Tu suivras mes directives au doigt et à l'œil. Quel plus beau cadeau qu'une confiance totale entre toi et moi ? Ensemble, nous gouvernerons ce pays et lui redonnerons la splendeur de l'époque de Djéser et d'Imhotep.

— Je ne suis pas certain que…

— Que tu seras mon dévoué second, à même de m'obéir et d'assurer une parfaite gestion de notre administration ? Moi, je le suis ! Depuis notre enfance, nous sommes unis. Et nous le resterons à la tête des Deux Terres, la Haute et la Basse-Égypte. Notre pays est merveilleux, il regorge de richesses, et mérite un roi taillé pour les exploiter. Notre destin est tout tracé, mon ami.

*

* *

— Es-tu fier de toi, mon fils ? demanda Méresânkh.

— Je n'ai rien à me reprocher, ma mère, répondit Snéfrou.

— T'évader de la haute école en pleine nuit pour je ne sais quelle raison, est-ce un comportement acceptable ?

Ton professeur a été indulgent. Seulement dix coups de bâton et une corvée de nettoyage. À sa place, je t'aurais radié de la liste des scribes d'élite.

— Si vous aviez connu la vérité, je ne crois pas.

— Quelle vérité ?

Pesant chaque mot, Snéfrou raconta son expédition nocturne à sa mère, sans omettre le moindre détail.

Un long silence succéda à ses éclaircissements.

— Un tel événement ne s'est pas produit depuis de nombreuses années. Mets par écrit, avec un maximum de précisions, ce qui t'est arrivé. En as-tu parlé à quelqu'un ?

— À mon ami Rek. Entre nous, on ne s'est jamais rien caché.

— Comment a-t-il réagi ?

— Selon lui, il ne s'agit que d'un rêve auquel il convient de n'attacher aucune importance. Et…

— Et ?

— Rek est persuadé de devenir le prochain pharaon, qui me nommera Premier ministre.

— Ton ami ne manque pas d'ambition.

— N'est-elle pas légitime ?

— Ce sera au Grand Conseil d'en décider. De ton côté, termine ta formation. Tu as le meilleur des professeurs.

— 5 —

Toujours la même purée de fèves mal cuites, certes : deux vrais malades, un tire-au-flanc à virer, et trois absents à remplacer en faisant appel à des travailleurs temporaires qui coûtaient fort cher – le Vieux avait beau tempêter, il n'existait pas d'autre solution pour assurer le nécessaire entretien de ses vignes, qui fournissaient du vin de qualité supérieure au palais royal et aux familles aisées de la capitale, grandes consommatrices lors de nombreux banquets. Le Vieux n'oubliait pas les gens modestes auxquels il vendait un bon cru à bas prix, lorsqu'il ne le livrait pas gratuitement.

— Toi, évidemment, tout ça ne te dérange pas, dit-il à Vent du Nord, un âne d'une rare puissance, à la robe d'un gris rosé et au regard à la fois vif et moqueur.

Parfois, le sentiment de supériorité de cette bête irritait le Vieux qui, cependant, se félicitait des services de ce collaborateur indispensable. À la tête d'un troupeau de congénères disciplinés, Vent du Nord se chargeait des livraisons, ne commettant aucune erreur. Il empruntait toujours les bons chemins et ne traînait pas en route. De plus, l'animal possédait une faculté non dépourvue d'intérêt : aux questions que le Vieux lui posait, il répondait « oui » en dressant l'oreille droite et « non » en dressant la gauche, à condition d'être dans de bonnes dispositions, ce qui requérait notamment des repas abondants, à base de céréales, de légumes, de fruits et, gourmandise suprême, de chardons frais.

Étant né vieux, le Vieux ne vieillissait pas et jouissait d'une énergie que lui enviaient quantité de jeunots, vite fatigués. Il la devait à l'excellence de ses vins, dont il était le premier amateur. Le petit blanc du matin dérouillait ses articulations, le rouge charpenté du déjeuner lui redonnait de la vigueur, et le cru léger et fruité du dîner garantissait un sommeil réparateur. En cas de forte chaleur, un rosé bien frais complétait le régime.

Il regarda Vent du Nord qui finissait de lécher une délicieuse compote.

— Il y a un tas de rumeurs à la cour, je n'aime pas ça. C'est toujours le signe de gros problèmes. À ton avis ?

L'oreille droite se dressa.

— Tu aurais pu répondre non, rien que pour me rassurer !

« L'ennui, avec cet animal, pensa le Vieux, c'est qu'il ne se trompe jamais. »

Au moment où, sur sa terrasse, il débouchait une jarre afin de vérifier la qualité de son breuvage, le jeune Snéfrou apparut.

— Je ne vous dérange pas ?

— Au contraire ! Tu vas tester avec moi mon dernier assemblage. C'est à ton âge qu'il faut apprendre à goûter les bonnes choses. Les études, ce n'est pas toute la vie.

Le Vieux avait croisé Snéfrou quelques années auparavant, juste après la mort de son père. Entre lui et le gamin était née aussitôt une complicité amicale.

Pendant ses journées de congé, le jeune homme venait déjeuner avec lui et travaillait volontiers dans les vignes. Ils discutaient de tout, sans tabou.

— Tu fais une drôle de tête, mon garçon ! Qu'est-ce qui t'arrive ?

— Tellement d'événements que je suis submergé.

— Ce n'est pourtant pas ton genre ! Buvons un coup et raconte-moi.

Le nouvel assemblage était un nectar, digne de figurer à la table du roi. Il remonta le moral de Snéfrou, qui relata au Vieux sa rencontre avec la déesse, et lui décrivit l'avenir tel que l'envisageait son ami Rek.

— Faut avouer que tu ne donnes pas dans le banal !

— Vous me croyez, pour la déesse ?

— Voilà des siècles que la déesse du Bel Occident accueille les âmes des justes de voix. L'originalité, c'est qu'elle a formulé un tel message et t'a laissé indemne sur cette terre ! Remarque, tu sais maintenant ce qu'il te reste à faire.

— Mais c'est impossible !

— Tu ne vas quand même pas renoncer avant d'avoir commencé ! Lorsque Imhotep a bâti la pyramide à degrés en pierre de taille, qui pensait que c'était possible ?

— La perfection...

— Ça se construit, comme tout le reste. Un vin parfait comme celui que nous buvons ne vient pas tout seul. Travail acharné, vigilance, persévérance et compétence. La perfection que réclame la déesse n'est pas hors d'atteinte. Tout dépend de ta volonté et de ta vision.

— Et le lotus d'or ?

— Ça, c'est une autre histoire.

— Vous en avez entendu parler ?

— Vaguement. Selon une légende, il contiendrait la lumière qui a créé le monde, et dont les humains se sont détournés en se révoltant pour inventer le Mal. Le lotus d'or s'est enfoncé dans les eaux de l'océan primordial.

— Il est donc perdu à jamais !

— Tu sais nager, non ? Et puis il existe peut-être un moyen de le repêcher. En ce moment, les gros soucis sont l'état du pays et la santé du pharaon.

— Le roi Houni est-il bel et bien gravement malade ?

— C'est à craindre. Ton ami Rek semble correctement informé. Des nuages noirs s'accumulent à l'horizon.

— 6 —

Bien que moins prestigieuse que celle d'Héliopolis, la mère de toutes les autres, la Maison de Vie de Memphis, capitale des Deux Terres et centre économique du pays, jouait un rôle considérable qu'aucun gouvernant ne pouvait mésestimer.

Ici étaient conservés les documents majeurs, rituels, annales, traités de médecine. La fine fleur des scribes veillait à leur préservation, ces écrits étant considérés comme « les âmes de la lumière divine ». De plus, au cœur de l'établissement, un sanctuaire était consacré à la célébration des mystères d'Osiris, « accomplissement parfait de l'or » et symbole du Grand Œuvre mené à son terme par les alchimistes.

Supérieur de l'institution et garant de son bon fonctionnement, le Chauve était inquiet. Lui qui avait enseigné au pharaon Houni plusieurs disciplines scientifiques, dont la pratique des hiéroglyphes, savait, grâce aux confidences du médecin du palais, que la santé du monarque se dégradait rapidement. Lorsqu'un roi disparaissait, le chaos menaçait. Tentant de s'engouffrer dans la brèche, les forces de destruction n'avaient d'autre but que de renverser le trône des vivants et d'empêcher un successeur d'y accéder et de maintenir la règle de Maât.

Dans le cas présent, la succession s'annonçait particulièrement difficile. Houni lui-même jugeait ses enfants inaptes à remplir une fonction écrasante, et sa désignation d'un candidat ne convaincrait pas le Grand Conseil. Affaiblie par la maladie et un règne sans relief, sa voix ne portait plus guère. Pis encore, son grand projet, une pyramide à faces lisses, beaucoup plus haute que la pyramide à degrés de Djéser à Saqqara, était loin d'être achevé. Houni devrait se contenter d'une demeure d'éternité plus modeste, qui accueillerait sa momie. À moins que les soins médicaux, voire la chirurgie, ne lui procurent plusieurs années de répit.

— Puis-je vous parler ?

— Bien sûr, dame Méresânkh ! Un problème dans votre service ?

— Non, il s'agit de mon fils.

— Snéfrou ? Un étudiant des plus brillants, d'après son professeur principal auquel nous avons fourni des papyrus de qualité, le mois dernier.

— Un événement extraordinaire s'est produit. Je me sens incapable de l'interpréter. Vous, en revanche...

Le Chauve écouta attentivement le récit de la mère de Snéfrou. Lorsqu'elle eut terminé, il ne cacha pas son trouble.

— Je veux croire à un simple rêve.

— Ce fut ma première réaction. Mais mon fils, posément, m'a assuré qu'il n'en était rien. Il affirme avoir vu, dans le sycomore, la déesse du Bel Occident.

— En ce cas, il aurait quitté le monde des humains.

— Pourtant, il demeure bien parmi nous.

— Cela n'a aucun sens, dame Méresânkh. Votre fils affabule.

— Et le lotus d'or ?

— Une légende qui remonte à nos origines. Il l'a lue dans un des innombrables papyrus qu'il déchiffre, paraît-il, avec une aisance remarquable.

— « Celui qui accomplit la perfection »... Quelle signification accordez-vous à cette mission ?

— La plus évidente qui soit, fixée non par la déesse du sycomore, mais par Snéfrou lui-même : devenir le plus parfait des scribes. Un but ô combien estimable, certainement à sa portée ! Savez-vous si votre fils fréquente une jeune fille ?

— Je ne le pense pas.

— Voilà l'explication ! Son imagination s'est enflammée, il a conçu sa future épouse comme une déesse, en lui attribuant toutes les vertus. Naïf et touchant. L'important, c'est que Snéfrou garde les pieds sur terre et achève sa formation, afin de devenir un parfait serviteur de l'État. Et je suis sûr que vous l'y aiderez.

— Comptez sur moi.

— Ne parlez de cette histoire à personne. Des esprits malintentionnés l'interpréteraient de façon négative et nuiraient à Snéfrou. Ce moment de douce folie ne doit pas souiller une carrière prometteuse.

— Je me tairai, assura Méresânkh.

— Avez-vous vérifié la quantité de médicaments que notre laboratoire s'est engagé à livrer ?

— J'y vais de ce pas.

Le Chauve regagna son bureau, où l'attendaient des dossiers à traiter. Tout en s'asseyant, il les repoussa, car il n'avait pas l'esprit à régler des questions administratives.

Si extraordinaire qu'il parût, le récit de Snéfrou n'était probablement pas la relation d'un rêve. Dans les archives de la Maison de Vie figurait un texte narrant une semblable aventure. Détachée de sa fonction de déesse de l'au-delà, celle que l'on appelait « le Bel Occident » avait déjà parlé à un humain sans l'emmener de l'autre côté de la vie, en lui assignant une mission. Il s'appelait Djéser, « le Sacré », et, avec l'aide de son maître d'œuvre Imhotep, avait édifié la première pyramide en pierre de taille.

La perfection et le lotus d'or : deux objectifs hors d'atteinte du jeune Snéfrou, quelles que fussent ses qualités. Mieux valait oublier cet incident.

— 7 —

Depuis plusieurs semaines, le pharaon Houni ne présidait ni fête ni rituel, et ne se rendait même plus au temple, où un délégué le remplaçait. Il peinait à s'alimenter et, en moins d'un mois, il avait perdu dix kilos. À soixante ans, c'était un vieillard aux cheveux blancs et à la peau ridée, conscient de son état. Grâce à de puissants calmants, il ne souffrait pas trop et passait le plus clair de son temps à sommeiller.

Le médecin du palais finit de l'ausculter.

— Alors, docteur ?

— Votre tumeur s'aggrave rapidement. Une maladie que je connais, mais que je ne peux guérir. Vous êtes condamné à brève échéance, Majesté.

— La chirurgie ?

— À mon avis, inutile. Vous ne survivrez pas à l'opération. Presque tous vos canaux d'énergie sont bouchés.

— Combien de temps me reste-t-il ?

— Très peu.

— Et la souffrance ?

— Nous avons les moyens de la combattre, mais en réduisant votre lucidité.

— Quand je le déciderai, tu mettras un terme à mon existence terrestre. Fais venir mon Premier ministre.

Le praticien s'inclina et sortit de la chambre.

Houni présumait qu'il serait le dernier souverain de la dynastie fondée par Djéser, son illustre prédécesseur qu'aucun après lui n'avait surpassé, ni même égalé. Un certain souffle s'était éteint, la puissance du pays s'amoindrissait. Parmi les responsables, Houni lui-même, qui s'était contenté de l'acquis. Sur le tard, il avait regretté son immobilisme et ordonné de bâtir, loin au sud de Memphis, un monument plus fabuleux que celui de Djéser.

Les travaux avaient à peine débuté lorsque les premiers symptômes de la maladie, hélas fulgurante, s'étaient manifestés. Vu l'ampleur du projet, autant y renoncer et interrompre le chantier.

Houni n'avait plus la force de lutter. Son ultime tâche consistait à proposer un nouveau pharaon au Grand Conseil, et ce ne serait ni son épouse ni ses enfants, qui s'étaient tenus loin de l'administration du pays et n'éprouvaient aucune envie de gouverner.

*
* *

Le Premier ministre Kagemni n'avait pas un cheveu blanc, mais il était légèrement voûté et se déplaçait avec difficulté, à l'aide d'une canne.

— Sans vouloir t'offusquer, lui dit Houni, qui s'était installé sur un trône simple et rustique pour recevoir son principal collaborateur, tu me sembles fatigué.

— Épuisé serait plus juste, Majesté. Ma quatre-vingtième année est trop lourde à porter, et je profite de cette entrevue pour solliciter une faveur. Le moment est venu de me remplacer.

— Tu sais mieux que quiconque qu'un pharaon n'est pas autorisé à accorder la moindre faveur à son Premier ministre, sous peine de violer la loi de Maât. De plus, dans les circonstances présentes, je ne vois personne d'autre capable d'assurer la continuité de l'État.

— Majesté...

— Toi et moi n'avons jamais fui la réalité, en essayant de servir comme il se doit notre pays. Mes jours sont comptés, Kagemni. Bientôt, je ne serai plus. Bien entendu, mille rumeurs circulent.

— Bien entendu.

— Où en est-on de mon successeur potentiel ?

— Proche de Votre Majesté, la famille du jeune Rek, scribe d'élite, répète à qui veut l'entendre que vous l'avez désigné, et qu'il ne déplaît pas au Grand Conseil.

— À toi, en revanche, il ne plaît pas beaucoup.

— On ne s'est jamais menti, vous l'avez rappelé. L'ambition ne suffit pas pour faire un bon roi. Vouloir le pouvoir pour le pouvoir aboutit à une catastrophe. Quels que soient les dons de Rek, il ne rendra pas l'Égypte heureuse.

— Mon choix te paraît donc mauvais ?

— Oui, Majesté. D'après mes informations, le Grand Conseil est divisé. Sans être décisive, votre parole pèsera un poids certain, et le nom que vous prononcerez ne sera pas négligeable.

— Qu'en est-il de l'enquête que je t'ai confiée ?

— Elle confirme pour l'instant mes doutes.

— Je devrais donc changer d'avis ?

— Oui, Majesté.

Ressentant une douleur aux limites du tolérable, Houni absorba un cachet.

— Ton rapport sur l'entretien des canaux et l'irrigation ?

— Rien de grave à signaler, mais une sévère remontrance à deux chefs de province qui n'ont pas rempli toutes leurs obligations. Même le petit serpent a du venin. Et la petite négligence devient la mère d'une grosse.

— Je lirai ton rapport, Kagemni, et nous aurons notre dernière entrevue.

— Majesté...

— Je rendrai une ultime visite à mon ancêtre Djéser, afin de contempler sa pyramide à degrés, cet escalier vers le ciel. Mes actes seront mis en tas à côté de moi, et j'espère que le tribunal divin, qui n'est pas réputé pour son indulgence, m'ouvrira la porte du Bel Occident.

— 8 —

L'avance de Rek diminuait peu à peu. En courant au bord du canal, il avait d'abord distancé Snéfrou, parti plus lentement, mais au souffle inépuisable. Et son ami finit par le doubler, sans changer de rythme, avec une régularité implacable.

Le lendemain, c'était l'examen final à la haute école des scribes. Le classement déterminerait la répartition des étudiants dans les différents ministères.

Retrouvant de l'énergie, Rek était décidé à reprendre la tête de la longue course que s'octroyaient les deux jeunes gens afin de se détendre.

Snéfrou s'immobilisa, sans doute épuisé. Rek allait le dépasser. Son ami tendit le bras et hurla :

— Arrête-toi !

Rek stoppa brutalement.

— Qu'y a-t-il ?

— Regarde.

À une dizaine de pas, il aperçut trois vipères à cornes qui, parallèles les unes aux autres, traversaient en ondulant le chemin de halage.

— Drôle de signe, estima Snéfrou. Quel sens a-t-il ?

— Simplement grand danger ! Trois morsures de ces sales bestioles, et l'on est mort. Elles venaient du canal où elles sont sans doute allées boire. Je meurs de soif !

— Moi aussi. Soyons prudents en descendant jusqu'à l'eau.

Pas d'autre reptile en embuscade. Les deux amis se désaltérèrent, puis s'assirent sur la berge.

— Tu te sens fin prêt ? interrogea Rek.

— Oui et non.

— Qu'est-ce qui te tracasse ?

— L'analyse des comptes du Trésor. Elle ne sera pas facile, le professeur multipliera les pièges.

— Ne t'inquiète pas, tu t'en tireras au mieux ! Ne nous mésestimons pas, Snéfrou : nous sommes les meilleurs de cette promotion. Il y aura un premier et un deuxième. Vu l'avenir qui m'attend, ne crois-tu pas qu'il serait préférable que le premier, ce soit moi ?

— Je te le souhaite.

— Nous nous valons dans toutes les matières. Ne faudrait-il pas forcer un peu le destin ?

— De quelle manière ?

— Si tu commettais volontairement deux ou trois petites erreurs...

Snéfrou se révolta.

— Tu me recommandes de tricher ?

— Non, non, j'ai émis une idiotie ! Pardonne-moi. C'est notre dossier libre qui nous départagera. Quel thème as-tu choisi ?

— Tu ne me croiras pas.

— Gardons nos options secrètes, décida Rek. Comme ça, on se surprendra mutuellement !

*

* *

Les visages étaient graves, l'atmosphère pesante. À bonne distance les uns des autres, les étudiants, rassemblés dans la plus grande salle de la haute école, découvrirent les questions auxquelles ils devaient répondre en écrivant de la façon la plus lisible possible. Astronomie, géométrie, mathématiques, économie, géographie, gestion... Dans chaque discipline, un savoir pointu était exigé.

Première tâche, essentielle : préparer ses couleurs, en diluant, avec doigté, des pains d'encre noirs et rouges. Le début d'un paragraphe se rédigeait en rouge, le reste du texte en noir. Chaque élève disposait d'une palette, relativement fatiguée par un usage intensif, et de papyrus réemployés, après effacement à la gomme des inscriptions précédentes. Ils convenaient aux examens.

En silence, les étudiants versèrent quelques gouttes d'eau à la mémoire d'Imhotep, le maître d'œuvre de la pyramide à degrés du pharaon Djéser, et le plus savant des scribes.

Comme d'habitude, Snéfrou et Rek furent les plus rapides à préparer leur matériel. Ils commencèrent à répondre aux questions, avec une concentration maximale. Songeant au dieu qui avait révélé aux humains la langue sacrée des hiéroglyphes, Snéfrou lui adressa intérieurement une courte prière : « Toi, Thot, j'ai rempli d'eau ton godet. Guide ma pensée. » En affrontant cette épreuve, comment ne pas se souvenir que l'appellation rituelle de la palette de scribe était « Entendre et voir » ?

★
★ ★

— Alors ? demanda Rek, allongé sur sa natte, tandis que Snéfrou demeurait assis, jambes croisées, sur la sienne.

— La Trique nous a gâtés. Le plus difficile de tous nos examens. Je crois que je me suis trompé dans le calcul d'un angle de pente de pyramide, à partir des éléments fournis. Je n'ai pas eu le temps de vérifier mes chiffres.

— Moi, j'ai hésité à propos du nombre exact de villages dans la province de l'Oryx. Si on n'a commis qu'une erreur, toi et moi, on sera en tête ! Si on dormait ?

Rek avait le sommeil facile, Snéfrou beaucoup moins. À présent, il regrettait d'avoir remis à La Trique une rédaction à sujet libre que le rigide professeur considérerait sans doute comme une provocation. Trop tard pour reculer. Au fond, le jeune homme était heureux d'avoir agi ainsi, en exprimant ses convictions. Être sincère avec soi-même et avec autrui, même un supérieur, donnait de la force d'âme. Sur ce constat, Snéfrou bénéficia d'un sommeil paisible.

★
★ ★

Sous la gouverne de La Trique, les professeurs de la haute école faisaient face aux étudiants.

L'heure des résultats était venue.

— Le niveau de cette promotion est honorable, déclara La Trique. J'aurais espéré mieux, néanmoins mes collègues et moi sommes satisfaits des efforts accomplis. Vous avez tous les compétences nécessaires pour servir notre pays et contribuer, par votre travail, au maintien de sa prospérité.

Ce discours n'intéressait pas Rek, qui attendait le classement et le nom du vainqueur.

En partant du bas de la liste, La Trique convoqua les étudiants un à un, et leur signala leurs erreurs d'un ton rugueux.

Presque tous avaient comparu devant leurs enseignants. Il ne restait plus que Rek et Snéfrou.

— Les deux premiers de cette promotion, qui intégreront l'administration centrale de la capitale, ont parfaitement répondu à toutes les questions. Ils n'ont été départagés que par leur rédaction du sujet de leur choix.

« À coup sûr, pensa Snéfrou, La Trique me sanctionne. Cependant, mes résultats ont plaidé en ma faveur, et je pourrai être utile aux Deux Terres. »

— Avance-toi, Rek, ordonna le professeur.

Le jeune homme hésita. Lui, le futur roi, n'être que deuxième... une humiliation.

— Ton texte sur la gestion des greniers est remarquable, souligna La Trique, et je ne doute pas que plusieurs des améliorations que tu proposes seront adoptées. Tu es bien plus qu'un simple exécutant, et je te recommanderai pour un poste de dirigeant. Félicitations, mon garçon.

« Félicitations » : dans la bouche de La Trique, un terme incroyable ! Pourtant, il n'arracha pas un sourire à Rek, qui se contenta de s'incliner et de rejoindre le rang.

— J'appelle Snéfrou, le premier de cette promotion.

Gêné, la tête basse, l'étudiant se détacha de ses camarades.

— Aucune erreur dans tes réponses, indiqua La Trique, et une écriture d'une limpidité appréciée de tous tes professeurs. En revanche, le thème de ta rédaction libre en a étonné plus d'un : la symbolique du sycomore, arbre du Bel Occident, et la nécessité d'en planter davantage, tant pour leurs fruits que pour leur ombre bienfaisante. Le plan que tu proposes est raisonnable. Et ton exposé présente l'intérêt de relier le sacré au quotidien. Tu as assimilé l'essentiel de notre enseignement, Snéfrou.

— 9 —

Sans nuire à sa rigoureuse gestion, puisque cette dépense était inscrite à son budget, la haute école avait organisé un banquet de fin d'études, auquel étaient conviées les familles des lauréats. Celle de Rek resta plutôt pincée, car le héros de la fête n'était pas celui qu'elle avait souhaité.

Afin de célébrer dignement ce moment exceptionnel, l'administration avait commandé au Vieux une belle quantité de jarres de vin « quatre fois bon », que Vent du Nord et son équipe s'étaient empressés de livrer.

— Joli succès, mon garçon, dit le Vieux à Snéfrou. Tout Memphis ne parle que de toi. Tu seras directement engagé dans le service du Premier ministre, et ta carrière s'annonce plus que radieuse.

— Je n'oublie pas les missions confiées par la déesse du Bel Occident.

— Ce soir, n'y pense pas trop, et profite de ce bon moment, qui couronne ton travail.

— Je suis quand même un peu chagriné.

— Pour quelle raison ?

— Mon ami Rek souhaitait être premier. Il n'est que deuxième, cela le contrarie.

— Une peine très passagère, vu ses ambitions. Ne vis pas à la place des autres, Snéfrou. L'amitié est rare et précieuse, mais tu dois accomplir ton propre destin. Pendant cette fête, montre-toi à la hauteur de la dignité que tu as acquise par ton seul mérite.

Ces paroles remuèrent profondément le jeune homme. En lui, un voile se déchira, lui ouvrant un nouveau paysage. Sans céder à la vanité, pourquoi ne serait-il pas heureux d'avoir été désigné scribe d'élite de cette promotion ? Aussitôt, il songea à la masse d'obligations et de responsabilités qui, dès le lendemain, pèseraient sur ses épaules. Cela ne l'effraya pas, au contraire. Relever ce défi l'enthousiasmait.

*
* *

De succulentes côtes de bœuf, du poisson grillé, des légumes à profusion, du chèvre frais, des pâtisseries au miel, et des coupes que les serveurs ne cessaient de remplir d'un vin corsé, long en bouche.

Non sans amusement, Snéfrou constata que La Trique avait un peu trop bu et tenait mal la distance. À l'écoute des plaisanteries que lui racontait sa voisine, une noble dame qui, elle aussi, appréciait le grand cru du Vieux, l'austère enseignant avait même éclaté de rire !

Entre Rek et Snéfrou, pas d'ombre. Le premier avait chaleureusement félicité le second, salué par l'assistance et contraint de prononcer un bref discours, qui avait consisté en des remerciements à ses professeurs pour la richesse de l'enseignement reçu.

Dans un angle de la salle du banquet, Rek discutait avec une jolie brune de son âge, fort élégante, admirablement coiffée et maquillée, et quelque peu provocante. Sa robe à bretelles ne cachait que modérément ses seins, et laissait deviner des formes attirantes. Les deux jeunes se souriaient volontiers, sans se préoccuper des autres convives. Rek, il est vrai, possédait un physique des plus séduisants.

Jusqu'à présent, lui et Snéfrou, se consacrant à leurs études, s'étaient peu intéressés aux filles, qui avaient leur propre établissement supérieur, dans la Maison de la reine. Maintenant, la situation évoluait. Et, d'après son comportement, Rek ne voulait pas perdre du temps.

*

* *

La cabane des jardiniers n'était pas l'endroit le plus confortable pour une première étreinte, mais les deux jeunes gens en avaient trop envie pour se soucier de ce détail, et se contentèrent d'une natte grossière.

Pendant que les convives babillaient autour du point d'eau de la haute école en buvant de l'alcool de dattes, Rek fit glisser les fines bretelles de la robe de la jeune fille, puis caressa ses seins, dont la pointe se durcit.

— Tu es magnifique, murmura-t-il, avant de l'embrasser avec fougue.

— Surtout, continue !

Il ôta vivement la robe et les sandales de sa partenaire.

— Et toi, tu ne te déshabilles pas ? s'enquit-elle.

Débarrassé de sa coûteuse tunique, Rek se montra pressant, sans provoquer de refus.

*
* *

— Tu es ma première fille, confessa-t-il.

— Toi, tu n'es pas mon premier garçon, rétorqua-t-elle en souriant.

— Je ne connais même pas ton nom !

— Pervenche. Moi, je sais qui tu es. Un fils de famille riche et influente, et un scribe d'élite promis à un bel avenir.

— Encore plus beau que tu ne l'imagines.

— Que veux-tu dire ?

— Je serai bientôt appelé à de hautes fonctions. Tu me plais, Pervenche. As-tu envie de me revoir ?

— Pourquoi pas ?

— 10 —

Snéfrou n'avait eu droit qu'à un jour de repos, avant d'être convoqué dans le bureau du Premier ministre, dont la réputation n'avait rien de réjouissant. Âgé, souffrant de rhumatismes, il se caractérisait par un tempérament revêche et un autoritarisme parfois blessant. Mais le pays était convenablement géré, et le vieux Kagemni aimait rappeler que plaire à tout le monde ne faisait pas partie de ses devoirs.

La décoration de ses locaux, près du palais royal, lui ressemblait : sobre et glaciale. Un garde fit patienter Snéfrou dans une antichambre, aux murs blancs et nus. Le jeune homme demeura debout, immobile.

Enfin, la porte du bureau de Kagemni s'ouvrit, et son secrétaire particulier fit signe à Snéfrou d'entrer, avant de se retirer.

Une vaste pièce, bien aérée grâce à de petites fenêtres savamment disposées près du plafond, avec des étagères surchargées de papyrus et des tables couvertes de documents.

Assis dans un fauteuil à haut dossier, vêtu d'une tunique modeste, Kagemni, en dépit de sa fatigue et du poids des ans, avait un regard acéré. Il fixa le visiteur avec une intensité presque agressive.

— Snéfrou, lauréat du concours des scribes d'élite... Pourtant, il n'était pas facile. Quand je l'ai remporté, il y a très longtemps, l'épreuve semblait moins ardue. Quel curieux mémoire, qui s'intéresse à tous les aspects du sycomore, du plus spirituel au plus matériel. Serais-tu amoureux des arbres ?

— Ils nous sont indispensables.

— Estimes-tu que je n'en ai pas assez planté ?

Le terrain n'avait pas tardé à devenir glissant. Snéfrou regretta sa place de premier, Rek aurait eu davantage de repartie. Mais c'était lui qui devait répondre à son nouveau patron.

— D'après mes recherches, certains chefs de province n'ont pas perçu l'intérêt des plantations.

Kagemni leva les yeux au ciel.

— Les chefs de province... mon cauchemar quotidien ! Il faut sans cesse les ramener dans le droit chemin, en leur rappelant qui gouverne. Au moindre signe de faiblesse, ils tentent d'accroître leur pouvoir. Si tu occupes un jour mon fauteuil, souviens-t'en. N'essaie pas de les amadouer, ce serait du temps perdu. Fais-toi obéir. Et d'abord par l'équipe de scribes que tu vas diriger. Si tu ne te montres pas fort, tu seras balayé et relégué à un poste subalterne. Certains de tes subordonnés te respecteront, la plupart te jalouseront du fait de ta jeunesse et de ton intelligence, et les plus envieux ne songeront qu'à te causer beaucoup d'ennuis. Ou tu les soumets, ou tu les démets, dossier à l'appui. Sans une volonté droite et ferme, tu échoueras. Et la chute sera brutale. As-tu le désir de suivre ce chemin-là, Snéfrou, ou ne souhaites-tu pas un travail plus tranquille, à l'abri de toutes ces difficultés ?

— Je n'ai qu'un désir : mettre mes compétences au service de mon pays.

— C'est bien ce que je craignais... ou que j'espérais. Le résultat ne dépendra que de toi. En cas d'erreur grave, n'attends aucun soutien de ma part. Au contraire, je t'enfoncerai la tête sous l'eau. J'ai toujours détesté les incapables, et l'expérience me rend encore plus impitoyable.

Snéfrou ne prit pas l'avertissement à la légère. Au moins, Kagemni ne dissimulait pas son jeu.

— Ton succès, poursuivit-il, t'autorise à choisir le domaine où tu exerceras tes premières responsabilités, sous ma surveillance attentive. Bien entendu, l'intérêt supérieur de l'État prédomine. Si ton choix ne convient pas, je te désignerai un autre secteur. Alors Snéfrou, ton option ?

— Les chantiers de construction.

Kagemni ne cacha pas son étonnement.

— Ce ne sont pas les endroits les plus agréables pour un scribe d'élite. La poussière, le bruit, des hommes rudes qui te regarderont d'un drôle d'œil... J'y envoie d'ordinaire des scribes contrôleurs beaucoup moins qualifiés que toi. Tu parais plutôt destiné à la haute administration.

— Imhotep n'a-t-il pas été un simple foreur de vases, avant de gravir tous les échelons et de devenir maître d'œuvre, grand voyant d'Héliopolis et Frère du roi ?

Kagemni n'avait pas prévu une déclaration si tranchante de la part de ce jeune homme à l'apparence réservée. Il apprécia sa détermination, dépourvue d'arrogance.

À cet instant, le Premier ministre eut la certitude d'avoir engagé un homme d'État, à la stature inhabituelle, capable de surmonter d'inévitables obstacles.

— 11 —

Snéfrou n'eut pas grand chemin à parcourir pour atteindre le chantier qui venait d'ouvrir devant le temple du dieu Ptah, patron des artisans. Son but était l'agrandissement de l'accès principal. L'on y acheminait quantité de blocs dûment numérotés, sous la conduite d'un contremaître aux épaules carrées et au torse d'une largeur impressionnante. Tirés par une dizaine d'hommes, des traîneaux en bois servaient à transporter les pierres, taillées dans la carrière, jusqu'au lieu de stockage. Examiné par un spécialiste de l'assemblage, qui maniait équerre et niveau, un premier lit avait été dressé.

Le contremaître ne tarda pas à repérer l'intrus.

— Tu es qui ?

— Snéfrou, bureau du Premier ministre.

— Ah... le nouveau contrôleur ! Tu veux quoi ?

— Le nombre d'artisans, leurs qualifications et leurs salaires. Tâcherons compris.

— Tout est en règle.

— Je n'en doute pas, mais je désire vérifier.

— J'ai pas tous les documents ici. Repasse demain. Bonne journée.

— Ce n'est pas tout.

— Quoi encore ?

— J'aimerais visiter le chantier.

— Y a rien de spécial à voir. On trime et on exécute le plan.

— J'aimerais cependant observer le travail en cours.

— Inutile, tu n'y connais rien.

— Qu'en sais-tu ?

Le contremaître fut décontenancé. D'ordinaire, les hauts fonctionnaires, surtout ceux touchant au sommet de l'État, ignoraient le quotidien des bâtisseurs. Mais certains, à l'exemple d'Imhotep, étaient issus de familles de menuisiers ou de tailleurs de pierre. C'était peut-être le cas du gaillard qui sollicitait poliment son autorisation. Malgré un visage avenant et un ton posé, il ne manquait pas d'autorité.

— Eh bien, regarde. Fais attention à ne pas te blesser.

Scruté par des dizaines d'yeux plus ou moins hostiles, Snéfrou se déplaça lentement, attentif aux différentes manœuvres, à l'organisation du labeur, à la qualité des outils et à l'habileté de ceux qui les utilisaient.

Depuis l'adolescence, il se posait une question dérangeante : pourquoi le pharaon Houni n'avait-il pas bâti une pyramide digne de celle de Djéser, qui appartenait à la même dynastie ? Loin de se limiter à un tombeau abritant un cadavre, la pyramide était une centrale d'énergie spirituelle, qui animait le pays entier et garantissait sa prospérité. Houni avait commencé la sienne dans un endroit étrange, fort éloigné de la capitale. Selon la rumeur, les travaux semblaient interrompus. Cet échec ne conduirait-il pas à l'affaiblissement du royaume, voire à sa disparition sous les coups des voisins belliqueux, les Nubiens au sud et les Libyens à l'ouest ?

À la haute école des scribes, Snéfrou s'était renseigné sur les carrières. Les Deux Terres en regorgeaient, les pierres d'excellente qualité, tels le granit et le calcaire, abondaient. Pourtant, les chantiers demeuraient restreints, se cantonnant à des réfections ou à de modestes améliorations, comme dans le cas du temple de Ptah.

Aussi le jeune homme s'interrogeait-il : les artisans de son époque avaient-ils perdu les secrets de celle de Djéser, la vision du roi était-elle trop étriquée, la main-d'œuvre qualifiée manquait-elle, la façon de bâtir péchait-elle ?

Grâce à la fonction qu'avait consenti à lui attribuer le Premier ministre, le scribe allait enfin y voir clair. Son diagnostic formulé, il ne se contenterait pas de critiquer et proposerait des solutions pour redonner de l'élan à une indispensable architecture sacrée.

Snéfrou circula sur le chantier jusqu'au coucher du soleil, sans prendre le temps de déjeuner. Quelques gorgées d'eau lui suffirent.

Alors que les artisans quittaient les lieux, le contremaître s'approcha du contrôleur.

— Satisfait ?

— Tout dépend du sens que tu attribues à ce terme.

— Je ne comprends pas.

— Satisfait de ton accueil. Satisfait d'avoir eu le loisir de tout observer, sans contrainte. Satisfait d'avoir éclairé des zones d'ombre.

— Que réclames-tu de plus ?

— Ces satisfactions se traduisent par le constat que je redoutais.

Le contremaître se haussa du col et bomba le torse.

— De quoi m'accuses-tu ?

— De rien, rassure-toi. Ta responsabilité n'est nullement engagée.

— J'aime mieux ça ! Mais de quoi te plains-tu ?

— De la routine et de l'absence de vision.

— 12 —

Le doyen du Grand Conseil d'Héliopolis lut le rapport confidentiel que venait de lui faire parvenir son observateur privilégié au palais, le barbier du roi. En échange de quelques douceurs, comme de la bière de première qualité et des sandales de luxe, ce serviteur à la compétence reconnue procurait des informations sérieuses au doyen, qui se méfiait des rumeurs, souvent contradictoires.

Houni était malade, et son médecin, n'envisageant pas de guérison, se souciait seulement d'atténuer les souffrances de son illustre patient, qui déciderait lui-même d'y mettre fin, lorsqu'elles deviendraient insupportables.

Confiné dans ses appartements, le monarque n'avait plus la force de gouverner, il laissait cette tâche à Kagemni, un Premier ministre certes âgé et rhumatisant, mais doté de l'expérience nécessaire pour maintenir à flot le navire de l'État jusqu'à la disparition physique du pharaon.

L'avenir s'annonçait des plus inquiétants. Selon Houni lui-même, aucun des membres de sa famille n'était apte à lui succéder. Et nul postulant ne s'imposait de façon indiscutable.

Quand un ou plusieurs noms seraient proposés, il reviendrait au Grand Conseil d'approuver l'élection du nouveau maître des Deux Terres. Sans cette confirmation, impossible d'accéder au trône des vivants.

À Héliopolis, la plus ancienne cité sacrée d'Égypte, le Créateur avait révélé sa pensée, inscrite dans le gigantesque obélisque unique, rayon de lumière pétrifié, dressé sur un socle. Dans cette ville sainte était née la spiritualité rayonnante que tout pharaon devait préserver et prolonger. Quel plus phénoménal exemple que celui de Djéser qui, aidé du génie d'Imhotep, grand voyant d'Héliopolis, avait bâti un escalier vers le ciel, permettant à l'âme royale de le gravir pour communier avec les divinités, et à ces dernières de descendre vers la terre ?

Le règne de Houni n'avait pas été aussi éclatant que celui de Djéser, mais le monarque s'était évertué à maintenir l'équilibre des Deux Terres, et chacun de ses sujets mangeait à sa faim. Hélas, son projet de grande pyramide n'avait pas abouti. Et tout départ d'un pharaon vers la lumière d'où il était issu marquait le début d'une période d'instabilité, au moins pendant les soixante-dix jours de la momification, durant laquelle les forces des ténèbres et de destruction ne manqueraient pas de se manifester. Aussi était-il préférable d'avoir désigné le nouveau roi, afin qu'il serve aussitôt de rempart.

— Votre visiteur est arrivé, le prévint son intendant.

— Invite-le à s'asseoir dans le salon d'accueil.

Le doyen n'avait accepté cet entretien qu'à contrecœur. De grandes manœuvres débutaient, et l'on tenterait forcément d'influencer les membres du Grand Conseil, à commencer par lui.

*
* *

— Peut-être avez-vous entendu parler de moi ? suggéra le père de Rek.

— Vous êtes le chef d'une des familles les plus riches et les plus influentes du royaume. Asseyons-nous, je vous écoute.

— Notre pays traverse une période délicate. Selon une rumeur qui semble sérieuse, la santé de notre souverain s'est brutalement dégradée, au point de faire craindre le pire. Or, notre prospérité est plus fragile qu'il n'y paraît. Des voisins aussi jaloux que violents pourraient profiter de nos troubles intérieurs, si nous ne parvenions pas à jouir de la protection d'un pharaon courageux, aimé de la population et des grands corps de l'État. Bien entendu, la première démarche consiste à obtenir l'accord du Grand Conseil d'Héliopolis.

Le doyen n'avait rien à redire quant à ce discours. En revanche, une question s'imposait :

— J'imagine que le but de votre visite est de proposer un candidat à la fonction suprême ?

— La réputation de mon fils Rek est-elle parvenue jusqu'à vous ?

— Physique robuste, fort caractère, deuxième de la dernière promotion de la haute école des scribes, vaste érudition, spécialiste de l'économie. Que dois-je savoir d'autre ?

Impressionné, le père de Rek eut besoin de quelques secondes pour recouvrer son calme.

— Sans tenir compte de ma position et de l'affection que je lui porte, j'ai la conviction que Rek, en dépit de sa jeunesse, pourrait devenir un grand pharaon. Ne possède-t-il pas l'énergie et les qualités indispensables ? Et j'ai une confidence à vous faire.

Le doyen ne sourcilla pas.

— J'ai appris que le roi Houni désirait que mon fils lui succède. Aucun de ses proches ne lui semblant apte, il a énoncé ce choix, pour le moment en privé.

— Je ne doute pas de votre parole, mais il serait souhaitable que notre souverain formulât son avis de manière officielle, surtout à l'intention du Grand Conseil, soit oralement, soit par écrit, ce qui est plus probable, vu son état de santé.

— Je suis persuadé qu'il n'y manquera pas. Sa préférence, je présume, aura un certain poids.

— Un poids important.

Le père de Rek sourit.

— Pardonnez-moi d'être si direct : existe-t-il un obstacle infranchissable à l'élection de mon fils ?

Le doyen réfléchit.

— Je n'en vois aucun.

— 13 —

Partout, dans la région de Memphis, le même constat désespérant : aucun grand chantier, uniquement des travaux d'entretien. Oubliant l'exemple de Djéser, l'Égypte sommeillait. Construire n'était-il pas le premier devoir d'un pharaon ?

— Tu es en rogne, dit le Vieux à Snéfrou, en lui offrant un rouge léger, qui dissipait les idées noires.

— Nous sombrons dans la léthargie ! Se contenter de ses acquis mène à la décadence.

— Memphis n'est-elle pas une belle cité ?

— On répare, mais que crée-t-on ? Le Mur blanc, le port, les temples... Qu'a ajouté Houni ? Et pourquoi les travaux de sa pyramide sont-ils interrompus ? Cette stagnation nous conduira au malheur.

— L'impulsivité de la jeunesse, jugea le Vieux. N'es-tu pas satisfait de ta fonction ?

— Ô combien ! Elle m'a permis de découvrir la réalité. Or, je ne m'en contente pas.

— Que désires-tu de plus ?

— La modifier.

— Gigantesque ambition, Snéfrou ! Une telle tâche n'est à la portée que d'un seul être : Pharaon.

— Je le convaincrai.

*
* *

Plongé dans un demi-sommeil le jour comme la nuit, Houni ne s'alimentait presque plus. Même boire de l'eau était parfois douloureux. Il lui fallait maintenant prendre son ultime décision de chef d'État.

— Docteur, fais venir mon Premier ministre.

— Majesté, votre état...

— Je t'ai donné un ordre.

Le praticien s'empressa d'obéir. Et ce fut un Kagemni claudicant qui ne tarda pas à pénétrer dans la chambre du souverain, lequel avait eu la force de s'asseoir dans un fauteuil, afin de recevoir dignement cet exemplaire serviteur de l'État.

— Le résultat de tes enquêtes ?

— Je vous lis les rapports.

Houni écouta avec attention.

— Ma décision est prise.

*
* *

Les stocks de cuivre étaient très bas, et ceux de boules de dolérite, la pierre la plus dure, qui servait à extraire des blocs de granit, ne valaient pas mieux. Sans cuivre, pas de ciseaux. Et sans ciseaux, des artisans au ralenti, comme sur le principal chantier naval de Memphis, d'où ne sortaient plus de barges capables de transporter des tonnes de matériaux issus des carrières.

Tandis qu'il rédigeait un rapport incendiaire, Snéfrou fulminait. En apparence, tout allait bien. À une condition : gérer et ne rien entreprendre. Était-ce la meilleure façon de respecter l'enseignement des Anciens et de satisfaire les dieux ?

Armé d'un gourdin et d'un poignard, le chef de la sécurité des bureaux du Premier ministre interrompit le travail du scribe.

— Le roi veut te voir. Immédiatement.

*

* *

Nul besoin d'être médecin pour constater que Houni vivait ses dernières heures, bien qu'il se tînt digne dans son fauteuil en bois d'ébène, à haut dossier. En retrait, à sa droite, Kagemni.

— Le Premier ministre rédigera une déclaration officielle, dit le pharaon d'une voix faible, mais audible. Il a mené une enquête approfondie te concernant, jeune Snéfrou, ainsi que ton ami Rek. Je ne te cacherai pas que, dans un premier temps, en raison de ses indéniables qualités, je l'avais envisagé comme mon successeur, avec l'intention de solliciter l'approbation du Grand Conseil. Mais les investigations de Kagemni m'ont fait changer d'avis. Rek est dévoré d'ambition, son âme est dure et sèche, il n'a d'autre amour que le pouvoir.

— Majesté, je...

Houni leva la main, imposant le silence au jeune homme.

— Ton amitié, qui remonte à l'enfance, te prive d'une indispensable lucidité. Tu as devancé Rek à la haute école, il ne te le pardonnera pas. Désormais, s'il est élu, tu seras son second. Mais pas pour longtemps : à la première occasion, il t'écrasera sous ses sandales.

Les sinistres paroles du souverain percèrent le cœur de Snéfrou, qui aurait préféré ne jamais les entendre. Pourquoi tant de hargne injustifiée ?

— L'activité des chantiers royaux te mécontente, reprit le roi.

Snéfrou n'hésita pas.

— Au plus haut point, Majesté ! Elle est indigne de notre pays. Et votre pyramide…

Enflammé, le jeune homme sentit qu'il était allé trop loin. Adieu à sa carrière.

— J'ai échoué, confessa Houni. Toi, tu réussiras. Tu termineras la construction de ma pyramide.

Snéfrou en resta bouche bée, éprouvant une sorte de vertige. Puis une vérité hallucinante s'imposa.

— Majesté, une telle œuvre ne saurait être accomplie que par… par…

— Par mon successeur. Toi, Snéfrou.

— 14 —

Dans le bateau rapide qui, parcourant un canal bien entretenu, le menait de la capitale à Héliopolis, le Premier ministre, sous bonne escorte, fermait les yeux en revoyant les longues et dures années passées au service de son pays et de son roi. Pour lui, à la différence de ses compatriotes, pas une seule période de repos, et pas une seule journée sans un ou plusieurs problèmes à régler d'urgence. « Amère comme le fiel », sa fonction usait les plus robustes.

Lorsque le pharaon l'avait désigné, Kagemni avait éprouvé une intense fierté. Cette bouffée d'orgueil s'était vite éteinte. Il avait d'abord fallu obtenir l'obéissance des hauts fonctionnaires, puis l'assentiment des moyens, et enfin l'efficacité des petits, lesquels avaient une fâcheuse tendance à se comporter en tyrans vis-à-vis de leurs administrés.

Chaque matin, le Premier ministre soumettait au monarque les dossiers les plus brûlants. Il ne s'autorisait pas à agir sans son approbation.

Seule distraction : pénétrer à l'improviste dans un service quelconque, et repérer tire-au-flanc et incapables, lourdement sanctionnés. Cette sévérité lui avait attiré peu de sympathies. Pourtant, Kagemni ne regrettait rien, il soutiendrait sa ligne de conduite devant le tribunal des dieux.

Certes, il aurait aimé s'éteindre paisiblement, sans craindre pour l'avenir. Hélas, ce n'était pas le cas ! Quoi de plus fragile que le bonheur et l'équilibre d'une société ?

*

* *

— Le Premier ministre, annonça au doyen du Grand Conseil son secrétaire particulier.

Se levant avec vivacité, le dignitaire vint à la rencontre de Kagemni.

— Que se passe-t-il ?

— Le pharaon Houni est mort.

Les deux hommes respectèrent un long silence.

— Il m'a confié ce document à votre intention, déclara le Premier ministre en remettant au doyen un papyrus roulé, porteur du sceau royal.

Le destinataire le brisa, et lut les quelques lignes.

— Je convoque le Grand Conseil.

— En attendant sa décision, je règle les affaires courantes.

— Quel est votre avis, Kagemni ?

— Je me conforme à celui de mon souverain.

— Puisse la lumière continuer à nourrir les Deux Terres.

*

* *

Le doyen parti, son secrétaire particulier s'introduisit dans son bureau, afin de procéder à un éventuel rangement. Il s'acquittait volontiers de cette tâche, qui facilitait le travail de son patron. Sur la table principale, un petit papyrus déroulé.

Le secrétaire ne put s'empêcher d'y jeter un coup d'œil, d'autant plus qu'il portait la trace du sceau royal.

La teneur du texte le laissa pantois, en proie à un sérieux dilemme.

D'un côté, il éprouvait un profond respect envers un patron intègre, très attaché à la tradition ; de l'autre, il devait en grande partie sa carrière au père de Rek.

En évitant de se montrer si curieux, il n'aurait pas découvert un message confidentiel. Confidentiel... pour peu de temps. Bientôt, le désir de Houni serait rendu public. Le transmettre à son bienfaiteur n'était pas une faute grave, mais une simple marque d'amitié, qui lui permettrait d'agir.

*

* *

Le secrétaire du doyen arriva au port de Memphis à la nuit tombante, et se hâta jusqu'à la somptueuse villa de la famille de Rek, gardée par un portier, qui alla prévenir son patron de cette visite inattendue.

Le notable reçut son hôte dans une grande pièce aux murs décorés de fleurs peintes avec délicatesse, notamment des bleuets et des iris.

— Viens-tu me confirmer la mort du roi Houni ? La rumeur commence à enfler.

— Le doyen du Grand Conseil et le Premier ministre rendront la nouvelle officielle dès demain, et le processus de momification débutera.

« Soixante-dix jours à attendre pour voir mon fils couronné », pensa le père de Rek, ravi.

— Le pharaon a envoyé une lettre au doyen, afin de signifier sa préférence pour son successeur.

— Enfin ! C'est la dernière pierre de l'édifice. Grâce à cette lettre, les délibérations du Grand Conseil seront une simple formalité.

— J'ai peur que non.

— Pourquoi t'inquiètes-tu ?

— Parce que ce n'est pas le nom de Rek qui figure sur le document.

— Tu dois te tromper !

— Hélas, non. Le pharaon a désigné Snéfrou.

— 15 —

Le père de Rek trépigna jusqu'au retour de son fils, tard dans la nuit.

— Où étais-tu passé ?

— Je m'amusais à une réception organisée par des amis. Pervenche était ravie. Une joyeuse soirée, bien arrosée.

— Vide une jarre d'eau pour reprendre tes esprits.

Rek ne cacha pas son étonnement.

— Que se passe-t-il ?

— Le pharaon Houni est mort. Son dernier acte fut l'envoi d'une lettre portant son sceau au doyen du Grand Conseil, afin d'indiquer sa préférence pour son successeur.

— Exactement ce que nous attendions, père ! Houni a mis par écrit son engagement oral. Maintenant, le chemin vers le trône est largement ouvert. Moi, Rek, je vais régner !

— Détrompe-toi.

Le jeune homme se figea.

— Me détromper, mais...

— Houni a choisi Snéfrou.

D'abord hébété, Rek finit par éclater de rire.

— C'est une mauvaise plaisanterie !

— Le Premier ministre a remis ce document au doyen du Grand Conseil, qui en informera ses pairs.

— Snéfrou est mon second et doit le demeurer !

— Ce n'est pas l'avis du roi défunt. Même si sa parole n'est pas décisive, elle pèsera d'un certain poids. Des hésitants pencheront en faveur de Snéfrou.

— Ça n'a aucun sens ! Il est incapable de gouverner. Je ne resterai pas les bras croisés. Dès l'aube, je me rends chez Snéfrou, je le convaincrai de renoncer publiquement. Je suis sûr qu'il se soumettra face à l'évidence.

★

★ ★

Ses ablutions matinales à peine terminées, la dame Méresânkh vit surgir dans ses appartements sa femme de chambre, qui remplissait aussi la fonction de coiffeuse.

— Quelqu'un veut vous voir immédiatement !

— Qui donc ?

— Rek.

— Fais-le s'asseoir dans la salle des ancêtres, donne-lui un bol de lait, et dis-lui que je m'habille.

★

★ ★

Dédaignant le bol, Rek n'avait cessé d'arpenter la pièce, jusqu'à l'apparition de Méresânkh.

— Où est Snéfrou ? rugit-il.

— Bonjour, Rek. Aurais-tu oublié la politesse la plus élémentaire ?

— Pardonnez-moi, je n'ai pas dormi de la nuit, j'ai les nerfs à vif.

— Pour quelle raison ?

— Un motif gravissime, qui concerne votre fils et moi !

— Parlons-en calmement. Auparavant, comme il convient, rendons hommage aux ancêtres.

Dans chaque demeure, même modeste, figuraient les bustes de ceux et de celles passés de l'autre côté de la vie. Leur appellation, « ceux qui sont devant », leur assignait un rôle de guides.

Rek jugea interminable la méditation de la dame Méresânkh. Enfin, elle s'assit sur un tabouret et le regarda d'un œil intrigué, pendant qu'il déambulait à nouveau.

— Houni est mort, déclara le jeune homme. La succession au trône est ouverte. Et, de même que le Grand Conseil, le successeur qu'il souhaitait, c'est moi.

— Que le destin te soit favorable.

— Pour le moment, il ne l'est pas ! Le roi a changé d'avis. Dans une lettre au Grand Conseil, il a choisi Snéfrou !

Méresânkh eut un léger sourire.

— Sans doute Houni, au seuil de sa mort physique, a-t-il réfléchi.

— Cette recommandation est absurde ! Snéfrou et moi sommes des amis d'enfance. J'ai toujours été le premier, et lui le second.

— Pas à l'ultime épreuve de la haute école des scribes, rectifia Méresânkh.

— Peu importe ! Il existe une convention entre nous. Moi, pharaon ; lui, mon Premier ministre. En tant qu'ami, et dans son intérêt, qu'il la respecte ! Snéfrou n'est pas un chef. Moi, si.

— Sera-ce l'avis du Grand Conseil ?

— Bien sûr, si Snéfrou se retire. Il se félicitera de l'avis du regretté Houni, tout en reconnaissant qu'il ne dispose pas des qualités requises pour occuper la fonction suprême. Tout rentrera dans l'ordre.

— Les humains s'agitent, les dieux décident. En contact avec eux, Houni, le premier des ritualistes, n'a-t-il pas émis un désir respectable ?

Rek contint sa fureur.

— Vous soutenez votre fils, je l'admets. Mais vous commettez une erreur grave. Jamais il ne régnera. Jouez un rôle décisif, en le persuadant de se retirer à mon profit. Vous et lui n'aurez pas à vous plaindre, je ne serai pas ingrat. Sinon...

— Sinon ?

— Ou vous êtes avec moi, ou vous êtes contre moi. Snéfrou vous a-t-il parlé de ses folies, à propos de sa quête de la perfection et d'un introuvable lotus d'or ?

Méresânkh hocha la tête.

— Mon ami est un rêveur. Moi, je saurai gérer ce pays.

— Gérer... est-ce suffisant ?

— Où est Snéfrou ?

— Je l'ignore.

— 16 —

Avant de partir pour Meidoum, à plusieurs heures de bateau au sud de la capitale, Snéfrou avait consulté des archives, et ses découvertes le troublaient. Le choix de ce site si loin de Memphis, centre du pouvoir, ne devait rien au hasard. Meidoum était le lieu privilégié d'Atoum, le Créateur, « Celui qui est » et « Celui qui n'est pas ». En s'éveillant dans l'océan d'énergie, où avait disparu le lotus d'or, Atoum avait fait émerger un îlot, la terre.

Contrairement à ce que le jeune homme avait cru, Houni n'était pas dépourvu de vision. Ne se contentant pas de reproduire le Grand Œuvre de Djéser à Saqqara, il avait choisi un autre lieu et une autre forme de pyramide. Hélas, une décision trop tardive.

Le cœur serré, Snéfrou découvrit un chantier abandonné. Seul le temple d'accueil, à la lisière du désert, semblait presque achevé. De magnifiques bas-reliefs ornaient le début de la chaussée couverte conduisant vers le socle de la pyramide. Çà et là, des outils, des cordages et des traîneaux. Proches des angles, des blocs entreposés, avec des marques de carriers.

Deux sentiments envahirent Snéfrou. D'abord, la tristesse, nourrie de regrets à l'égard d'un roi qui n'avait pu mener son projet à terme ; ensuite, le désir impérieux de lui donner satisfaction. La tâche s'annonçait gigantesque, mais le modèle des maîtres d'œuvre, Imhotep, n'avait-il pas accompli l'impossible, grâce au soutien du pharaon Djéser ?

Les derniers mots de Houni ne cessaient de hanter le jeune homme. Lui, maître des Deux Terres, au service des divinités et d'un peuple... De quoi donner le vertige et éprouver l'envie de courir dans le désert jusqu'à l'horizon.

La vision de ce chantier délaissé bouleversa Snéfrou. Être fidèle à l'institution pharaonique, dont la perfection émanait du Créateur et non des humains, revenait à bâtir une demeure d'éternité, où l'institution s'épanouirait. Et sans cette demeure, l'Égypte disparaîtrait.

Mourant, Houni avait assigné à Snéfrou la mission de prolonger cette lumière-là, celle du Créateur. Face au monument en gestation, il se promit de la remplir.

*

* *

— Snéfrou est parti vers le sud, dit Rek à son père.

— Se serait-il enfui ?

— Non, une visite de chantier. Son obsession. Profitons de son absence pour allumer deux contre-feux. Je suis persuadé qu'ils seront efficaces. Dès son retour, je m'entretiendrai avec mon ami, et l'affaire sera résolue.

— N'es-tu pas trop optimiste ?

— Nos arguments porteront. Rendons-nous sans tarder à Héliopolis.

*
* *

Le doyen du Grand Conseil reçut Rek, plutôt détendu, et son père, contracté.

— Lors d'une réunion exceptionnelle, indiqua le doyen, j'ai lu la missive officielle de notre défunt souverain. À présent, les délibérations peuvent débuter pour envisager l'élection de Snéfrou.

— Elles n'aboutiront pas, déclara Rek.

L'assurance du jeune homme surprit son interlocuteur.

— Pour quels motifs ?

— Le premier est le témoignage de mon père, dont la parole ne saurait être mise en doute. Le roi lui a confié qu'il souhaitait que j'accède au pouvoir suprême.

Le doyen fixa le père de Rek.

— Le confirmez-vous ?

— Je le confirme.

— Témoignerez-vous devant le Grand Conseil ?

— Je témoignerai.

— C'est un élément non négligeable, mais Houni a changé d'avis et a formulé par écrit son vœu ultime.

— En êtes-vous si sûr ? intervint Rek.

Le doyen sourcilla.

— Que sous-entends-tu ?

— Acceptez-vous de convoquer le Premier ministre ?

— Dans quelle intention ?

— J'ai une question à lui poser, et j'aimerais qu'il y réponde en votre présence.

*
* *

Garant de la justice, Kagemni avait l'habitude de présider le plus haut tribunal de Memphis, mais pas de comparaître devant un jury composé de trois personnes au visage fermé.

— La lettre que vous m'avez remise est-elle bien de la main du roi ? interrogea le doyen du Grand Conseil, posant lui-même la question que lui avait soufflée Rek.

— Bien entendu, et le sceau garantit son authenticité.

— Vu son état, insista Rek, a-t-il *réellement* rédigé ce texte lui-même ?

— En fait, admit Kagemni, il me l'a dicté.

— C'est donc votre écriture qui figure sur le papyrus, et c'est vous qui avez apposé le sceau royal.

— En effet, mais... oseriez-vous mettre en cause mon intégrité ?

— Puisque vous reconnaissez les faits, conclut Rek, ce document n'a aucune valeur. Vous avez pu mal interpréter les paroles d'un mourant. Quoi qu'il en soit, il s'agit de *votre* texte, et pas de celui écrit en pleine conscience par notre défunt monarque. En tant que supérieur des juges, vous interdirez aux membres du Grand Conseil de tenir compte de cette missive, qui reflète peut-être votre opinion personnelle.

Kagemni n'avait aucune échappatoire. Fallait-il que ce jeune garçon fût pourri d'ambition pour se montrer si retors.

Triomphant, Rek se leva, dominant son père, le Premier ministre et le doyen, trois hommes âgés à l'avenir limité.

— Je n'ai nulle envie d'assister à une division des membres du Grand Conseil et à des débats houleux, qui déchireraient cette noble institution. Et je ne souhaite pas davantage voir ternie la réputation de Kagemni, un remarquable Premier ministre que nous respectons tous.

— Quelle solution proposes-tu ? demanda le doyen.

— Snéfrou est mon ami d'enfance. Il sait que c'est moi qui suis destiné à régner, pas lui. La raison l'emportera.

— Et s'il s'obstine ? s'inquiéta Kagemni.

— Alors, je serai contraint de faire appel au jugement de Seth, qui me couronnera.

— 17 —

Méresânkh embrassa son fils, de retour de Meidoum.

— J'ai vu la pyramide inachevée de Houni. Ce site est fabuleux. J'y ai perçu une énergie d'une telle puissance que je me suis senti presque incapable de partir.

— De mon côté, j'ai reçu la visite de ton ami Rek.

— Que voulait-il ?

— Me demander de te convaincre de renoncer à régner, bien que le roi défunt t'ait recommandé au Grand Conseil. J'ajoute qu'il a été menaçant. On est avec lui ou contre lui.

— Rek a toujours rêvé de diriger notre pays ! Parfois il s'exalte au point de devenir odieux. J'exigerai des excuses.

L'entretien fut interrompu par un émissaire précisément envoyé par Rek. En s'inclinant, il s'adressa à Snéfrou :

— Mon maître a appris votre retour, il vous attend pour déjeuner.

★

★ ★

— Snéfrou ! Mais où étais-tu passé ? questionna Rek en donnant à son ami une accolade aussi chaleureuse que virile.

— J'inspectais le chantier délaissé de Meidoum.

— Ce trou perdu ?

— L'endroit est magique. C'est là que Houni voulait édifier sa pyramide.

— Houni est mort, sa pyramide abandonnée. Tout cela, c'est du passé. Nous, nous avons l'avenir à construire ensemble. Commençons par nous restaurer ! Mon cuisinier a préparé d'excellents plats.

Purée de fèves aux fines herbes, filets de perche sur un lit de poireaux, côtes de bœuf grillées, fromage frais et un rouge trois fois bon, portant la marque du Vieux.

Les deux jeunes hommes s'assirent à l'ombre d'une pergola. On les servit aussitôt. D'humeur enjouée, Rek se mit à dévorer son plat, tandis que Snéfrou le grignotait.

— Tu n'apprécies pas ? s'étonna son ami.

— Si, mais je manque d'appétit. Ta visite à ma mère...

— Je me suis montré un peu brutal, je le déplore. À elle et à toi, je présente mes excuses. J'avais une bonne raison d'être énervé. Dire qu'un faux aurait pu tout gâcher !

— Quel faux ? questionna Snéfrou, intrigué.

— La pseudo-missive de Houni te préconisant comme successeur. En réalité, c'est le Premier ministre qui l'a écrite.

— Kagemni, un faussaire ? C'est impossible !

— Bien entendu, il prétend avoir rédigé ce document absurde sous la dictée du mourant. Rassure-toi, il n'y aura pas de poursuites contre ce bon vieillard. L'essentiel, c'est que ce texte soit considéré sans valeur. Mon père se trouve à Héliopolis et contacte plusieurs membres du Grand Conseil afin de présenter ma candidature, selon le désir de Houni. Affaire réglée.

— Le pharaon avait changé d'avis.

— Je te le répète, ce pseudo-testament n'a aucune valeur.

— Peu importe. Il m'a convoqué et m'a confié une mission : achever sa pyramide.

Rek blêmit.

— Seul un pharaon peut rouvrir ce chantier. Et je n'ai pas l'intention de le faire.

— Moi, si.

Rek cessa de manger.

— Snéfrou, mon ami, as-tu conscience de ce que tu dis ? Reprends tes esprits, redeviens raisonnable !

— Ce n'est pas le pouvoir qui m'attire, mais le devoir de bâtir une demeure d'éternité, un foyer d'où jaillira une lumière indispensable pour garantir la prospérité des Deux Terres et de ses habitants.

— Ce qu'il leur faut, c'est un chef ! Or, tu n'en es pas un. Nous étions convenus que je serais pharaon, et toi, mon dévoué Premier ministre. Respecte cet accord.

— Houni et sa pyramide de Meidoum en ont décidé autrement.

Rek vida sa coupe de vin.

— Tu n'es pas sérieux, j'espère ?

— M'imagines-tu comparaître devant les dieux en leur expliquant que, par lâcheté, j'ai renoncé à la tâche vitale assignée par Pharaon ?

Rek afficha sa consternation.

— Tu as perdu la tête, Snéfrou. Reviens à la réalité, je t'en supplie ! Je ne te tiendrai pas rigueur de cette dérive passagère. À un moment ou à un autre, tout le monde délire. Si ça ne dure pas, c'est sans importance.

Cessons ce jeu stupide. Je dois être, et je le serai, l'unique postulant devant le Grand Conseil.

— Non, Rek.

— Pourquoi cette obstination, pourquoi nier l'évidence ?

— À cause de la pyramide inachevée de Houni et de la confiance qu'il m'a accordée.

— C'est insensé !

— C'est ainsi.

Rek découvrait un Snéfrou qu'il ignorait. Comprenant qu'aucun argument ne le ferait fléchir, il changea de stratégie.

— Contrairement à toi, je suis lucide. Même si la lettre de Houni, dictée à Kagemni, n'a aucune valeur juridique, le Grand Conseil en connaît la teneur. Ses membres vont donc se déchirer, alors que l'unanimité est requise. Nous risquons d'aboutir à une impasse. Une catastrophe pour le pays. Es-tu d'accord sur ce point ?

— Je le suis.

— Alors, renonce.

— Je ne renoncerai pas.

— En ce cas, une seule solution : le jugement de Seth.

— 18 —

— Te voilà dans de beaux draps ! grogna le Vieux. Le jugement de Seth... Tu sais de quoi il s'agit, mon pauvre Snéfrou ?

— D'une épreuve de tir, qui départage des archers.

— Ça, pour les départager !

Snéfrou avait rejoint l'étable où le Vieux servait un dîner copieux à Vent du Nord, affamé à la suite d'une livraison à un notable de Memphis.

— Tu ignores les règles du jeu, mon garçon. Si l'un des deux adversaires rate deux fois la cible, il accepte de devenir lui-même la prochaine. À ce stade, pas question de te défiler. As-tu déjà manié un arc ?

— Pas souvent.

Le Vieux leva les yeux au ciel.

— Manquait plus que ça ! Et ton ami Rek ?

— C'est un chasseur de première force.

— Es-tu conscient d'aller à l'abattoir ?

— Si je m'entraîne...

— Ben voyons ! En quelques heures de pratique, crois-tu pouvoir rivaliser avec un champion ?

— Pourquoi pas ? On façonne son destin avec du courage, pas de la lâcheté. J'ai lu, dans une sagesse, un précepte qui m'a marqué : « C'est sur l'ordre des dieux que nous vivons. »

Avant de déguster une potée de légumes frais, l'âne regarda le jeune homme. Et son oreille droite se dressa.

— Dis donc, toi, s'irrita le Vieux, on ne t'a rien demandé !

— Seth est un dieu, reprit Snéfrou. Sa puissance se met au service du pharaon, comme celle de son frère, le faucon Horus. S'il me juge légitime, pourquoi s'en prendrait-il à moi ?

Cette belle confiance ne rassura pas le Vieux.

— Quoi qu'il advienne, poursuivit le jeune homme, Rek ne me tuera pas. Notre amitié est trop profonde. Nous nous sommes mutuellement sauvé la vie.

— Quand le pouvoir est le but, déplora le Vieux, il n'y a plus d'amitié.

— Je suis sûr que si.

— Ton âme est pure, mon garçon. Mais dès demain matin, entraînement intensif à l'arc. C'est la moindre des précautions. Il y aurait pourtant mieux à faire.

— À savoir ?

— Rester en vie, renoncer à te présenter au Grand Conseil et laisser le champ libre à ton ami Rek.

— Et le vœu de Houni ? Et mon engagement devant sa pyramide inachevée ?

Le Vieux grogna de nouveau.

— Puisque tu n'écouteras aucun conseil, que le ciel tranche.

— Que voulez-vous dire ?

— Monte sur le toit du temple de Ptah, le dieu des bâtisseurs. En tant que scribe d'élite, tu y es autorisé. Les spécialistes ne te repousseront pas. Observe l'univers.

Selon ce que t'apprendra ton regard, tu sauras si tu es capable d'affronter Seth et de le rendre favorable.

*

* *

Chaque nuit, astronomes et astrologues se relayaient sur les toits des grands temples afin de scruter le monde des étoiles et d'en tirer un maximum d'enseignements.

Le directeur de la confrérie accueillit Snéfrou avec froideur. Il n'aimait guère les curieux et les amateurs, qui risquaient de déranger les professionnels. Aussi, sans opposer d'emblée un refus, soumit-il le jeune homme à un interrogatoire sur les planètes infatigables, leur signification symbolique, le zodiaque, les décans, les constellations et quelques modes de calcul. Constatant que ce scribe ne manquait pas de savoir, et aurait même mérité une intégration à une équipe de ritualistes de l'heure, il l'autorisa à emprunter un escalier aux marches larges et douces.

Sans importuner quiconque, Snéfrou s'assit à l'un des angles du toit et contempla le cosmos, le corps gigantesque de la déesse Nout, paré de milliers d'étoiles, portes de lumière. Ayant consulté des cartes pendant ses études, il ne tarda pas à identifier les planètes, au déplacement bien connu et noté dans des éphémérides.

Se laissant bercer par la beauté de ce spectacle, Snéfrou oublia ses tourments. Qu'importait sa petite existence, face à cette immensité où circulait une énergie hors de portée des humains et qui, pourtant, leur donnait la vie ?

En fixant les impérissables, le jeune homme crut discerner un signe étrange, et pas n'importe où : dans la cuisse de Seth, expression de la puissance stellaire à son apogée !

Fasciné, Snéfrou distingua une sorte de corde qui reliait les étoiles de cette constellation. Douze nœuds brillèrent d'un éclat particulier, puis se déplacèrent pour former un œil complet, celui du faucon Horus, protecteur de la royauté.

— 19 —

— On recommence, dit le Vieux. Un raté sur trois, avec une cible proche, c'est beaucoup trop. Essaie de te décontracter, mais tends la corde de l'arc au maximum. Surtout, respire et oublie l'obligation de réussir. Tente de voler avec la flèche, comme si elle avait l'intention de se noyer dans l'horizon. Plus tu te préoccuperas de la précision, plus tu échoueras.

Snéfrou ne négligeait pas les conseils du Vieux, qui semblait avoir une bonne expérience du maniement de l'arc, mais les observer n'avait rien de facile. Le duel étant prévu pour le lendemain, au terme de la première semaine de momification de Houni, le jeune homme s'entraînait sans rechigner.

— C'est parce que j'ai vu l'œil d'Horus dans le ciel que vous m'apprenez à tirer ?

— Possible.

— Dans votre jeunesse, vous étiez archer ?

— Je n'ai jamais été jeune. Assez bavardé. Au travail.

*

* *

Méresânkh saisit tendrement les mains de Snéfrou.

— C'est de la folie, mon fils. Renonce à ce duel.

— Je veux accomplir la mission confiée par le roi. Le signe du ciel a conforté ma décision.

— Sur ton chemin se dresse ton ami Rek. Vous avez eu des liens étroits, mais son ambition les a rongés. Aujourd'hui, tu es devenu un rival. Pis encore, un ennemi à éliminer.

— Vous êtes trop sévère avec Rek, mère. Il s'est mal comporté, et vous présente ses excuses.

— Comment se comportera-t-il avec toi ? Échapperas-tu à ses flèches ?

— D'abord, je ne suis pas battu d'avance ; ensuite, s'il est vainqueur, Rek se montrera magnanime, et je lui obéirai, comme tous ses sujets.

*
* *

Seule la masse de dossiers à traiter maintenait à flot le Premier ministre, affecté par l'humiliation qu'il avait subie. En le traînant dans la boue, le jeune Rek avait fait preuve d'une cruauté qui n'appartenait qu'aux « étroits de cœur ».

Être renvoyé au lendemain de l'élection de cet ambitieux ne chagrinait pas Kagemni. En revanche, il redoutait la dureté d'un souverain imbu de son pouvoir. Quoique soumis à la règle de Maât comme tous ses prédécesseurs, se soucierait-il vraiment du bonheur de son peuple ? Ne le conduirait-il pas vers le malheur ?

Rek ne manquait hélas pas de sens tactique. En éliminant Snéfrou par le biais d'un différend personnel, il tenait à l'écart les institutions et ne provoquait pas de conflits internes. Pourtant, s'appuyant sur son expérience et sa connaissance des humains, Kagemni était persuadé que Rek n'avait pas la stature d'un pharaon et ne gouvernerait pas en harmonie avec les puissances créatrices.

Déconsidéré, le Premier ministre, à présent intérimaire, n'avait aucun moyen d'agir. Il ne pouvait pas empêcher un duel, gagné d'avance par Rek.

*

* *

La préparation de l'affrontement décisif s'achevait. Rek s'était entraîné des heures durant dans le vaste jardin de la propriété familiale, assez satisfait de ses performances. Il utilisait un arc à la corde solide, hérité de son grand-père, qui l'avait conservé après avoir servi quelque temps dans l'armée. Son maniement exigeait beaucoup de force et, à très longue distance, la précision n'était pas garantie.

Tandis qu'il buvait une grande jarre d'eau, avant une douche et un massage revigorant, Rek vit arriver son père, tout sourire.

— Requête acceptée, mon fils ! Le commandant de la caserne est d'accord pour que les tirs aient lieu dans la cour d'exercice de ses archers, avec les cibles habituelles. Ainsi, tu seras considéré comme parfaitement honnête. Des militaires serviront de témoins, constateront que tu n'as bénéficié d'aucun privilège et que le duel a été loyal. Satisfait de cette dernière répétition ?

— Plutôt.

— Es-tu absolument certain de l'emporter ?

— Je connais Snéfrou, il aura travaillé avec acharnement afin d'atteindre un bon niveau. Mais il sera inférieur au mien.

— Je prendrai quand même mes précautions. Snéfrou est presque aussi solide que toi.

— Des précautions... de quel ordre ?

— Tu le verras bien. Une victoire se prépare, Rek. Mieux vaut s'assurer que ton adversaire ratera deux fois la cible. Il sera alors à ta merci. Tu imagines sa peur ? Il se mettra à genoux et t'implorera de l'épargner !

— Vous connaissez mal Snéfrou, père. Il se tiendra bien droit et regardera la mort en face.

— La mort ? Tu ne comptes pas tuer ton ami d'enfance ! Sa déroute te suffira, n'est-ce pas ?

Rek ne répondit pas.

— 20 —

Le Vieux avait mal dormi. Résultat : une humeur massacrante et un pessimisme à cacher le soleil levant. Remède indispensable : une goulée de blanc sec qui remettait les idées en place et dérouillait les articulations. Néanmoins, une horreur lui trottait dans la tête. Une monstruosité, qu'il n'aurait pas dû envisager. L'ennui, c'est qu'elle le taraudait, au point de troubler son sommeil, d'ordinaire si profond.

Il existait un moyen de dissiper le doute mais le Vieux rechignait à l'utiliser, de crainte de reconnaître, une fois de plus, la supériorité d'un quadrupède. Grognon, il s'y résolut en consultant Vent du Nord, qui venait de se réveiller.

— Ce matin se déroule le duel décisif entre Snéfrou et Rek. J'ai cauchemardé. Selon toi, l'affrontement est-il truqué ?

L'oreille droite de l'âne se dressa.

— Nous voilà bien ! Comment s'en sortir ? À propos... Tu es l'un des animaux du dieu Seth ! Or, un duel truqué est placé sous son autorité. Il faut que j'arrive à empêcher une injustice. Toi aussi, creuse-toi la cervelle afin de venir en aide à Snéfrou.

★
★ ★

— Je viens avec toi, Snéfrou.
— Non, mère !
— Mon fils va risquer sa vie, et je resterais chez moi, angoissée, à attendre le résultat d'un duel à mort !
— Ce ne sera pas le cas. Quel que soit le vainqueur, il n'abattra pas son ami d'enfance.
— Tu es trop large de cœur, Snéfrou ! Contrairement à ton ex-ami.
— On n'efface pas tant d'années d'aventures communes. Nous nous contentons de vider une querelle. Les dieux décideront.
— Je t'accompagne.

Ne doutant pas de l'issue de l'affrontement, Méresânkh voulait protéger son fils. S'il le fallait, elle se placerait entre lui et Rek, sur la trajectoire de la flèche que décocherait ce dernier pour tuer le vaincu.

★
★ ★

— Ils sont déjà là, constata le Vieux en observant Rek et son père qui, au milieu de la cour de la caserne, discutaient avec des gradés.

Snéfrou se détacha du quatuor qu'il formait avec sa mère, le Vieux et Vent du Nord. Il se dirigea vers Rek, qui repoussa son père et donna l'accolade à son ami.

— Il est encore temps de mettre fin à cette idiotie, Snéfrou. Renonce en ma faveur, et tout sera dit.

— J'ai vu l'œil d'Horus dans le ciel. Un signe révélateur, ne penses-tu pas ?

— Encore l'un de tes rêves, mon ami ! On ne gouverne pas avec des signes. Moi, je suis un pragmatique, je ne m'intéresse qu'à la réalité ! Admets-le, et notre avenir commun sera radieux.

— Achèveras-tu la pyramide de Houni ?

— Le passé est le passé.

— Alors, vivons le présent.

— Quel gâchis, Snéfrou ! Tant pis pour toi.

*
* *

Quand les deux jeunes gens présentèrent leurs armes, le père de Rek s'indigna.

— L'arc de mon fils est plus grand que celui de Snéfrou ! Le désavantage de ce dernier est inacceptable, la compétition sera faussée. Je vais en chercher un de même taille dans la réserve de l'armée.

La démarche fut rapide, et les deux concurrents s'immobilisèrent, côte à côte, fixant la cible, un bouclier de cuivre accroché à un poteau, à une distance moyenne.

Rek et Snéfrou tirèrent ensemble. La flèche du premier se ficha dans le haut de la cible, celle du second la rata largement. Son doigt avait dérapé sur la corde, comme si elle était enduite de graisse.

Méresânkh croisa les bras sur sa poitrine. Elle jeta un regard en direction du Vieux, mais celui-ci avait disparu, abandonnant Vent du Nord.

— Deuxième tir, annonça le père de Rek.

La flèche de son fils transperça le bas du bouclier. Celle de Snéfrou le frôla. Cette fois, la corde de son arc ne s'était tendue qu'à moitié.

— Deux succès pour l'un, deux échecs pour l'autre, constata un gradé. Que Snéfrou se mette à la hauteur de la cible.

Étouffant un sanglot, Méresânkh se serra contre Vent du Nord.

À pas lents, Snéfrou se dirigea vers la position requise. Rek sortit une troisième flèche de son carquois.

Les deux jeunes gens avaient accepté la règle du jeu. Nul ne pourrait en contester l'issue. D'abord confiant, Snéfrou fut pris d'un malaise en observant l'attitude de son ami. Ce n'était pas celle d'un archer indolent, s'apprêtant à rater sa cible. Au contraire, sa concentration avait de quoi effrayer.

« Impossible, pensa Snéfrou. Si dévorante soit-elle, la soif de pouvoir ne peut pas conduire Rek à commettre un tel crime ! »

— Un instant, intervint le Vieux, en brandissant un arc.

Tous les regards convergèrent vers lui.

— En tant que vainqueur, Rek a le droit de transpercer le vaincu. Mais pas avec une arme familiale. J'ai connu son grand-père, qui n'aurait pas autorisé un tel usage. Que Rek se serve de cet arc-là.

Nul ne s'y opposa.

En le bandant, Rek fut animé de pensées contradictoires. Tuer son ami d'enfance ne lui vaudrait-il pas une mauvaise mort ? Mais s'il lui accordait la vie, Snéfrou, si obstiné, ne resterait-il pas un obstacle sur le chemin du trône ? Chassant ses interrogations, Rek s'en remit à son geste. Au destin de décider.

Méresânkh s'élança et agrippa le bras du jeune homme.

— Ne tire pas, je t'en supplie !

Le père de Rek la prit par les épaules et l'écarta.

— Respectons la volonté de Seth.

Irrité, Rek tendit la corde au maximum, l'arc vibra de manière anormale, et la flèche s'envola, passant au-dessus de la tête de Snéfrou.

— Nous revoilà à égalité, jugea le Vieux, sans provoquer de contestation. Pour départager les adversaires, une solution simple : déplacer la cible et la poser à une grande distance. Le premier qui la touchera, avec l'aide de Seth, aura gagné.

Furieux, Rek jeta son arme au loin.

— Redonnez-moi mon arc, ordonna-t-il à son père, atterré.

— À malin, malin et demi, murmura le Vieux, l'œil plein d'ironie.

La tricherie n'avait pas abouti. Maintenant, l'heure de vérité.

Les regards des deux jeunes gens ne se croisèrent pas. Le Vieux remit un nouvel arc à Snéfrou.

— Je l'ai vérifié, pas d'embrouille. Deviens la flèche, mon garçon, envole-toi avec elle et atteins l'horizon.

Encore remué par le sort funeste qui lui avait peut-être été réservé, Snéfrou n'était guère serein. Et la cible lui paraissait si lointaine !

Sans solliciter son autorisation, Rek tira le premier en poussant un cri de rage. L'assistance crut que la courbe du projectile se terminerait dans le bouclier de cuivre. Perdant de la vitesse, le trait se ficha à son pied.

Son second essai serait le bon.

Snéfrou ne se précipita pas. Méticuleux, il tâta le bois, la corde et la flèche. Mi-irrité, mi-dédaigneux,

Rek s'amusa de cette manœuvre dilatoire. Enfin, son adversaire se campa en direction de la cible.

Au moment où Snéfrou bandait son arc, Vent du Nord s'approcha sans bruit et posa son museau sur le cou de l'archer, lui transmettant un souffle presque brûlant.

« L'ardeur de Seth », pensa le Vieux.

Snéfrou ne ressentit plus la moindre anxiété. Animé d'une force nouvelle, il ferma les yeux.

À une vitesse remarquable, le trait décoché traversa l'espace et transperça le bouclier.

— 21 —

Parfois, une information circulait plus vite que le vent. En l'occurrence, Vent du Nord avait accédé à une célébrité que déplorait le Vieux, néanmoins satisfait de l'intervention décisive de l'âne, qui avait honoré son statut d'animal de Seth.

Quant à Snéfrou, il venait de bénéficier de signes émanant des deux dieux qui conféraient sa puissance à la fonction royale : Horus et Seth. Même les plus réticents à l'élection du jeune homme étaient à court d'arguments.

Le Vieux, qui avait débouché une jarre de quatre fois bon, partagée avec la dame Méresânkh et Snéfrou, ne débordait cependant pas d'optimisme.

— Tu n'es pas au bout de tes peines, mon garçon ! On parle partout de ton exploit retentissant, mais il ne s'agissait que d'un duel privé entre amis.

— Le Grand Conseil est tout de même obligé d'entériner la candidature de mon fils à la succession de Houni ! protesta Méresânkh.

— La candidature, oui. Mais l'élection n'est nullement acquise. Snéfrou devra prononcer un discours convaincant, dans lequel il exposera sa vision de la fonction suprême. Si sa parole est médiocre, il sera rejeté.

★

★ ★

Ayant renoncé officiellement à être candidat à la succession du roi, Rek remâchait sa défaite, tout en analysant les éléments qui l'avaient conduit à l'échec. Il existait un responsable. Lui faire payer ses erreurs s'imposait. Aussi le jeune homme, fort de son savoir de scribe d'élite, avait-il déjà pris certaines dispositions administratives, avant de frapper le coup final.

Rek ne succombait pas au désespoir. D'abord, Snéfrou n'était pas encore couronné, et peut-être commettrait-il un faux pas, qui l'empêcherait d'atteindre le but ; ensuite, à supposer qu'il montât sur le trône, son incapacité serait flagrante, et son règne probablement bref. On se tournerait alors vers un homme à poigne, à même de gouverner.

Si Rek voyait juste, il ne devait pas se manifester comme opposant à l'éventuel petit roi Snéfrou. La meilleure stratégie consisterait à s'incliner, du moins en apparence, en invoquant les liens amicaux, que le duel n'avait pas brisés. En bernant Snéfrou, Rek, de plus, obtiendrait un poste important et tisserait sa toile dans l'ombre. Dans l'immédiat, une arme majeure : la patience.

— J'ai eu une journée harassante, annonça son père en pénétrant dans la salle à manger. Je n'ai cessé de plaider ta cause auprès de notables influents.

— Une erreur de plus.

— Pardon ?

— J'ai perdu le duel par votre faute.

— Tu divagues, mon fils ! Mais... tu dînes seul ? Moi, je meurs de faim ! Pourquoi mes couverts et ceux de ta mère ne sont-ils pas disposés ?

— Elle est déjà partie pour votre villa du Sud, loin de la capitale. Sur mon ordre. Vous allez la rejoindre. Vous y jouirez d'une retraite paisible et silencieuse.

— Tu as perdu l'esprit !

— Erreur, le choix de la caserne. Erreur, votre tricherie, avec l'arc truqué remis à Snéfrou. Erreur, vos démarches trop voyantes en ma faveur. Vous vous êtes comporté comme un ennemi, j'ai manqué de lucidité. Maintenant, je répare cette erreur-là. Vous devez disparaître. Je vous accorde une solution douce.

— Hors de question ! Cette demeure m'appartient, mes biens...

— J'ai utilisé votre sceau pour les transférer à mon nom. Les documents sont enregistrés au cadastre. Qui s'étonnera qu'un père bienveillant ait légué sa fortune à son fils bien-aimé ?

— Tu ne peux traiter ainsi ton père et ta mère !

— Je vous offre une existence tranquille. Un cadeau superbe, non ? Surtout, ne le refusez pas, et sortez d'ici immédiatement. Que je n'entende plus parler de vous.

Le regard de Rek effraya son géniteur. Jamais il n'avait ressenti tant de froideur, de cruauté et de détermination. En tremblant, il prit la fuite.

*

* *

— Es-tu satisfait de ton texte ? demanda la dame Méresânkh à son fils.

— La dernière version est plus mauvaise que les précédentes, jugea Snéfrou, en déchirant le morceau de papyrus sur lequel il avait jeté ses idées.

— Il te reste peu de temps. Bientôt, tu partiras pour Héliopolis.

*

* *

Comparaître devant le Grand Conseil en aurait affolé plus d'un. Snéfrou, lui, était étrangement calme, en raison de son changement de méthode. Il ne chercherait pas à convaincre, mais à témoigner, en laissant libre cours à son cœur.

Aussi, lorsque le doyen l'autorisa à s'exprimer, n'eut-il aucune hésitation. Sa voix, à la fois forte et posée, emplit la salle des délibérations.

— J'ai tenté de rédiger un long discours, et j'ai échoué. Un sage n'a-t-il pas écrit : « le bavard reste arbre sec » ? C'est pourquoi la concision me paraît préférable. L'institution pharaonique est une fonction parfaite, issue de la lumière divine. L'être appelé à la remplir ne l'est pas. Les rituels et les devoirs doivent donc absorber son existence, au service de la règle de Maât. Le pays et le peuple ne connaissent le bonheur que si leur pharaon jouit des faveurs du ciel et des divinités. Si c'est le cas, il maintiendra la justesse et mettra l'harmonie à la place du désordre. Que le roi songe sans cesse à unir, à préserver et à libérer les humains de la violence et de la tyrannie. Lui, le maître des Deux Terres, est le serviteur du Principe créateur. Qu'il bâtisse des monuments d'éternité, afin de le faire rayonner.

Snéfrou s'inclina devant les membres du Grand Conseil, tellement étonnés par la brièveté de cette déclaration que pas un seul ne pensa à poser une question.

— Tu peux te retirer, Snéfrou, décida le doyen, interloqué. Nous allons délibérer.

— 22 —

Après le départ forcé de ses parents, devenus inutiles, Rek n'avait pas perdu un instant. Informé depuis longtemps des affaires que menait son père, il serait un meilleur gestionnaire que lui et saurait accroître sa fortune.

Le jeune homme avait contacté sans délai ses principaux collaborateurs pour leur annoncer qu'il était désormais leur nouveau patron, et avait ainsi affirmé son autorité en pointant des bévues repérées ces derniers mois. Étalant avec brio ses compétences, il s'était imposé sans difficulté.

À l'issue de cette séance de travail, Rek reçut le secrétaire particulier du doyen, auquel il avait offert un luxueux mobilier.

— Les échos des délibérations ?

— Elles recommenceront demain. Mauvais signe pour Snéfrou.

— Discours raté ?

— Pas de discours du tout. Juste une brève déclaration qui a sidéré l'assistance.

— Qu'a-t-il raconté ?

— Je l'ignore. En tout cas, il n'a pas suscité une adhésion immédiate.

— Dès que la situation évoluera, informe-moi.

*
* *

Souffrant, le doyen avait reporté au lendemain la nouvelle délibération du Grand Conseil. Deux de ses membres, et pas des moindres, refusaient obstinément d'approuver l'élection de Snéfrou, sans fournir d'objections solides. Le vieil homme connaissait leurs liens avec le père de Rek, mais il ne possédait aucune preuve d'une éventuelle corruption.

L'unanimité étant requise pour que le roi vive dans le cœur de chacun de ses sujets, elle impliquait sincérité et sérieux. S'opposer pour s'opposer n'avait aucune valeur, et le doyen le démontrerait. Si les deux contestataires n'avançaient pas des arguments décisifs quant à l'incapacité de Snéfrou, leur parole serait considérée comme vaine.

La momification de Houni progressait, et les journées s'écoulaient vite. Ce serait à son successeur, officiellement désigné, de diriger ses funérailles. Privé d'un pharaon, le pays ne survivrait pas. Sortir de l'impasse, tout en respectant la Règle, était simplement vital.

*
* *

La nuit tombait, et toujours pas d'approbation du Grand Conseil. Diverses rumeurs circulaient, allant d'un refus définitif à un accident qui aurait rendu Snéfrou impotent. Partout, l'angoisse montait. Si Houni était inhumé sans rituel et si le trône demeurait vide, ce serait le règne des ténèbres.

— Demain, à l'aube, conseilla le Vieux à Snéfrou, promène-toi dans la campagne.

— En ce moment, les distractions...

— Il ne s'agit pas d'une distraction. Dirige-toi vers le champ des roseaux, à la sortie de la ville, vers le désert. Tente d'y pénétrer.

— Personne ne va là-bas ! C'est un endroit dangereux où se cachent des âmes redoutables.

— Crois-tu que l'existence d'un pharaon soit parsemée de douceur et de bons sentiments ? Ce qu'il faut au Grand Conseil, c'est un signe. À toi de l'obtenir en prenant les risques nécessaires.

*

* *

Le contraste était saisissant entre l'animation régnant à Memphis et le silence oppressant aux abords du champ des roseaux. De loin, des gamins observaient le scribe, qui s'aventurait dans cette zone interdite aux humains, et qui n'en ressortirait pas vivant.

Couchés sur le sol, ils assistèrent à un spectacle effarant. Des centaines d'abeilles entourèrent Snéfrou, qui devint presque invisible au sein de cette nuée d'insectes. L'événement s'était produit si vite que le jeune homme n'avait pas eu le temps d'avoir peur.

Une partie de l'essaim se détacha, le conviant à avancer. Pas la moindre piqûre, comme si l'explorateur se trouvait à l'intérieur d'un cocon protecteur.

L'abeille, symbole du roi de Basse-Égypte, celle des paysages verdoyants irrigués par les branches du Nil et d'innombrables canaux. L'abeille, productrice d'un or liquide, à la fois aliment et remède. L'abeille, dont le nom était synonyme d'« être de qualité » et de « bonne action ».

Confiant, Snéfrou pénétra dans le champ des roseaux, et se souvint que ce modeste végétal était le symbole du roi de Haute-Égypte, un tout autre paysage, celui de la vallée du Nil, serpentant entre deux déserts. Sucré, le roseau se mangeait ; il stabilisait les berges, servait de refuge à une faune variée ; on l'utilisait pour fabriquer des cordes, des paniers, des pagnes, des sandales et, surtout, des papyrus. Au roi de se montrer aussi indispensable que le roseau et l'abeille.

D'un seul mouvement, l'essaim disparut. Au cœur des tiges d'une hauteur exceptionnelle, un flamboiement attira l'attention de Snéfrou. Celui d'un petit roseau qui semblait couvert de poudre d'or.

— 23 —

Malgré des bronches encombrées, le doyen du Grand Conseil, passablement énervé, lut les témoignages d'une bande de gamins, recueillis par leurs parents, d'abord sceptiques, puis attentifs. Ils avaient tous vu les mêmes scènes, et les décrivaient en termes identiques.

— Des abeilles ont protégé Snéfrou, il est ressorti indemne du champ des roseaux en brandissant un jonc doré. Que vous faut-il de plus pour le reconnaître comme roi de Basse et de Haute-Égypte ? Si vous méprisez les signes des dieux, autant dissoudre cette assemblée !

Les deux contestataires baissèrent la tête.

*
* *

Méresânkh étreignit son fils.

— Le Grand Conseil t'a désigné à l'unanimité. C'est enfin fini.

— Au contraire, mère, tout commence.

— Tu as raison, ce n'était que le premier obstacle. Je t'aiderai de toutes mes forces. Mais pourquoi cette mine si sombre ?

— C'en est fini, oui, de l'insouciance et de la jeunesse. Je n'avais pas envisagé ce destin-là. Une carrière de scribe d'élite me satisfaisait. Maintenant...

— L'abeille et le roseau t'ont choisi. Tu deviens le premier des serviteurs.

— Ce petit jonc doré s'est envolé au vent, alors que je le présentais au soleil. Mon règne ne sera-t-il pas fragile et éphémère ?

— À toi de le bâtir en belles pierres d'éternité, mon fils.

*
* *

Malgré l'immense soulagement ressenti dans la totalité des Deux Terres à l'annonce du prochain couronnement de Snéfrou, l'heure n'était pas encore aux réjouissances, mais aux funérailles de Houni, dont la momification parvenait à son terme.

La première décision de Snéfrou, ritualiste en chef, fit grincer de nombreuses dents. Contrairement aux dignitaires de Memphis, qui souhaitaient une inhumation dans la nécropole de la capitale, le futur souverain ordonna le transport de la momie à Meidoum, site chéri du défunt et de sa pyramide inachevée. Prévoyant, Houni avait fait construire un gigantesque mastaba[1], proche de l'édifice dont il avait rêvé.

---

1. Ce terme arabe, qui signifie « banquette », est utilisé pour désigner des demeures d'éternité du temps des pyramides, en forme de massifs rectangulaires aux faces en fruit, de dimensions variées.

Après avoir souligné l'opposition de la cour et de ses ministres, Kagemni avait fini par approuver Snéfrou. Bien que, contrairement au Premier ministre, il ait si peu connu le roi, il honorait son âme de la manière la plus pertinente.

*

* *

— Celui du roseau et de l'abeille, dit le Vieux. Te voilà pharaon, Snéfrou.

— Grâce à toi.

— Bien sûr que non ! C'est ton seul courage qui a provoqué le signe décisif. Mais il ne faudrait pas qu'il se transforme en imprudence. Pour Houni, ce déplacement à Meidoum est un hommage justifié. Pour toi, en revanche...

— Que crains-tu ?

— Il existe une seule espèce qui ne sera jamais en voie de disparition : les malfaisants. Avant ton couronnement, ta sécurité ne sera que médiocrement assurée.

— Songerais-tu à Rek ?

— C'est toi qui prononces son nom. Vous n'êtes pas réconciliés, semble-t-il.

— Cela ne saurait tarder. Rien ne détruira une amitié comme la nôtre. Ce n'est pas de la naïveté de ma part, mais une certitude. Rek la partage.

Le Vieux grommela.

— Mes vrais ennemis, eux, ne sont pas encore dévoilés, estima Snéfrou. Si tu m'accompagnais à Meidoum, avec Vent du Nord ?

— Moi, les voyages...

— Ton âne m'a donné une force que je ne possédais pas. Par son intermédiaire, Seth a ouvert mon chemin. Ne crois-tu pas qu'il me protégera ?

★

★ ★

Après des ébats avec une Pervenche follement amoureuse et maintenant plongée dans un profond sommeil, Rek réfléchissait.

Le voyage de Snéfrou à Meidoum, organisé à la hâte, et non sans réticences, n'offrait-il pas l'occasion de se débarrasser d'un roi qui n'était pas encore couronné ?

L'initiative était tentante, mais les obstacles nombreux. La mort de Snéfrou devait paraître accidentelle, et monter une opération de cette envergure exigeait un délai dont Rek ne disposait pas. Recruter des tueurs qui garderaient le silence ne serait pas aisé. De plus, en cas d'action violente, qui accuserait-on d'emblée, sinon le concurrent malheureux du nouveau pharaon ?

Sans se réveiller, Pervenche se blottit contre lui.

★

★ ★

La flottille royale ne comptait que cinq bateaux. Sur le plus long, une chapelle abritant le sarcophage qui contenait la momie de Houni. Des ritualistes se succédaient pour réciter des litanies qui garantissaient l'heureux déroulement du périple du ressuscité vers les paradis célestes.

Faisant contre mauvaise fortune bon cœur, le Vieux en profitait pour sommeiller, tout en gardant un œil sur Snéfrou et l'autre sur Vent du Nord, d'un calme parfait.

Aucun incident pendant le parcours. On célébra sans tarder les funérailles de Houni, dont le superbe sarcophage fut descendu au fond du grand mastaba bâti près de sa pyramide inachevée.

Émui, Snéfrou dirigea la cérémonie avec gravité. Le corps mortel et périssable du pharaon défunt avait été transformé en « corps noble », à l'image de celui d'Osiris. Sa momie, au visage éternellement jeune, serait le support des incessantes mutations de son âme-oiseau, qui irait puiser la vie dans la lumière.

Dans l'une des formules qui composaient le rituel était mentionné le lotus d'or, jadis épanoui à la surface de l'océan primordial. À cette évocation, la voix de Snéfrou trembla légèrement. N'était-il pas caché ici, à Meidoum, site privilégié du Créateur ?

Le Vieux avait d'autres préoccupations. Il connaissait de près ou de loin les personnes présentes, à l'exception de deux costauds, qui portaient un coffre contenant vêtements et sandales du défunt, équipé pour parcourir les beaux chemins de l'au-delà. Vent du Nord, lui aussi, les observait.

Quand ils remontèrent du caveau, ils se dirigèrent vers Snéfrou. Le Vieux s'avança de quelques pas, l'âne resta immobile. Les deux ritualistes bifurquèrent et rejoignirent leurs collègues.

— 24 —

De la terrasse du palais royal de Memphis, qui donnait sur les deux principaux temples de la capitale, celui du dieu Ptah et celui de la déesse Sekhmet, Snéfrou admira le lever du soleil, à la veille de son couronnement.

Le jeune homme était à la fois complètement perdu et pleinement déterminé à remplir la fonction suprême.

Perdu, car son existence ordinaire venait d'être balayée par les exigences du protocole. Lui et sa mère avaient été contraints de quitter la demeure familiale pour habiter les appartements royaux. Abolis leurs habitudes, leurs moments de repos et de distraction. Ils étaient désormais au service de l'institution pharaonique, et nul prétexte ne saurait les en détourner.

Entre le fait de voir le roi agir et celui d'être soi-même le roi, il y avait un abîme aux profondeurs insondables. Soit Snéfrou y disparaissait, soit il le franchissait d'un bond en acceptant les devoirs de sa charge, dont il peinait à percevoir l'ampleur.

Confronté à une réalité qu'il n'avait pas imaginée, même à l'issue du duel victorieux contre Rek, il ne reculerait pas. Mieux valait être emporté par une vague immense que de fuir comme un lâche.

Ne plus s'appartenir, n'avoir pour but que de servir les dieux, son pays et son peuple, vivre quotidiennement des rites au point de refouler au maximum son petit « moi »... Avoir conscience de ces bouleversements ne signifiait pas que le jeune homme les subirait sans dommages. Être à la hauteur de ses prédécesseurs : une ascension vertigineuse !

La crainte d'échouer ? Un sentiment raisonnable, mais inutile, propagateur d'une mauvaise énergie. Là où le destin l'avait placé, là il devait l'affronter.

Pendant les funérailles de Houni, le *ka* du pharaon défunt, sa puissance créatrice, était passé dans la volonté de Snéfrou, lui conférant une nouvelle dimension. S'inscrire dans la lignée des dynasties créait un être différent, héritier du testament des dieux et de la pensée des ancêtres. Une immense responsabilité, qui excluait toute médiocrité, aussi fatale que l'incompétence et la veulerie.

*

* *

À pas feutrés, l'intendant du palais s'introduisit dans le bureau du futur pharaon, en méditation devant les bustes de Djéser et de Houni.

— Majesté, quelqu'un souhaiterait vous voir.

— Aujourd'hui, je désire rester seul.

— Cette personne insiste.

— Le Premier ministre, je suppose ?

— Non, votre ami Rek.

Snéfrou se retourna.

— Rek ! Qu'il entre.

Pendant quelques instants, les deux jeunes hommes s'immobilisèrent, à un pas l'un de l'autre. Puis ils se donnèrent une accolade chaleureuse.

— Rek, enfin ! Tu l'as compris, je ne pouvais pas venir vers toi.

— Bien entendu ! Et moi, je ne pouvais pas t'encombrer de ma présence pendant ton voyage à Meidoum et les funérailles de Houni.

— Allons sur la terrasse et buvons une bière fraîche.

Ensemble, ils contemplèrent la cité fondée par Ménès, protégée par sa muraille blanche.

— Ta déception doit être immense, Rek.

— Elle l'a été. Mais les êtres qui remâchent leur déception ne sont-ils pas les plus décevants ? J'ai beaucoup réfléchi, et j'ai découvert les causes de mon échec. D'abord, mon père : il s'est comporté de façon indigne à ton égard, et je préfère ne pas t'exposer les détails. Accablé de honte, il s'est retiré dans le Sud avec ma mère. Ensuite, le jugement de Seth, auquel j'ai moi-même fait appel, et qui t'a accordé la victoire. Enfin, la reconnaissance de ton aptitude à régner par le Grand Conseil. Seul un sombre idiot, doublé d'un entêté aveugle, continuerait à nier la réalité. Or, j'espère ne pas appartenir à ces catégories-là ! J'avais une grande ambition, je ne me suis pas montré à la hauteur. Se prétendre plus fort que le destin serait une folie. Demain, tu seras couronné. Je sollicite une faveur : faire partie des privilégiés qui assisteront à la cérémonie.

— Ce ne sera pas un privilège, mais une marque d'amitié.

— N'éprouves-tu plus de ressentiment à mon égard, Snéfrou ?

— Pas le moindre ! J'ai compris ta démarche, et je l'ai même approuvée.

— Ce duel.

— Si tu l'avais emporté, Rek, je me serais incliné.

— Aujourd'hui, mon roi, c'est à moi de m'incliner.

Rek joignit le geste à la parole. Snéfrou le prit par les épaules.

— Nous ferons un long chemin ensemble, mon ami.

— 25 —

Avant l'aube, deux ritualistes portant les masques d'Horus et de Seth purifièrent Snéfrou. De leurs vases s'écoula de l'eau limpide, provenant d'un lac sacré, émergence terrestre de l'océan céleste. En elle, une forme de vie sans altération et une puissance qui se transmettait de pharaon en pharaon. Désormais, quand le souverain apparaîtrait sur son trône, il serait l'incarnation de Râ, la lumière divine qui s'élevait hors des eaux originelles.

Ensuite, deux autres ritualistes enduisirent le corps purifié de neuf onguents, comme le nombre des divinités de la corporation d'Héliopolis. De nature solaire, ces huiles saintes protégeaient l'être royal contre les multiples formes de destruction. À cet instant, Snéfrou comprit qu'il ne s'appartenait plus. Son individualité était absorbée par une fonction qui régirait son quotidien.

Dans le secret et le silence de la demeure du matin, on habilla le roi avec des vêtements tissés par la déesse Tayt. Tunique de lin d'une blancheur éclatante, bandeau de tête symbolisant la pensée intuitive, bandelette rouge autour du cou, emplie de feu. Collier d'or et bracelets régularisaient l'énergie. Et les sandales blanches permettaient au monarque de s'aventurer sans crainte sur les sentiers de l'ici-bas et de l'au-delà.

Portant un masque de chacal, l'Ouvreur des chemins conduisit Snéfrou jusqu'au temple couvert d'Héliopolis, où étaient réunis les membres du Grand Conseil, ceux du gouvernement, et quelques dignitaires, dont Rek. Sa réconciliation avec le roi était déjà de notoriété publique, et nul ne s'étonna de sa présence.

L'imposition des couronnes, par Horus et Seth, était le moment décisif. « La rayonnante », la blanche de Haute-Égypte, et « L'ardente » de Basse-Égypte, porteuse de la spirale de vie, allaient transformer un simple mortel en être ritualisé. Elles seraient ses yeux, qui en feraient naître un troisième, l'uræus, cobra femelle dressé au front du souverain pour répandre ses flammes contre le Mal et les ténèbres. Mis au monde par les deux magiciennes, Snéfrou vivait une nouvelle naissance.

— Tu as cherché l'œil sacré, lui dit un ritualiste, tu l'as trouvé et remis à sa place. Que ton unique nourriture soit la règle d'harmonie dévoilée par la déesse Maât, et que ton nom de couronnement soit « le maître de Maât ».

Snéfrou fut ensuite convié par l'Ouvreur des chemins à s'installer sur le trône des vivants, la pierre du Créateur surgie de l'océan des origines afin de servir de socle à tous les temples.

Quand le jeune pharaon s'assit, imperturbable en apparence, des acclamations le reconnurent comme tel.

La rage au ventre, les lèvres et les poings serrés, Rek se mêla néanmoins à cette approbation rituelle, en vigueur dès la première des dynasties, et qui scellait le destin de Snéfrou. Ce n'était pas à lui de disposer du pouvoir suprême, qu'il ne saurait pas utiliser. Soit ses erreurs prouveraient son incompétence, soit Rek manœuvrerait avec l'habileté nécessaire pour obtenir ce trône qu'il méritait.

*
* *

Trop heureuse de sortir de soixante-dix jours de deuil et d'inquiétude, la population jouissait sans retenue d'une semaine de congé et de festivités offertes par l'État. Dans les villes comme dans les campagnes, vin et bière coulaient à flots. Pharaon revivait, le pays également.

Le banquet du couronnement avait été un franc succès. Pour le Vieux, l'occasion d'engranger un bénéfice appréciable : nobles dames et dignes époux avaient bu sans modération des jarres de son meilleur cru, le plus onéreux. Ce petit plaisir s'ajoutait à la joie de voir Snéfrou à la tête des Deux Terres.

Pendant le repas, chacun avait remarqué l'excellente humeur de Rek, qui n'avait cessé de vanter les mérites de son ami d'enfance. Entre les jeunes hommes, la rivalité semblait oubliée.

Le seul à n'avoir que sobrement bu et mangé était Snéfrou, assommé par le rituel qu'il venait de vivre. Quel humain aurait subi autant de chocs sans vaciller, quel esprit, si brillant fût-il, aurait conçu l'ampleur des devoirs tombant sur lui comme une pluie de pierres ?

Au début des réjouissances, Snéfrou avait consommé le pain de lumière et savouré le vin de régénération. Pain et vin, deux expressions matérielles d'Osiris ressuscité.

Malgré la proximité de sa mère et du Premier ministre à l'orient de la salle du banquet qu'il présidait, Snéfrou s'était senti profondément seul. La discrète intervention de Kagemni avait aggravé cette impression.

— Désolé de troubler la fête, Majesté, mais il existe une urgence, dont je suis obligé de vous parler.

— La formation du nouveau gouvernement, je présume ?

— Non, cela peut attendre. J'assume l'intérim de mon mieux, et vous avez un peu de temps afin de choisir mon successeur. Méfiez-vous des ambitieux, qui ne songent qu'à leur gloriole.

— Qu'y a-t-il donc de si urgent ?

— Pharaon est un couple, formé du roi et de la Grande Épouse royale. En tant qu'Isis qui accomplit le travail d'un homme pour ressusciter Osiris, une femme, devenant à la fois Femme et Homme, peut gouverner sans mari. Pour un homme, en revanche, impossible de régner sans une grande magicienne, qui dirigera la Maison de la reine, une vaste institution qui réclame labeur et compétence. Envisagez-vous… une candidate ?

— J'avoue que non.

— Il faut vous décider rapidement. À mon avis, les prétendantes ne manqueront pas.

— 26 —

Dans toutes les familles aisées de la capitale qui avaient la chance de compter une jeune femme belle et intelligente, c'était l'effervescence. Celle qui séduirait Snéfrou deviendrait reine d'Égypte. La concurrence ne cessait de s'accroître, car nombre de jolies provinciales, richement dotées, venaient séjourner à Memphis, avec l'espoir d'être reçues au palais.

Hélas, le comportement du nouveau roi ne se prêtait guère aux contacts. N'apparaissant même pas aux banquets auxquels il était convié, Snéfrou lisait les dossiers remis par le Premier ministre, qui commençait à se ronger les sangs. D'un côté, il se réjouissait de voir un monarque, ô combien sérieux, prendre la mesure de sa tâche, en s'intéressant au fonctionnement de l'État ; de l'autre, il déplorait que cette existence austère, presque recluse, exclût toute rencontre avec une future souveraine.

— Majesté, désolé d'insister, mais...

— Je sais, Kagemni, je sais. Mais la gestion de nos réserves de nourriture me paraît plus importante que des mondanités. Suppose que la prochaine crue soit mauvaise. Il faudra cependant que chacun mange à sa faim.

— Il ne s'agit pas de mondanités, mais du choix d'une Grande Épouse royale, indispensable au maintien de l'institution pharaonique. Le pays entier attend cette union.

— Accorde-moi encore un peu de temps.

— Le délai raisonnable est presque écoulé. Dans une semaine, lors de la fête des vendanges que vous honorerez de votre présence, vous aurez l'occasion de rencontrer plusieurs jeunes femmes de conditions diverses. Fassent les dieux que l'une d'elles vous enchante.

*
* *

Au terme d'une nouvelle nuit d'amour aussi échevelée que les précédentes, Pervenche se blottit contre Rek qui, depuis la veille, peaufinait un projet des plus excitants. Malheureusement, son exécution ne dépendait pas que de lui. Il lui fallait se montrer convaincant.

— Je te dois une confidence, murmura Pervenche : depuis que je te connais, j'ai quitté tous mes amants. Tu es le seul homme dans ma vie.

— J'en suis flatté, mais je ne suis qu'un dignitaire parmi tant d'autres. Pour toi, je rêve d'un meilleur mari.

Nue, la jeune femme se redressa, agressive.

— Qu'est-ce que tu racontes ?

— N'aimerais-tu pas devenir reine d'Égypte ?

— Reine d'Égypte, répéta Pervenche, abasourdie.

— Snéfrou est mon ami d'enfance. En tant que roi, il doit s'adjoindre une Grande Épouse. C'est un bel homme, qui mérite une femme de qualité, jolie et futée comme toi. La difficulté consiste à l'approcher et à le séduire avant la meute de prétendantes qui se pressent aux portes du palais. Or, moi, je sais comment tu peux y parvenir aujourd'hui même.

Tourneboulée, Pervenche avait besoin d'en apprendre davantage.

— Par quel moyen ?

— Une simple lettre, portant la mention « urgent et important », que je vais te dicter. Tu y révéleras ton secret : la connaissance de l'endroit où est caché le lotus d'or. Snéfrou te recevra aussitôt après l'avoir lue.

— Ce lotus d'or, j'ignore son emplacement !

— Je te dirai quoi lui répondre et vous en reparlerez *après* le mariage. L'essentiel est d'obtenir le statut de Grande Épouse royale.

— Tu oublies un détail : et si je ne plais pas au roi ?

— Une femme liée au lotus d'or ne peut que lui plaire. De plus, j'ai la certitude que Snéfrou tombera amoureux de toi.

Rek présenta à Pervenche une fiole peinte en jaune pâle.

— C'est un philtre d'amour, que j'ai acheté à prix d'or. Le roi t'invitera certainement à boire du vin ou de la bière dans le jardin du palais, près du bassin aux lotus. Verse discrètement le contenu de cette fiole dans sa coupe. Je te garantis qu'il te gardera auprès de lui. Demain, Pervenche, tu seras reine.

— Mais... c'est toi que j'aime !

— D'abord, une femme aussi avisée que toi ne commettra pas la bêtise de refuser la plus grandiose des destinées. Ensuite, si Snéfrou ne comble pas tous tes désirs, je serai à ta disposition.

— Tromper mon mari, tromper le roi !

— Ne joue pas les effarouchées. La fidélité n'est pas ta vertu première. Richesse et pouvoir sont à ta portée. Ils n'excluent pas le plaisir, que tu prendras à ta convenance.

La jeune femme eut un étrange sourire.

— Tu es un homme curieux, qui se sacrifie pour moi.

— N'exagérons rien. Tôt ou tard, tu m'aurais rejeté en faveur d'un autre amant. Afin de te remercier des merveilleux moments passés ensemble, je t'offre un cadeau à la hauteur de ta beauté et de ton ambition.

Pervenche enlaça Rek.

— C'est un magnifique cadeau. Et je ne t'oublierai pas.

— 27 —

Avec le Premier ministre et la reine mère, le Vieux était l'un des trois personnages à pouvoir pénétrer dans le bureau de Snéfrou à n'importe quel moment de la journée. Il trouva le jeune monarque penché sur un papyrus comptable, dressant l'état des finances provinciales.

— Tu vas finir par fatiguer tes yeux.

— Ah, c'est toi !

— Prends-tu le temps de manger et de dormir ?

— Plus ou moins. À l'école des scribes, je croyais en savoir beaucoup sur le fonctionnement de l'État. Maintenant, il faut passer de la théorie à la pratique, découvrir ce qui était occulté et, surtout, prendre des décisions en commettant le moins d'erreurs possible.

— L'urgence, c'est de choisir une Grande Épouse ! Du haut jusqu'au bas de l'échelle, ça râle sec. Une femme doit régner à tes côtés.

Snéfrou parut désemparé.

— Une femme... mais laquelle ? Je ne vais quand même pas la désigner au hasard dans une assemblée de prétendantes !

— J'ai peut-être une solution.

Snéfrou regarda le Vieux.

— Je t'écoute.

— As-tu croisé Tête-en-vie ?

— Qui est-ce ?

— Le magicien officiel de la cour, très compétent. Côté éradication des ondes nocives, un champion. Pas mauvais dans les connexions des fibres lumineuses qui relient les êtres de même nature.

— Que pourrait-il pour moi ?

— Te donner un conseil, t'orienter vers ta Grande Épouse.

— Tu l'en crois capable ?

— Tête-en-vie est un bonhomme direct, qui ne te passera pas de l'onguent pour te détendre. Il a plutôt mauvais caractère. S'il n'a rien à te proposer, tu n'auras plus qu'à te débrouiller tout seul. Et vite.

On frappa à la porte du bureau.

— Ouvre, demanda Snéfrou au Vieux.

L'intendant du palais entra.

— Majesté, une lettre urgente et importante à votre intention.

Le roi ôta la fine cordelette, déroula le petit papyrus et lut la missive.

— Le destin semble m'accorder une faveur, déclara-t-il.

*

* *

— Venez, dit le roi à Pervenche, vêtue d'une longue robe de lin rose, aux transparences troublantes, maquillée et coiffée avec art. Nous allons boire un vin léger sous un kiosque ombragé, près du bassin aux lotus.

La jolie brune s'inclina délicatement et suivit le jeune monarque, qu'elle jugea fort séduisant : non dépourvue d'élégance, sa robustesse naturelle s'accompagnait d'un rayonnement apaisant, et sa voix grave dispensait une autorité certaine.

Dès les premières minutes, Pervenche apprécia cette entrevue inespérée, et la splendeur du jardin ne fit qu'ajouter à son ravissement.

En ce milieu d'après-midi ensoleillé, les lotus blancs, aux feuilles dentelées, aux sépales et aux pétales arrondis, s'étaient refermés, disparaissant sous l'eau et ne s'ouvrant à nouveau qu'au couchant. En revanche s'étaient déployés, à la lumière du jour, les lotus bleus aux feuilles rondes à bord lisse, aux sépales et pétales fins.

Le couple s'assit sous un kiosque fleuri. Sur une table basse, une jarre de rosé frais et deux coupes d'albâtre. Snéfrou emplit la sienne après avoir servi la jeune femme.

— Votre lettre m'a troublé, Pervenche. Vous ne l'avez signée que de votre nom, sans référence à votre famille. Êtes-vous originaire de Memphis ?

— Oui, Majesté. Mes parents sont relativement aisés, et j'ai bénéficié d'une bonne éducation.

— Êtes-vous fiancée ?

— Oh non, protesta-t-elle, à la limite de l'indignation.

Tout en la jugeant mignonne, Snéfrou n'éprouvait aucune attirance pour cette petite brune, qui avait tendance à minauder. Autant aller directement au but.

— Comment connaissez-vous l'existence du lotus d'or ?

— Un mage, dont j'ignore le nom, en avait parlé à l'un de ses disciples, mon frère, aujourd'hui disparu. Avant de mourir, il m'a conseillé de m'adresser au pharaon pour lui transmettre ce que l'on savait sur ce fabuleux lotus. J'ai écrit au roi Houni, il ne m'a pas répondu. Vous, c'est différent...

— Vous connaissez donc son emplacement secret ?

Pervenche baissa les yeux.

— Oui et non, Majesté.

— Je ne vous suis pas. *Oui* ou *non* ?

— La situation est complexe, et...

L'intendant accourut.

— Majesté, le Premier ministre souhaite vous voir un instant : vous devez apposer votre sceau sur un document administratif.

— Pardonnez-moi, dit Snéfrou en abandonnant Pervenche, alors libre de verser en toute discrétion le contenu de la fiole dans la coupe du monarque, qui tarda à revenir.

— Les « instants » de mon Premier ministre sont interminables, expliqua-t-il à son retour. Nous parlions donc de l'emplacement du lotus d'or.

— C'est une longue, très longue histoire. Il me faut plusieurs heures pour vous la raconter. Acceptez-vous de me revoir ?

— Revenez demain au palais. Nous déjeunerons ensemble et vous me direz tout.

Pervenche salua le souverain et s'éloigna à pas pressés. « Une simple provocatrice qui a tenté sa chance et que je ne reverrai pas », pensa Snéfrou, qui but sa délicieuse coupe de rosé.

— 28 —

Rek avait ordonné à Pervenche de ne pas le rejoindre chez lui et de rentrer chez ses parents pour y attendre une nouvelle entrevue avec le roi, séduit par la jolie brune, et surtout intéressé par le secret qu'elle détenait, l'emplacement du lotus d'or.

Une entrevue qui serait annulée.

Acheté à prix d'or à un laborantin du temple de Sekhmet, patronne des médecins, le philtre d'amour était, en réalité, un poison qui abrégeait les souffrances des malades en fin de vie, pour lesquels il n'existait plus d'espoir.

Snéfrou ne ressentirait aucune douleur. Il sombrerait dans le sommeil, on le retrouverait inanimé, et le médecin de la cour ne pourrait que constater son décès.

Quoique jeune, le nouveau pharaon, plus fragile qu'il n'y paraissait, n'avait pas supporté le poids trop écrasant de sa fonction.

Combien de temps le Premier ministre garderait-il secrète la mort de Snéfrou ? Pas plus d'un jour ou deux avant l'annonce officielle, car la rumeur se répandrait rapidement.

Alors, une délégation du Grand Conseil viendrait s'entretenir avec Rek, le suppliant, malgré son chagrin, causé par la disparition de son ami d'enfance, de se sacrifier afin de gouverner les Deux Terres. Une Grande Épouse royale facile à trouver : Pervenche.

*

* *

Après avoir dévoré un copieux petit déjeuner composé de lait frais, de galettes chaudes fourrées à la purée de fèves, de viande séchée, de dattes et de raisin, Rek, d'humeur joyeuse, s'était longuement douché et parfumé. Vêtu d'une luxueuse tunique, il consultait un rapport de gestion sur ses biens lorsque son intendant lui annonça une visite. Sans nul doute l'une de ses relations au palais, qui souhaitait lui apprendre la mort de Snéfrou. Rek imaginait la détresse et la confusion qui régnaient en haut lieu. Aussi avait-il préparé un petit discours, destiné à ramener le calme et à se poser en homme providentiel. La priorité serait de susciter une opinion favorable du Premier ministre, qui déclencherait, en urgence, la procédure d'investiture.

Le visiteur était une visiteuse, et pas n'importe laquelle : Pervenche, sobrement habillée, à la manière d'une jeune fille sage, et un drôle de sourire aux lèvres.

— Tu es magnifique, Rek. Quelle prestance !

— C'est imprudent de nous revoir si tôt.

— Qu'as-tu à craindre, maintenant ? N'es-tu pas devenu l'homme le plus puissant d'Égypte ? Offre-moi du lait, j'ai soif.

Il s'exécuta, pendant que Pervenche s'asseyait dans un confortable fauteuil pourvu de coussins multicolores.

— Raconte-moi, ma chérie : comment ton entrevue avec le roi s'est-elle déroulée ?

— Selon tes prévisions, il m'a convoquée au palais aussitôt après avoir lu ma lettre, urgente et importante. Un beau garçon, notre souverain, mais sévère et plutôt autoritaire. Je ne crois pas l'avoir séduit. Néanmoins, toujours selon ton plan, il m'a conviée à boire une coupe de vin au bord du bassin aux lotus. Le jardin du palais, un enchantement ! Là, j'ai eu de la chance. Contraint de remplir une tâche administrative, il m'a laissée seule un bon moment. Nous avions commencé à évoquer le sujet qui l'intéressait, le mystérieux lotus d'or. J'ai récité tes mensonges, qui n'ont certainement pas convaincu Snéfrou. Il a pourtant accepté de me revoir, espérant glaner des informations détaillées.

— Tu as donc pu verser le philtre d'amour en toute tranquillité, sans te faire remarquer ?

Le regard de Pervenche flamboya.

— Si tu cessais de me prendre pour une idiote ?

— Je... je ne comprends pas !

— Ton philtre, c'était du poison. Tu m'utilisais pour supprimer le roi. Un assassinat monstrueux par personne interposée. La revanche définitive sur ton grand ami, qui t'avait humilié.

Rek jugea vain de jouer les innocents.

— Tu es plus futée que je ne le supposais, ma belle. La récompense sera à la hauteur de ton mérite, puisque je te choisirai comme reine.

— Sûrement pas.

— Tu as ma parole !

— Elle ne vaut rien, car tu ignores l'essentiel.

— Explique-toi.

Le sourire de la jeune femme devint méprisant.

— Il m'a beaucoup plu, notre roi. J'ai réfléchi et compris ton abominable manœuvre. Empoisonner le pharaon... et condamner mon âme à l'anéantissement ! Voilà le sort que tu m'avais réservé. Je n'ai pas versé le liquide mortel dans la coupe de Snéfrou.

Pervenche se leva.

— Reprends ta maudite fiole, dit-elle, narquoise, en la tendant à Rek. Absorbe son contenu, tu nous débarrasseras d'un être immonde et nuisible.

— Tu aurais pu être reine.

— Au prix du meurtre le plus ignoble ? Tu me connais mal.

— Tu m'as désobéi.

— J'en suis fière !

— Et tu me dénonceras ?

— Avec joie !

Au regard glacial que lui lança Rek, Pervenche regretta son exclamation, et tenta de s'enfuir en courant. Mais il fut plus rapide qu'elle, et la plaqua au sol.

— C'est toi, ma douce, qui vas boire le contenu de cette fiole.

— 29 —

Snéfrou avait travaillé toute la matinée avec le Premier ministre, afin de préparer un plan de secours, étendu au pays entier, en cas de mauvaise crue. À midi passé, Kagemni osa se lancer.

— Votre Majesté a reçu hier une jeune femme en privé, dans le jardin. Serait-elle... la future Grande Épouse ?

— Non, une simple provocatrice qui a utilisé la ruse pour parvenir jusqu'à moi. Nous devions déjeuner ensemble. Comme elle a senti que sa tentative de séduction n'aboutissait pas, elle a préféré disparaître.

— Vous m'en voyez navré.

— Que penses-tu du magicien de la cour ?

— Tête-en-vie ? Le pire des caractères, mais un excellent professionnel.

— Amène-le-moi.

— Tout dépendra de son humeur. Pendant la momification de Houni, il s'était éclipsé, ne réapparaissant que le jour de votre couronnement. Au palais, Tête-en-vie dispose d'un logement et d'une sorte de laboratoire, où sont entassés ses traités de magie. Il reste parfois enfermé une semaine entière, puis parcourt la campagne. Il s'entendait plutôt bien avec Houni.

— Et avec toi ?

— Nous n'évoluons pas dans le même monde. Lui s'occupe des forces invisibles, moi des réalités les plus concrètes.

— Dis-lui que son roi souhaite le consulter.

*

* *

Tête-en-vie ne passait pas inaperçu. La soixantaine vigoureuse, très grand, une chevelure noire abondante, un faciès de rapace, il inspirait davantage la crainte que la confiance.

Dans la salle d'audience du souverain, face à Snéfrou assis sur un trône rustique, le magicien ne parut nullement impressionné.

— Je suis à votre service, Majesté, déclara-t-il d'une voix rauque et sombre.

— Quelle est l'ampleur actuelle des forces de destruction ?

— Les redouteriez-vous ?

— Si tel n'était pas le cas, serais-je digne de ma fonction ?

Tête-en-vie se dérida.

— Je ne suis pas un courtisan, amateur de beaux discours emberlificotés. La magie d'État, que je suis chargé d'exercer, est un travail quotidien. Cette science permet de dévier nombre de mauvais coups du destin, mais pas tous. Vous, le pharaon, devez pratiquer votre propre magie. Si vous n'en possédez pas, votre règne sera chaotique.

« Une certitude, pensa Snéfrou : ce personnage n'est pas un diplomate-né. »

— Je me heurte à une difficulté que tu m'aideras peut-être à résoudre : trouver une Grande Épouse royale.

— Aucune des jeunes filles de votre entourage ne vous plaît ?

— À dire vrai, mon entourage n'en compte que très peu. Les prétendantes ne manquent pas, paraît-il, mais comment être sûr de leurs qualités à la tête de l'État ? Ce n'est pas une simple épouse qu'il me faut, mais une reine, capable de diriger sa Maison et d'assumer de lourdes charges.

— Vous demandez beaucoup, Majesté.

— L'institution pharaonique l'exige.

Le magicien se gratta le menton.

— Les mondanités ne vous permettront pas de trouver cette perle rare. Il faut déployer une autre stratégie.

— Aurais-tu une idée ?

— Ce n'est pas impossible. Réservez votre après-midi de demain pour une promenade en barque.

*

* *

Rek tenta de réconforter les parents éplorés de la malheureuse Pervenche, qui avait succombé à un malaise aussi violent qu'inattendu, alors que les deux jeunes gens s'entretenaient tranquillement chez lui. Pervenche exposait des projets d'avenir, que Rek était prêt à encourager.

Soudain, le drame. Comme frappée par la foudre, Pervenche s'était effondrée, les mains sur son cœur.

Affolé, le jeune notable avait appelé son intendant, lequel s'était aussitôt mis en quête d'un médecin.

À son arrivée, ce dernier n'avait pu que constater le décès, dû à une crise cardiaque. À l'évidence, Pervenche était malade sans le savoir. Sans traitement approprié, elle était condamnée.

Rek prit la situation en main. C'est lui qui assumerait l'achat d'un sarcophage et les frais des funérailles, dans un bel endroit de la nécropole, où la rejoindraient ses parents. La défunte bénéficierait d'une momification de première classe, et son masque funéraire préserverait une éternelle jeunesse.

Rek n'éprouvait aucun remords. Pervenche l'avait trahi et s'apprêtait à le dénoncer. Sur le difficile sentier menant au pouvoir suprême, nulle faiblesse n'était autorisée.

— 30 —

Snéfrou et Tête-en-vie parcoururent en chaise à porteurs la distance qui séparait le palais d'un lac de plaisance, bordé de champs verdoyants. Un paysage apaisant et enchanteur, dont la magie fut cependant surpassée par celle de la communauté de ritualistes qui, à bord d'une longue barque, attendait le roi. Vingt servantes de la déesse Hathor, plus ravissantes les unes que les autres. La poitrine ferme, les cheveux nattés, elles avaient ôté leurs robes et ne portaient que des résilles aux mailles serrées, épousant leurs formes élancées.

— Montons à bord, recommanda Tête-en-vie.

À la fois réservées et souriantes, les jeunes femmes empoignèrent vingt rames en bois d'ébène recouvertes d'or, et manœuvrèrent en souplesse, sous un soleil éclatant, adouci par un vent léger.

Snéfrou les observa une à une, ébloui par tant de charme. Un chant s'éleva, en l'honneur de Hathor, maîtresse de la navigation céleste. « Je suis la souveraine de vie, guide de la lumière sur les belles routes, je régule les vents dans l'île de la joie, je dissipe les nuages. »

Les voix de ces musiciennes confirmées malgré leur jeune âge envoûtèrent le monarque, qui savourait un moment de grâce inattendu.

La mélodie s'interrompit brutalement, l'équipage cessa de ramer. Inquiets, les visages des ritualistes se figèrent.

— Que se passe-t-il ? demanda Snéfrou.

Tête-en-vie se releva.

— Il y a un incident à l'arrière. Je vais voir.

Le bateau s'était immobilisé au milieu du lac. Plusieurs femmes contemplaient sa surface.

— Un bijou sacré, un poisson de turquoise, est tombé dans l'eau, expliqua l'une d'elles.

Snéfrou s'approcha.

— Quel est votre nom ?

— Hétep-Hérès, Majesté. Je suis la supérieure de cette communauté.

De loin, elle attirait déjà le roi. De près, elle le fascina. La finesse de ses traits, la vivacité de son regard, son élégance naturelle, les courbes de son corps parfait... Hétep-Hérès, « La plénitude est sur elle », semblait à la fois fragile et forte. D'elle émanait une clarté particulière que Snéfrou n'avait discernée chez aucune autre femme.

— Ce bijou est irremplaçable, ajouta-t-elle. Il symbolise la mutation des justes de voix, jugés dignes de ressusciter. La turquoise dans laquelle il a été taillé est une pierre unique, provenant d'une mine du Sinaï. Elle est l'emblème de ma fonction, je n'ai pas le droit de m'en séparer. Or, je suis responsable de cette perte. C'est pourquoi je dois plonger et retrouver le poisson de turquoise.

— C'est de la folie ! protesta sa voisine. Il y a de la vase au fond du lac. Tu échoueras, et tu risques de te noyer.

— Ma négligence est impardonnable. Il me faut tout tenter.

— Ne peut-on remplacer ce bijou par un semblable, de même qualité ? proposa Snéfrou.

— Majesté, je vous confirme qu'il est unique, car il a été le témoin de la consécration d'une chapelle de Hathor, et magiquement animé par la lumière de la souveraine des étoiles.

— Si l'on parle magie, intervint Tête-en-vie, on touche à ma spécialité. Quelle est la profondeur de ce lac ?

— Douze coudées[1], répondit Hétep-Hérès.

Tête-en-vie réfléchit un instant.

— C'est jouable.

— Qu'envisages-tu ? interrogea Snéfrou.

— D'abord, je visualiserai l'objet, grâce à la concentration dont fera preuve Hétep-Hérès, en ne pensant qu'à celui-ci. Ensuite, je poserai une moitié du lac sur l'autre, et il sera aisé d'explorer le fond.

L'assistance demeura sidérée pendant de longues secondes.

— Nous avons un soleil encore haut dans le ciel, observa le magicien. Ne perdons pas de temps. Ferme les yeux, Hétep-Hérès, et vois le bijou. Ne vois que lui.

Tête-en-vie se mit en communion avec l'esprit de la jeune femme, comme si deux instruments de musique s'accordaient.

— Je le tiens, murmura-t-il. Il n'est pas égaré.

Fermant les yeux à son tour, le magicien tendit les bras vers l'eau. Sous les regards ébahis du roi et de l'équipage féminin, l'une des moitiés du lac se souleva

1. Un peu plus de six mètres.

lentement, pour aller se déposer sur l'autre, formant un mur liquide de vingt-quatre coudées.

— Le bijou est là-bas ! s'exclama une ritualiste, en repérant le poisson de turquoise, tombé sur un tesson qui émergeait de la vase.

Hétep-Hérès descendit le long de la muraille et récupéra le trésor. À peine remontait-elle dans la barque que l'éphémère construction s'écroula, faisant tanguer le bateau. Le lac reprit son aspect habituel, et les rameuses, de nouveau tout sourire, se dirigèrent vers la berge.

— Tu mérites une récompense royale, annonça Snéfrou au magicien : mille pains, cent pots de bière, des gâteaux et deux mesures d'encens.

— J'avoue que cet effort m'a fatigué. Je n'ai qu'un désir : dormir.

Pendant que le magicien s'assoupissait, Snéfrou n'avait d'yeux que pour Hétep-Hérès, qui donnait le rythme aux rameuses.

— 31 —

Jusqu'à un certain point, la magie de Tête-en-vie s'était révélée d'une remarquable efficacité. Non seulement il avait permis à Hétep-Hérès de retrouver son bijou en soulevant le lac, mais encore avait-il ainsi désigné à Snéfrou une femme superbe et déterminée, digne d'être Grande Épouse royale.

Mais cette certitude-là n'appartenait qu'au souverain, et il n'avait aucun moyen de forcer la supérieure des ritualistes de Hathor à devenir sa compagne.

Ne croyant guère en ses talents de séducteur, le jeune roi songea à faire intervenir le Premier ministre Kagemni pour formuler une demande en mariage officielle, mais redouta le caractère rébarbatif d'une telle démarche. Une autre personne, sa mère, Méresânkh, se montrerait sans doute plus habile. La connaissant, Snéfrou prévoyait sa réponse : « Tu es le roi. Assume tes responsabilités, dans ce domaine-là comme dans les autres. »

En compagnie du Vieux, Snéfrou se promenait dans l'une de ses vignes.

— Le récit de l'exploit de Tête-en-vie a déjà fait le tour de la capitale, révéla le vigneron. Bientôt, le pays entier sera informé, et les scribes raconteront cette histoire pendant des siècles. Il est bon, ce magicien ! Bichonne-le.

— Le poisson de turquoise appartenait à la supérieure d'une communauté de ritualistes de Hathor. C'est elle qui guidait la navigation.

— Elle ne s'appellerait pas Hétep-Hérès, par hasard ?

— Tu la connais ?

— Comme ci, comme ça. De l'avis général, la plus belle femme de Memphis, d'apparence fragile, mais dotée d'un fort caractère et douée pour diriger. T'aurait-elle impressionné ?

— Plutôt... fasciné.

— Excellent ! Hétep-Hérès a toutes les qualités nécessaires pour devenir Grande Épouse royale.

— C'est mon sentiment, mais...

— Tu ne sais pas comment l'aborder. C'est pourtant simple : jette-toi à l'eau.

*
* *

Préparer un rituel hathorien habituel n'était pas une sinécure, car Hétep-Hérès devait harmoniser litanies, chants et danses. Composé de harpistes, de flûtistes et de hautboïstes, l'orchestre féminin se devait de fournir une prestation impeccable. La supérieure ne lésinait pas sur les répétitions et, malgré sa douceur apparente, chaque interprète savait qu'elle ne tolérait pas la moindre imperfection. Le ciel faisait de la musique pour la lumière, et les humains devaient en faire pour la déesse d'or.

La prochaine échéance s'annonçait redoutable : le consentement de la Grande Épouse royale de Snéfrou, afin de former l'être complet de Pharaon.

Hétep-Hérès avait exhumé d'anciennes mélopées, datant de la construction de la pyramide à degrés du pharaon Djéser. Ni elle, ni les chanteuses, ni les instrumentistes n'avaient droit à l'erreur. Comme les difficultés techniques ne manquaient pas, les heures de travail avaient été allongées. La future reine, dont on ignorait encore le nom, devait être honorée à la mesure de sa fonction, convoitée par une meute de prétendantes ne songeant qu'à des privilèges apparents, et non aux devoirs qui les priveraient de toute fantaisie.

Alors que Hétep-Hérès vérifiait l'état des instruments avant la prochaine répétition, son adjointe courut vers elle.

— Le roi... le roi est là... il veut vous voir !

— Qu'il vienne.

Malgré une vêture modeste, Snéfrou ne manquait pas d'allure. Hétep-Hérès pensa que, dans une assemblée de dignitaires, s'il avait fallu d'instinct désigner un dirigeant, c'eût été lui.

— Je suis heureux de vous revoir, déclara-t-il. Cette salle de musique est superbe.

— L'acoustique est idéale, Majesté.

— Vous... vous ne portez pas le poisson de turquoise ?

— Je le réserve à mes apparitions officielles.

— Donc, sur le lac...

— Je dirigeais la navigation, et je continue à me reprocher ma négligence. J'ai d'ailleurs proposé ma démission, que les ritualistes de Hathor ont refusée, à l'unanimité. Vous m'avez sauvée.

— Pas moi, mais Tête-en-vie !

— Le magicien de la cour n'est-il pas reconnu comme tel par le roi ?

Sous la douceur de la parole perçait une fermeté empreinte de sérénité. Entre les regards directs des deux jeunes gens naquit soudain une complicité.

— Qu'attendez-vous de moi, Majesté ?

— Ce prodige, sur le lac… il n'était pas dû au hasard. C'est vous qui étiez concernée. Vous… et moi.

— Le poisson de turquoise a été préservé : n'est-ce pas l'essentiel ?

— L'essentiel est ailleurs, affirma Snéfrou.

— Si vous évoquez le concert qui sera donné en l'honneur de votre Grande Épouse, soyez assuré qu'il sera exceptionnel. Je m'en préoccupe jour et nuit. Hathor veillera sur votre union.

Snéfrou s'approcha de Hétep-Hérès et lui prit tendrement les mains, sans qu'elle s'en offusquât.

— Ce n'est pas vous qui dirigerez ce concert.

— Vous… vous me démettez de ma fonction ?

— De celle-là, oui, si tu en acceptes une autre : Grande Épouse royale.

— 32 —

Consciencieuse, Hétep-Hérès avait transmis sa tâche de cheffe d'orchestre à son adjointe, en lui recommandant la plus extrême rigueur. Quant à Snéfrou, il avait annulé un banquet auquel devaient se bousculer nombre de prétendantes, à l'invitation du Premier ministre, d'abord déçu, puis ravi d'apprendre que le monarque dînait en tête à tête avec Hétep-Hérès. Kagemni s'offrit une coupe de vin cinq fois bon lorsqu'il apprit que la jeune femme passait la nuit au palais, scellant ainsi son union avec le roi.

*

* *

— Comme l'amour est beau quand il revêt ton visage, murmura Snéfrou à l'oreille de son amante, allongée sur le dos, ses longs cheveux dénoués, ses yeux encore emplis de désir.

Une larme coula sur sa joue.

— Tu pleures, Hétep-Hérès ?

— De bonheur. Je t'attendais, je ne croyais pas que tu viendrais.

— Tu te trompes : c'est moi qui t'attendais, sans imaginer que tu existais. Hathor nous a accordé un privilège : nous unir à jamais, en ce monde et dans l'autre.

Se redressant avec une grâce inégalable, la jeune femme enlaça l'être qui venait de lui ouvrir des horizons insoupçonnés. Entre eux, désormais, il y aurait bien davantage que le plaisir des sens : une communion d'esprit que rien ne romprait. Les paroles de Snéfrou l'émurent jusqu'au tréfonds d'elle-même.

— Sais-tu ce qui m'a fait t'aimer dès le premier instant où je t'ai vue ? Pas seulement ta beauté, ton charme, ton élégance innée, mais surtout ton mystère. Tu es le mystère de l'amour, et tu seras celui de la Grande Épouse royale.

*
* *

Restait un obstacle à franchir, et non des moindres : l'approbation de Méresânkh, la reine mère, qui avait pris les rênes de l'administration du palais, en réorganisant des services déficients, au prix de quelques colères plus ou moins froides. Les batailles remportées, nul ne se risquerait à discuter ses directives, d'autant que les résultats positifs étaient indéniables.

Avant de la rencontrer dans le cadre solennel de la salle d'audience du roi, Méresânkh avait recueilli un maximum de renseignements sur Hétep-Hérès, sans accorder la moindre confidence à son fils. Cette entrevue ne concernait pas une aventure sentimentale, mais le sommet de l'État.

Vêtue d'une tunique vert pâle, ne portant comme bijou qu'un pendentif en cornaline, Hétep-Hérès n'avait pas cherché à se montrer éblouissante. Le souverain alla s'asseoir sur son trône, laissant les deux femmes face à face.

La confrontation fut de courte durée. Méresânkh ouvrit largement les bras, Hétep-Hérès se dirigea vivement vers elle, et leur embrassade fut des plus chaleureuses.

★

★ ★

Si le roi incarnait le soleil qui devait offrir la vie à son peuple, la reine symbolisait à la fois Maât, la règle d'harmonie, et le feu créateur, qui entretenait l'énergie de Pharaon. Seule la Grande Épouse pouvait voir Horus et Seth, perpétuels adversaires, se réconcilier dans la personne royale et ajouter leurs forces au lieu d'entrer en conflit.

En étant couronnée, Hétep-Hérès devenait une Isis, dont le nom signifiait « le trône », d'où naissait Pharaon, et une Hathor, garante et inspiratrice de l'amour céleste que devait répandre la reine. Assister à cette cérémonie était un privilège que les rares élus apprécièrent à sa juste valeur.

Méresânkh éprouvait une joie profonde, considérant cette jeune souveraine comme sa propre fille. Côte à côte, le Vieux et Tête-en-vie admiraient la dignité d'une Grande Épouse visiblement consciente de sa fonction. Le Premier ministre Kagemni ressentait un immense soulagement. Quant à Rek, il affichait une satisfaction de façade, avec son aisance habituelle. Sa présence était encore une preuve de sa réconciliation avec son ami d'enfance, qui ne tarderait pas à nommer de nouveaux dignitaires.

À observer Hétep-Hérès, Rek comprit que Snéfrou prenait de l'ampleur grâce à ce mariage. La reine ne serait pas une mondaine se limitant à présider festivités et cérémonies, mais une femme de pouvoir qui exercerait pleinement ses prérogatives. Qui se la mettrait à dos subirait l'hostilité du monarque. Autre impératif : ne pas la flatter, sous peine de provoquer sa suspicion. La manipuler serait difficile, voire impossible.

À sa gauche pendant le banquet en l'honneur de la nouvelle maîtresse des Deux Terres, Rek évita de jouer les séducteurs et se contenta d'évoquer des souvenirs d'enfance et d'adolescence aux côtés de Snéfrou. Avec la bonne dose d'émotion, il regretta leur duel inutile, dont il portait l'entière responsabilité. À présent, les nuages étaient dissipés, grâce à la générosité de Snéfrou que Rek servirait fidèlement.

— Vous-même, questionna la reine, ne songez-vous pas à vous marier ?

— Je crains de vous choquer, Majesté, mais j'ai envie de profiter de la vie. Très fatigués, mes parents se sont retirés dans le Sud, et je dois gérer au mieux leurs avoirs. Un labeur parfois pénible. Heureusement, ma formation de scribe m'est très utile. En raison des circonstances, je ne me sens pas apte à fonder une famille.

— Pourquoi vous critiquerais-je ? La lucidité est une belle qualité. Mais peut-être votre existence sera-t-elle prochainement bouleversée.

Rek feignit l'étonnement.

— Que dois-je comprendre, Majesté ?

— L'une des priorités du roi consistera à former un nouveau gouvernement. Vu vos liens d'amitié, vous en ferez probablement partie.

— Ce serait un grand honneur ! Connaissant Snéfrou, je sais que son principal critère de choix sera la compétence. Nous pouvons tous nous en féliciter. En ce qui me concerne, si je peux être utile à mon pays, j'en serai fier.

Rek sentit que son discours, aux termes bien pesés, ne déplaisait pas à Hétep-Hérès, et qu'elle transmettrait son jugement au roi.

La Maison de la reine était une institution complexe qui exigeait, à sa tête, une forte personnalité. La jeune femme rencontrerait forcément des difficultés. À Rek de lui pourrir l'existence en les transformant en obstacles insurmontables.

— 33 —

Seul celui qui vivait le rituel du matin, à savoir le pharaon, pouvait comprendre à quel point il transformait le célébrant, en substituant peu à peu la fonction royale à une individualité limitée.

Quand Snéfrou pénétrait dans l'ultime salle du temple, la plus secrète, il franchissait la porte des ténèbres et accédait au lieu où la lumière pouvait renaître d'ellc-même. Sans son intervention, cependant, elle resterait diffuse dans l'univers et n'éclairerait plus les humains.

En tirant « le doigt de Seth », le verrou qui fermait les portes du naos, le pharaon avait accès au foyer de la plus essentielle des puissances, l'énergie spirituelle, symbolisée par la statuette en or, haute d'une coudée, de la déesse Maât.

Maât, la Règle qui dicterait tous les actes de Snéfrou, sous peine d'avoir un règne chaotique.

— Je t'élève à la hauteur des cieux, proclama le roi en sortant la statuette de son sanctuaire, et je fais en sorte que ta perfection traverse la largeur de la terre.

À cet instant, Maât, fille de la lumière, illumina la chapelle secrète. Rayonnement vital, elle élargit le cœur du pharaon, afin qu'il élargisse celui de son peuple.

« Elle t'édifie, la fille que tu as édifiée », affirmait le rituel. Le roi se nourrissait de la rosée de Maât, tout ce qu'il ingérait devait être de sa nature.

Face à la règle de vie, un adversaire redoutable, jamais vaincu : *isefet*, l'ensemble des forces de destruction, le Mal sans cesse alimenté par le mensonge, l'avidité, la violence et autres turpitudes de l'espèce humaine. Au roi, lors d'un combat permanent, de mettre la justesse à la place de l'iniquité. S'il réussissait, le ciel était apaisé, la terre en joie, et le pays gouverné.

Impératif majeur : construire, afin que Maât continue à résider en ce monde.

*

* *

Ils profitaient enfin d'un moment ensemble, sur la terrasse du palais, au sortir d'un tourbillon d'obligations, qui les avait éloignés l'un de l'autre, ne leur accordant que de courtes nuits, à peine suffisantes pour affronter d'épuisantes journées.

Reprendre son souffle n'était pas si aisé. Les deux jeunes gens se regardèrent comme s'ils se voyaient pour la première fois. Snéfrou caressa la joue de son épouse.

— C'est toi… c'est bien toi ?

— En douterais-tu ?

Après un éclat de rire, ils s'embrassèrent avec fougue, puis se débarrassèrent de leurs vêtements pour offrir au soleil leurs corps nus et amoureux. Ce même soleil qui, en déclinant, leur rappelait qu'il leur faudrait bientôt se préparer pour un banquet d'État, auquel étaient conviés les chefs de province, impatients de rencontrer le couple royal.

— Ton discours est prêt ? demanda Hétep-Hérès.

— J'ai décidé d'improviser. Un seul thème : le lien indispensable entre le pouvoir central et les pouvoirs locaux. S'il se rompait, le pays se disloquerait.

— Houni ne manquait-il pas de l'autorité nécessaire ? Je le constate en tentant de remettre à flot la Maison de la reine, abandonnée à elle-même. De quoi renoncer.

— Ce n'est pas dans ton tempérament.

— Il y a tant à rebâtir ! Grâce à mon équipe de ritualistes de Hathor, j'ai bon espoir de redonner tout son éclat à l'institution.

— Tes belles rameuses se révèlent donc efficaces ! Rassure-toi : je n'ai d'yeux que pour toi.

Une nouvelle étreinte ne laissa pas à Hétep-Hérès le loisir d'en douter.

— Tu dois connaître tous mes secrets, ma reine.

Snéfrou lui raconta sa vision, et lui cita les paroles de la déesse du Bel Occident, lui fixant deux missions impossibles.

— Je ne parviens pas à me persuader qu'il ne s'agit que d'un rêve.

— Ce n'en était sûrement pas un, estima la jeune femme.

— En ce cas, je devrais être mort !

— N'es-tu pas mort à ta petite personne en étant couronné ? Ce n'est pas à un scribe, fût-il d'élite, que le Bel Occident a confié ces missions, mais au futur pharaon. Et tu n'as pas d'autre choix que de les accomplir.

Snéfrou se demanda si la femme, si douce et si ardente à la fois, qu'il tenait entre ses bras n'était pas la complice de la déesse dans l'arbre.

— Le lotus d'or, murmura Hétep-Hérès. Nous le mentionnons dans un chant, sans précision. Il existe un très ancien livre de Hathor qui pourrait nous en fournir.

— Où se trouve-t-il ?

— Dans la bibliothèque de la Maison de Vie de Memphis.

— 34 —

Snéfrou se serait volontiers précipité à la Maison de Vie de Memphis, mais son épouse le rappela à son devoir. Le banquet offert aux chefs de province n'était pas une mondanité ordinaire, mais une réunion de la plus haute importance, à laquelle le roi ne saurait se soustraire. D'après les rapports du Premier ministre, deux potentats locaux n'avaient pas rempli leurs obligations envers l'État central, un troisième s'était arrogé des privilèges plus que contestables, et un quatrième ne cessait de protester contre les dernières recommandations relatives aux réserves de céréales.

Kagemni avait une inquiétude : si les chefs de province jugeaient Snéfrou trop jeune et trop faible, ils auraient tendance à se liguer contre lui et à favoriser leurs propres intérêts.

Le menu avait été soigné par les cuisiniers du palais, dont les grillades et les poissons en sauce raviraient gourmets et gourmands. Quant aux vins servis par le Vieux, ils ne pouvaient qu'enchanter les plus exigeants.

L'apparition du couple royal fit taire les convives. La beauté et l'élégance de la reine captèrent les regards.

D'aucuns estimèrent que, si elle avait accepté d'épouser Snéfrou, ce dernier ne pouvait être un roi médiocre.

Dès que les souverains eurent pris place, l'intendant du palais nomma les chefs de province, en précisant leurs titres. Une attention à laquelle la plupart furent sensibles.

Aux ministres en exercice s'ajoutaient des notabilités de la capitale, dont Rek, à proximité du couple royal, mais entre deux grognons, l'un souffrant de rhumatismes et l'autre de l'estomac.

Snéfrou surprit l'assistance en prenant la parole au début du repas. Les invités avaient juste eu le temps de s'installer.

— Il me revient d'exercer la fonction d'Atoum, le Créateur, et la Grande Épouse donne corps à sa pensée, issue de l'océan d'énergie. Ensemble, nous témoignons de la présence du Un, qui devient le multiple grâce à l'existence des provinces. Ces dernières doivent être les fidèles servantes du pharaon et suivre ses directives, avec comme but majeur la prospérité des Deux Terres et le bonheur de ses habitants. Certains d'entre vous n'ont pas rempli correctement leurs tâches, en raison de négligences ou d'initiatives malheureuses. À l'occasion de mon début de règne, j'accepte d'effacer ces incartades, et ne prendrai donc aucune sanction. Mais à partir de demain, je ne tolérerai plus d'écart. La cohérence du pays réclame la rectitude de tous. Vous avez ma confiance. Qu'elle ne soit pas trahie. Buvons au *ka* royal, la puissance créatrice qui passe de pharaon en pharaon !

Chacun des invités porta sa coupe à ses lèvres. Puis le ballet des serveurs commença.

— Un discours bref, tant mieux, observa le grognon rhumatisant. Mais sa teneur me coupe l'appétit.

— Ne vous inquiétez pas, recommanda Rek, qui remarqua que la reine tendait l'oreille. Nos assiettes sont pleines, les nourritures succulentes. Profitons de ce bon moment.

— Bon moment ? Sûrement pas ! On ne traite pas ainsi les chefs de province. Je me sens insulté, et je réagirai.

— N'exagérez pas. Snéfrou a fait acte d'autorité et rappelé la règle de fonctionnement de l'Égypte, que vous aviez peut-être un peu oubliée. Maintenant, tout rentre dans l'ordre, et je suis certain que vous serez satisfait d'obéir à un véritable souverain, capable de tenir le gouvernail.

— Satisfait, moi ? Je vais plutôt organiser une fronde contre ce jeune roi, dont l'autoritarisme ne m'impressionne pas.

— Je vous le déconseille.

Le grognon jeta un coup d'œil incendiaire à son voisin.

— Qui êtes-vous pour oser me parler sur ce ton ?

— Rek, ami d'enfance du roi. Je le connais assez bien, et je ne l'ai jamais entendu s'exprimer pour ne rien dire.

— Il nous a presque menacés !

— Plutôt sermonnés, rectifia le jeune homme, tout en annonçant qu'il ne vous laisserait pas marcher de travers. Son rôle ne consiste-t-il pas à remettre dans le droit chemin un promeneur égaré ?

— Il n'osera pas s'attaquer à un chef de province expérimenté !

— Snéfrou osera. L'âge et la prétendue expérience ne justifient pas des fautes lourdes contre la règle de Maât. Je préfère ne pas avoir entendu le terme de « fronde », de manière à ne pas avoir à le signaler à *notre* roi. Un second conseil : demandez audience auprès du Premier ministre, présentez-vous devant Snéfrou, formulez des excuses circonstanciées, promettez-lui pleine et entière allégeance, et respectez votre parole. Ce comportement vous vaudra des éloges, et vous retrouverez l'appétit.

*

* *

Pendant que les convives, presque tous ravis de leur soirée, bavardaient dans le jardin du palais en dégustant un dernier alcool, le couple royal se retira.

Passant près de Rek, qui venait de recueillir les confidences du chef de la province de l'Oryx, très influent et convaincu par la mise en garde du monarque, la reine s'adressa au jeune homme.

— J'ai entendu vos propos, et je vous en remercie. Vous avez prononcé les mots justes pour briser un grincheux, particulièrement rétif.

— Demain, Majesté, il s'inclinera devant vous et fera du bon travail.

— Espérons-le.

Rek n'était pas mécontent de lui. Il fallait dissiper toute défiance de Hétep-Hérès à son égard, de manière qu'elle convainque Snéfrou de la parfaite loyauté de son ami d'enfance.

— 35 —

Le couple royal et la reine mère Méresânkh déjeunèrent ensemble dans le jardin du palais, près du bassin aux lotus, à l'abri d'un kiosque, loin des oreilles indiscrètes.

— Beau succès, mon fils. Les chefs de province étaient enchantés. Ils redoutaient un faible, un pharaon leur est apparu. Tous ont compris que tes paroles se transformeraient en actes.

— Tous, même le plus grognon d'entre eux, ajouta Hétep-Hérès. Rek l'a persuadé de renoncer à une fronde et de se soumettre à la volonté royale.

— J'ai reçu ce contestataire ce matin, précisa Snéfrou, et il a reconnu ses erreurs. Une qualité rare chez les humains. Nous avons évoqué les problèmes spécifiques de sa province et je lui ai promis l'aide nécessaire.

— Les Deux Terres sont unies, affirma Méresânkh. Tu établis ton règne sur la plus solide des bases.

Cette constatation ne sembla pas réjouir Snéfrou.

— Pourquoi te tourmentes-tu, mon fils ?

— Mère, j'ai constamment présente à l'esprit les deux missions confiées par la déesse du Bel Occident. Si je les négligeais, la mort me frapperait. Bien entendu, j'en ai parlé à mon épouse, qui espère que l'emplacement du lotus d'or est indiqué dans le livre de Hathor, conservé dans la bibliothèque de la Maison de Vie de Memphis.

Méresânkh parut embarrassée.

— J'ai abordé ce mystère avec le Chauve, le directeur de cette institution, un scientifique de haut vol. Selon lui, c'est une simple légende, datant des premiers âges. Cependant...

Le couple royal se suspendit aux lèvres de la reine mère.

— Cependant, son attitude m'a troublée. Le Chauve est toujours sévère et direct. Cette fois, il m'a paru évasif.

— En concluez-vous qu'il mentait ? interrogea Snéfrou.

— De sa part, ce serait surprenant.

— À moins qu'il n'y ait un impératif que nous ignorons, suggéra Hétep-Hérès. De mon côté, je suis certaine qu'existe un très ancien livre de Hathor. Et nous faisons allusion au lotus d'or dans nos rituels.

— Je vais dissiper cette zone d'ombre, décida Snéfrou.

*

* *

Astronome de formation, le Chauve connaissait le ciel de Hathor mieux que quiconque. Il avait dressé de nombreuses cartes et savait calculer les mouvements des astres avec précision. Bénéficiant de son enseignement, quantité de ritualistes de l'heure officiaient sur les toits des temples et lui transmettaient les résultats de leurs observations, dûment consignés.

Les compétences du Chauve lui avaient valu l'obtention d'un poste prestigieux, celui de supérieur de la Maison de Vie, qu'il occupait en faisant preuve d'efficacité redoutée. La classification des documents était un modèle du genre. Ni désordre ni grain de poussière, et toutes les précautions pour conserver rituels, annales, papyrus médicaux et autres trésors. Le Chauve n'admettait aucune entorse à la discipline et n'hésitait pas à renvoyer un fautif, quel que fût son grade dans la hiérarchie.

Une existence parfaitement organisée, jusqu'à son entretien avec Méresânkh, la mère de Snéfrou, devenu pharaon. Conséquence inévitable : la visite du monarque, qu'un de ses assistants venait de lui annoncer. Le Chauve ne pouvait lui interdire l'accès de la Maison de Vie. Peut-être, si ce jeune roi était friable, parviendrait-il à l'endormir.

Afin de lui signifier que l'endroit le plus secret de l'institution était accessible au pharaon, le Chauve le reçut dans la cour sablée où, sous une tente, reposait la momie d'Osiris.

— Majesté, votre venue nous honore.

— Je cherche le livre de Hathor.

Les dernières illusions du Chauve se dissipèrent. Snéfrou ne régnait pas par hasard.

— Ma mère t'a parlé de ma rencontre avec la déesse du Bel Occident et de ma quête du lotus d'or.

— Une jolie légende, des plus poétiques.

— Tel n'est pas l'avis de la Grande Épouse royale.

— Sauf son respect, sur quoi se fonde-t-il ?

— Sur un très ancien livre de Hathor, conservé dans la bibliothèque de la Maison de Vie.

— Honnêtement, je ne vois pas...

— Honnêtement, montre-moi tous les documents consacrés à cette déesse.

— Votre Majesté sera déçue.

— Laisse-moi juge, et conduis-moi à la bibliothèque.

Le Chauve obéit. Dans la vaste salle où étaient préservés tant d'écrits précieux, il désigna à Snéfrou l'étagère sur laquelle étaient disposés les rituels de Hathor.

— Si vous voulez bien vous donner la peine de les consulter.

C'était la dernière chance du Chauve : peut-être Snéfrou se contenterait-il d'un examen rapide ? Hélas, son éducation de scribe d'élite lui avait appris à discerner l'essentiel du secondaire, sans précipitation.

Le roi scruta chaque papyrus, jusqu'à un rouleau jauni par le temps. À l'encre rouge, un titre explicite : « Livre de Hathor, à transmettre par son ritualiste ». Snéfrou le lut à haute voix.

— L'avais-tu oublié ?

— En effet, Majesté. Cette bibliothèque regorge d'écrits anciens, certains tombés en désuétude, et ma mémoire n'est pas infinie.

Snéfrou déroula le papyrus. À la suite de la célébration de Hathor, souveraine des étoiles, des psaumes, la description d'un rituel, et la mention de la quête initiatique révélée par la déesse, à savoir la recherche du lotus d'or.

Coupé net, le papyrus s'arrêtait là.

— C'est toi qui es l'auteur de ce forfait, le Chauve ?

— Non, Majesté, non ! Quand j'ai classé ce document, il était déjà dans cet état. Je crois savoir pourquoi.

À voir le visage décomposé de son interlocuteur, Snéfrou sentit qu'il était sincère.

— Avant vous, un seul pharaon a rencontré de son vivant le Bel Occident sans être foudroyé : Djéser. S'il a survécu, c'est parce qu'il a bâti la pyramide à degrés et fondé une dynastie.

— C'est cela, la signification du lotus d'or ?

— Je l'ignore, mais il a été jugé préférable de détruire la fin du papyrus.

— Ma seule chance de survivre serait donc de faire naître une dynastie en créant une nouvelle forme de demeure d'éternité, aussi innovante que celle de Djéser ?

Le Chauve baissa les yeux.

— Il n'existe pas d'autre solution.

— Peux-tu m'aider ?

Le supérieur de la Maison de Vie hésita.

— Cette fois, ordonna Snéfrou, ne tergiverse pas !

— Il vous faudrait franchir une certaine étape. Mais c'est extrêmement dangereux.

— 36 —

— Comment te remercier, Rek ? demanda le contrôleur des fournitures du palais. Je me noyais dans les papyrus comptables, et toi, en moins d'une heure, tu as résolu le problème !

— Je suis à l'aise avec les chiffres, et j'ai été bien formé. Surtout, en cas de nouvelles difficultés, n'hésite pas à me joindre. Rendre service est un plaisir.

Sans occuper de fonction officielle, le jeune homme assistait tout un chacun selon les circonstances, et sa bonne réputation ne cessait de croître. Poli, enjoué, serviable, compétent, rapide, efficace… les appréciations favorables s'accumulaient.

Présent du matin au soir, il passait de bureau en bureau, discutait volontiers avec le personnel d'entretien, sans jamais prendre quiconque de haut. Cette stratégie avait deux objectifs. Le premier, que l'on évoquât son attitude auprès du couple royal ; le second, plus délicat, que celle-ci attirât l'attention d'une adversaire redoutable, qu'il convenait de séduire et de désarmer.

Alors que Rek s'entretenait avec la responsable des parfums, l'intendant en chef l'interpella.

— La reine mère désire te voir.

Le jeune homme le suivit. Enfin, la confrontation escomptée ! Le combat n'était pas gagné d'avance, le moindre faux pas le conduirait à la défaite, face à cette femme d'envergure, difficile à berner.

*

* *

La salle d'audience de la reine mère était des plus dépouillées. Des sièges massifs à dossier bas et aux pieds en forme de pattes de taureau, un bouquet de fleurs sur un guéridon, une jarre d'eau et des coupes sur un autre.

Assise bien droite, les bras posés sur les accoudoirs, elle fixa Rek d'un œil sévère.

— Tu te multiplies, ces derniers temps.

— Au terme de longues études, j'essaie de mettre à profit mes connaissances en me rendant utile.

— Une réussite, selon les échos. Une manière intelligente de te racheter. Moi, je n'oublie pas. Tu voulais tuer mon fils, n'est-ce pas ?

La question que Rek attendait, l'enjeu crucial de cet entretien. Réaction prévisible : « Mais non, jamais je n'aurais osé supprimer mon ami d'enfance et commettre un acte si abominable », déclaration ponctuée de vagues sanglots. Après mûre réflexion, c'était la mauvaise réponse, qui aurait renforcé le mépris de Méresânkh à l'encontre d'un menteur doublé d'un pleutre.

— Oui, avoua Rek, je voulais tuer Snéfrou. Le règlement de ce duel m'en donnait le droit, mais la vérité est bien plus sinistre. J'étais la proie d'une sorte de folie, d'une soif de pouvoir qui m'ôtait toute lucidité. Moi pharaon, voilà tout ce qui comptait, au point de ne même plus reconnaître mon ami d'enfance, un compagnon inégalable, un être que je chéris ! Pourquoi en étais-je arrivé là, sinon à cause d'une vanité qui confinait à la stupidité ? Ce n'est pas une excuse, j'en suis conscient, et j'accepte de ne pas être pardonné. Par bonheur, le destin a voulu que l'issue de ce duel absurde, dont je suis l'unique responsable, soit favorable. Aujourd'hui, Snéfrou est notre roi. Moi, je ne suis qu'un courtisan parmi tant d'autres. Néanmoins, je ne me résigne ni à la médiocrité ni à l'inertie. À moi de prouver que je peux servir mon souverain et mon pays. C'est pourquoi, au lieu de me morfondre dans ma villa et d'y attirer de jolies filles, je m'implique à ma manière, sans rien espérer en retour, dans le fonctionnement du palais sur lequel vous veillez. Quelle que soit votre animosité envers moi, ô combien compréhensible, j'ai une faveur à solliciter : utilisez-moi au mieux.

Le discours ardent de Rek, où perçait l'émotion, troubla Méresânkh. Elle prévoyait des protestations hypocrites, pas une vérité exposée de manière si directe. Certes, ce jeune homme s'était rendu coupable d'une faute grave, mais ne lui avait-elle pas ouvert l'esprit en le libérant de ses démons ? Un fait avéré : il ne manquait pas de talents, et l'État avait besoin d'administrateurs qualifiés.

— Majesté, si j'osais...

— C'est l'occasion rêvée, ne penses-tu pas ?

— Chacun constate que vous avez redressé la gestion du palais royal, qui allait à vau-l'eau. Moi, j'ai discerné une faille. Une faille grave.

— Laquelle ? s'étonna la reine mère.

— Le dispositif de sécurité. Des gens rentrent dans les locaux sans avoir été contrôlés. Certains gardes sont trop âgés, d'autres inexpérimentés. J'en ai même repéré qui dormaient pendant leur service. La nuit, les effectifs sont insuffisants. Ma conclusion : la protection du pharaon n'est pas assurée.

— Je m'en occupe immédiatement. Sois remercié pour ta vigilance, Rek, et n'hésite pas à me signaler d'autres imperfections.

Si Méresânkh avait encore un doute sur l'amitié profonde qui liait le jeune homme à Snéfrou, il venait d'être dissipé. Loin d'être empli de rancœur, il se souciait du bien-être de son rival victorieux.

En se retirant, Rek sentit que sa manœuvre était un succès. Si, comme il l'espérait, le roi lui réservait un poste ministériel dans son prochain gouvernement, Méresânkh ne s'y opposerait pas.

— 37 —

— Le Chauve m'a tout dit, révéla Snéfrou à son épouse. Le lotus d'or existe bel et bien. Mais la fin du papyrus qui permettait de trouver son emplacement a disparu, sans doute au temps de Djéser.

— Tout espoir serait-il perdu ? s'inquiéta Hétep-Hérès.

— Oui et non. Oui, si je me contente d'admirer l'œuvre des ancêtres. En ce cas, le Bel Occident me jugera indigne des missions qu'il m'a confiées et me rappellera à lui. Non, si je parviens à retrouver le lotus d'or et à créer un monument d'éternité aussi exceptionnel que la pyramide à degrés et à fonder une dynastie.

La reine enlaça son mari.

— Je t'en sais capable, et je t'aiderai de toutes mes forces.

— Selon le Chauve, il y a malheureusement un obstacle des plus dangereux. Une porte redoutable à franchir lors d'un rituel.

— Celle de la mort, n'est-ce pas ?

— Les sages ne disent-ils pas qu'elle ne doit pas être écartée des humains, et que chacun est plus ou moins vivant, en fonction de ses actes ? Cette épreuve sera décisive, et le résultat à la mesure du risque.

— Écoute ton cœur.

— Son message est clair, affirma Snéfrou : « Si j'avance, je meurs. Si je recule, je meurs. Alors, j'avance. »

*
* *

La nuit était tombée depuis longtemps lorsque le Chauve en personne ouvrit à Snéfrou la porte de la Maison de Vie.

— Avez-vous pleinement conscience du danger, Majesté ?

— Pleinement.

— Lorsque je vous aurai revêtu de la peau de Seth, nul ne pourra vous venir en aide. Ou vous serez anéanti par son feu, ou vous accéderez à la porte des grands mystères. Il est encore temps de renoncer.

— Je ne renonce pas.

Le Chauve guida le roi jusqu'à la cour où reposait la momie d'Osiris. Deux ritualistes firent s'agenouiller le souverain, dépouillé de ses habits, sur un traîneau d'ordinaire réservé au transport des pierres, puis le revêtirent d'une peau de cuir blanche, ne laissant dégagé que son visage.

Snéfrou éprouva aussitôt une impression d'étouffement, suivie d'une sensation de brûlure, de plus en plus douloureuse. Quelle que fût sa vigueur, il ne résisterait pas longtemps à la puissance dévastatrice de Seth. Alors, il se souvint de la signification symbolique du traîneau, qui servait à écrire le nom d'Atoum, le Principe créateur. Seule chance de survivre : devenir une pierre, comparable à celles qui formaient la pyramide à degrés de Djéser, escalier vers le ciel.

D'enveloppe mortelle, la peau de Seth devint cocon protecteur. Et le parcours du traîneau se termina devant un ritualiste qui portait le masque d'Anubis, le guide des justes de voix sur les chemins du Bel Occident.

Revêtu d'une robe d'or, tenant fermement la main du dieu, le pharaon traversa un immense espace étoilé, dont le périmètre était celui de la Terre.

Au cœur des ténèbres, Snéfrou discerna une lumière d'une pureté irréelle.

— Tu as franchi la porte de la mort, déclara Anubis. Ton être est rassemblé. Vis la vie, ne meurs pas la mort. Que ta pensée, nourrie par la clarté de la Connaissance, t'ouvre le chemin menant au lotus d'or.

— Qui pourrait m'en empêcher ? demanda le pharaon.

— Un être qui se cache au fond des cavernes, emplies de ténèbres si compactes qu'aucune lumière ne peut les traverser.

Emporté dans un tourbillon de sensations d'une intensité extrême, Snéfrou recueillit en son cœur ces paroles, dont il ne chercha pas à percevoir immédiatement le sens. Franchir la frontière séparant le visible de l'invisible, puis retourner dans le visible, l'avait ébranlé. Sortir indemne de ce voyage-là était une sorte de miracle, un nouveau privilège accordé par le Bel Occident.

Snéfrou connaissait la règle dont il était le garant : la réciprocité. Cette vie régénérée et ardente, qui l'animait à présent, devait lui servir à retrouver le lotus d'or.

— 38 —

À son impétuosité de jeune homme, qui l'avait conduit à l'échec, Rek substituait des vertus beaucoup plus efficaces : la patience, la ruse, le charme, la duplicité et la capacité de persuasion. Encourageants, les premiers résultats validaient cette stratégie. Délivré de toute naïveté, Rek ne mésestimait pas ses trois adversaires : le roi Snéfrou, son épouse Hétep-Hérès, et sa mère Méresânkh.

Snéfrou, il le connaissait bien. Son ami d'enfance peinait à voir le Mal. Pharaon, il ne songerait qu'à bâtir, sans prendre la mesure de l'étendue des forces de destruction. Sa fidélité, notamment envers Rek, auquel il avait pardonné ses incartades, était une faiblesse à exploiter.

En dépit de sa rigueur apparente, Méresânkh venait de céder à la tentative de conciliation de Rek. Restait la reine Hétep-Hérès, subtile et redoutable. Elle semblait approuver le comportement de Rek et oublier ses erreurs passées, mais, en réalité, ne continuait-elle pas à se méfier de lui ? Une certitude : elle serait l'alliée indéfectible de Snéfrou et, si nécessaire, le défendrait avec férocité. Dans un premier temps, il convenait de la neutraliser, pas seulement à l'aide de paroles, mais par des actes.

C'est pourquoi Rek se présenta au secrétariat de la Maison de la reine, où le reçut Mélissa, une ravissante brune vêtue d'une longue robe verte, et parée de bijoux de jaspe et de cornaline. Élevée au rang de secrétaire particulière de la Grande Épouse royale, elle était informée de tout ce qui se déroulait dans l'institution. Son sourire ravageur dissimulait une volonté farouche et une ambition couronnées de succès. Célibataire, la jeune Mélissa repoussait quantité de prétendants et préférait se consacrer à sa carrière. Présente au banquet d'État en l'honneur des chefs de province, elle avait échangé quelques œillades avec Rek, dont le physique lui plaisait.

— Heureux de te revoir, dit-il, en lui offrant un bouquet monté. Ce bureau n'est-il pas trop austère ?

— Je viens à peine de m'y installer. Demain, des peintres décoreront ces murs nus. Que désires-tu ?

Le ton était assez sec. Séduire cette dirigeante pénétrée de son importance ne s'annonçait pas aisé.

— Tu n'ignores pas que je possède plusieurs champs, bien situés et très productifs, sans compter des troupeaux et des greniers.

— Tu as la chance d'être riche.

— Cette richesse implique la générosité et le partage. C'est pourquoi je désire que tu enregistres une donation en faveur de la Maison de la reine.

Mélissa fut surprise. Rek poursuivit :

— Hétep-Hérès restaure cette magnifique institution, et je suis heureux de l'aider, en lui offrant un grand champ, vingt vaches et un grenier rempli de céréales de première qualité.

— En échange de quoi ?

— De rien. C'est ma participation au nouvel élan imprimé par notre souveraine. Peux-tu préparer le formulaire, pour que je le remplisse et que j'y appose mon sceau ?

— Je vais informer Sa Majesté et je m'occuperai de ce dossier dès aujourd'hui.

— Voici les éléments du cadastre, dit Rek en remettant des documents à la jolie brune. Quand penses-tu avoir terminé ?

— Demain, dans l'après-midi.

— Pourquoi ne pas fêter ensemble ce petit événement ? Ce sera moins solennel que dans ce bureau. Mon sceau apposé, je te ferai découvrir la nouvelle décoration de ma villa, et nous dînerons au bord du bassin, récemment rénové.

N'étant pas insensible au charme de ce donateur exceptionnel, dont l'apport ravirait la reine, Mélissa accepta l'invitation, qu'elle se garderait cependant d'ébruiter. Sa vie privée ne concernait qu'elle.

*

* *

Les formalités administratives furent vite réglées, et la visite du somptueux domicile de Rek débuta. De vastes pièces, claires et ventilées, ornées de peintures qui figuraient des oiseaux et des fleurs. Des couleurs chatoyantes, des dessins d'une délicate précision.

Émerveillée, la jeune femme posa la question qui lui brûlait les lèvres.

— Pourquoi n'es-tu pas marié ?

— Le travail. Mes parents ayant pris leur retraite, je croule sous le poids des affaires à régler. Ma formation de scribe m'est utile, mais les journées sont trop courtes, d'autant que j'ai également des tâches diverses à remplir au palais, que gère si bien la mère de Snéfrou.

— Ton ami d'enfance, paraît-il ?

— C'est exact. Nous étions inséparables. Aujourd'hui, il est le roi, et moi son fidèle sujet.

— La Grande Épouse a beaucoup apprécié ton geste, qui enrichit sa Maison. On murmure que, dans le prochain gouvernement, tu ne seras pas oublié.

— Au couple royal de décider. Ma seule ambition est de le servir au mieux. J'ai entendu une sorte de fable, selon laquelle Snéfrou et Hétep-Hérès se seraient rencontrés sur un lac de plaisance, où se serait produit un miracle.

— Ce n'est pas une fable, corrigea Mélissa. J'étais présente dans la barque et j'ai tout vu. Hétep-Hérès a laissé tomber dans l'eau un bijou rituel et s'apprêtait à risquer sa vie pour le retrouver. Cette promenade, destinée à distraire Snéfrou, tournait à la tragédie. Tête-en-vie, le magicien de la cour, est intervenu. Il a soulevé une moitié du lac, l'a posée sur l'autre, et Hétep-Hérès a pu récupérer le poisson de turquoise, symbole des mutations régies par Hathor pour renaître au ciel. Snéfrou ne quittait pas des yeux notre supérieure, et toutes les rameuses ont compris qu'il venait de tomber amoureux de Hétep-Hérès, promise à devenir Grande Épouse royale.

— Si nous dînions ? proposa Rek, qui prenait conscience du rôle décisif joué par Tête-en-vie.

Négliger l'influence du magicien serait une grave erreur. C'est lui qui avait organisé la rencontre entre

Hétep-Hérès et Snéfrou. Le miracle du lac prouvait l'étendue de ses pouvoirs, qu'il mettait au service du pharaon.

Au bord du bassin, une dizaine de plats et une jarre de vin rouge, provenant des vignes du Vieux.

— Mes serviteurs sont en congé, indiqua Rek.

— Nous sommes... seuls ? s'inquiéta la jeune femme.

— Tout à fait seuls, confirma son hôte en lui offrant une coupe d'un cru aussi fruité qu'envoûtant. Tu es très en beauté.

Le regard de Rek la troubla, jusqu'à la faire frémir. La gorgée de nectar accentua une sensation inconnue, où se mêlaient crainte et désir.

— Quelle chaude soirée, observa Rek. N'aimerais-tu pas te baigner ?

Sans attendre sa réponse, il la déshabilla doucement. Incapable de résister, elle accepta ses premières caresses.

*

* *

Allongés nus au bord du bassin, ils contemplaient le ciel.

— As-tu de nombreuses maîtresses ?

— Au risque de te décevoir, aucune depuis des mois. Le travail, toujours le travail... et toi, qui m'as conquis. N'aie aucune illusion : je n'ai pas envie de fonder une famille, et j'ai un caractère épouvantable. Rien pour convaincre une femme de m'être fidèle.

Mélissa posa sa main sur le torse musclé.

— Tu possèdes certains avantages. Le plaisir n'est-il pas un but louable ?

Rek embrassa les seins de la jolie brune, dont le corps frémit.

— Je veux te revoir, murmura-t-elle, à condition que tu prennes un engagement.

— Lequel ?

— Garder secrète notre liaison. J'occupe un poste important à la Maison de la reine, tu viens de faire une donation inhabituelle. Je ne voudrais pas être soupçonnée de collusion et de prise d'intérêts.

— Tu as ma parole. Personne ne sera informé de nos relations intimes.

En s'allongeant sur Mélissa, Rek se félicitait de cette nouvelle avancée. Elle avait formulé l'exigence qu'il espérait. Prochaine étape : la transformer en alliée contre la Grande Épouse royale.

— 39 —

Hétep-Hérès ne se sentit soulagée qu'après avoir constaté par elle-même que Snéfrou ne souffrait d'aucune blessure. Quoiqu'il eût d'emblée tenté de la rassurer dès son retour au palais, après les trois jours que dura le rituel, elle le jugeait trop ébranlé pour être pleinement conscient d'éventuelles atteintes.

Dans le calme de leurs appartements, le roi reprit rapidement contenance, l'émotion se dissipa. D'un ton posé, il décrivit le rituel à la reine, et la manière dont il avait ouvert sa pensée. Un certain Snéfrou était mort, un autre surgissait, habité d'une vision nouvelle.

— Le lotus d'or est dissimulé dans l'obscurité, déclara-t-il, et je dois tout entreprendre afin qu'il réapparaisse et nous éclaire de sa lumière. Mais sa demeure n'est pas celle des humains. C'est pourquoi je dois lui bâtir un sanctuaire où il s'épanouira.

*

* *

Au palais, l'atmosphère était sinistre. Dos courbé, visage crispé, allure hachée, le personnel vaquait à ses occupations sans la moindre gaieté.

Rek pénétra dans le bureau de l'intendant adjoint, qui désirait son expertise à propos d'un problème de comptabilité. La mine du bonhomme était aussi sombre que celle de ses collègues.

— Ah, te voilà... Merci de t'être dérangé, Rek.

— Tout le monde semble accablé, que se passe-t-il ?

— Mauvaise nouvelle : le Premier ministre est alité. Ce n'est pas le style de Kagemni. Le médecin-chef du palais s'occupe de lui, mais vu l'âge du patient, on s'inquiète. Le roi ne devrait pas tarder à nommer un nouveau gouvernement.

— Kagemni sera difficile à remplacer, estima Rek, qui joua l'attristé.

— L'avenir immédiat n'est pas plus réjouissant, poursuivit le haut fonctionnaire. D'après les spécialistes, la première crue du règne de Snéfrou sera catastrophique. Un présage des plus sinistres.

— Nos réserves de nourriture ne sont-elles pas suffisantes ?

— Sans doute pas dans toutes les provinces ! L'État central leur viendra en aide, mais en aura-t-il vraiment les moyens ?

— La solidarité fonctionnera, promit Rek, qui masqua sa satisfaction.

Pour le peuple, un bon roi bénéficiait de la faveur des dieux. Cela ne paraissait pas être le cas de Snéfrou.

*

* *

En pleine méditation au bord d'un canal, Tête-en-vie fut fermement convié par un garde du palais à se rendre chez le roi, sans perdre un instant. Ne se départant pas de sa placidité habituelle, le magicien déploya son grand corps et marcha à son rythme.

*
* *

— Que faisais-tu ? interrogea Snéfrou, nerveux.

— Je goûtais le soleil, le vent et le silence, des aliments magiques entre tous.

— Sais-tu que la crue sera mauvaise ?

— Je l'ai entendu dire.

— De plus, c'est le moment où le Premier ministre tombe malade ! Puisque tu es capable de soulever la moitié d'un lac, ne pourrais-tu déclencher un flot bénéfique ?

— Un seul être détient ce pouvoir-là : le pharaon. C'est à lui d'apaiser les divinités de la cataracte, grâce aux offrandes appropriées, afin qu'elles libèrent le flot fécondateur. Si vous ne disposez pas d'assez de puissance, comment pourrez-vous régner ?

Tête-en-vie n'était décidément pas un flatteur. Snéfrou ne négligea ni son conseil ni sa mise en garde.

— Qu'as-tu à m'apprendre sur le lotus d'or ?

— Qu'il est dissimulé, mais que tu dois poursuivre ta quête.

*
* *

Le Chauve mit à la disposition du roi le plus ancien rituel destiné à encourager le dynamisme de Hâpy, le génie du Nil, comparé à un jeune amoureux, qui rendait fertile la terre noire, couverte d'un limon favorable aux cultures. Des copies furent aussitôt rédigées et envoyées aux chefs de province, afin que les formules soient prononcées sur les bords du fleuve, au niveau très bas.

À Memphis, le couple royal lui offrit du vin, du lait, de la bière, des gâteaux, des pains, et même un livre entier décrivant une crue heureuse. Mais ces actions rituelles seraient-elles suffisantes ?

*

* *

— Quelle chaleur, se plaignit le Vieux, en buvant un rosé léger et rafraîchissant, tandis que Vent du Nord se désaltérait en lapant de l'eau additionnée d'un doigt de bière.

Le fleuve était presque à sec, les champs roussis, l'air brûlant. Le pays fonctionnait au ralenti, dans l'angoisse de ne voir surgir, comme annoncé, qu'une faible crue, insuffisante pour maintenir la prospérité du royaume.

— Snéfrou n'a pas de chance, jugea le Vieux, et la population le lui reprochera.

L'oreille gauche de l'âne se redressa.

— Comment, non ? Tu te crois plus savant que les spécialistes ? Ils ont prédit une crue catastrophique, et le roi en sera rendu responsable.

L'oreille gauche demeura dressée.

— Plus têtu que toi, ça n'existe pas ! Tu oserais prétendre que la crue sera bonne ?

Cette fois, ce fut au tour de l'oreille droite de se dresser.

*

* *

Le Vieux n'en revenait pas. Un flot majestueux, régulier, montant à une hauteur parfaite, s'écoulait sous les yeux ébahis de la foule massée sur les rives. Les besoins en eau du pays seraient satisfaits, les retenues et les bassins artificiels remplis, les surfaces cultivables alimentées, avec de prometteuses récoltes en perspective.

On ne tarda pas à scander le nom de Snéfrou, « le bon roi », qui s'était attiré la bienveillance des divinités de la cataracte et du bondissant génie du Nil. Des chants à sa gloire furent entonnés, et l'on oublia des semaines d'angoisse afin de préparer une longue fête, arrosée par l'État.

Rek y participerait avec un enthousiasme de façade. Un constat s'imposait à ses yeux : ce triomphe inattendu ne pouvait être le fruit de la magie de Snéfrou. Seul Tête-en-vie, déjà l'auteur de l'exploit du lac de plaisance, aurait pu l'accomplir. Sa discrétion n'avait d'égale que son efficacité. Il protégeait mieux le roi qu'un régiment entier.

Une question majeure se posait : comment éliminer Tête-en-vie en toute impunité ?

— 40 —

Sur le lit du Premier ministre Kagemni, plusieurs papyrus qu'il consultait dès qu'il en avait la force.

— Ce n'est pas raisonnable, estima Snéfrou. Il faut te reposer.

— Rien n'est plus ennuyeux que la maladie, Majesté. Et les urgences restent des urgences. Les visites du médecin, les potions, les pilules... ça me retarde dans mon travail. Honnêtement, je commence à flancher. L'heure est venue de nommer mon successeur.

— Tel n'est pas mon avis. Quoique tu ne puisses plus étudier les dossiers dans le détail, tu dictes l'orientation générale. Personne d'autre ne possède cette expérience.

Le vieillard serra la main du roi.

— Ai-je encore votre confiance ?

— Pleine et entière. Je quitte la capitale pour retourner à Meidoum. Pendant ma courte absence, la reine viendra te voir, et vous prendrez ensemble les décisions nécessaires.

*
* *

Écoutant les recommandations de son épouse, Snéfrou avait pris soin de voyager en compagnie de la moitié de la garde du palais, mêlant vétérans et jeunes recrues bien entraînées. Bénéficiant d'un fort vent du nord qui gonflait les voiles, le bateau avait parcouru aussi vite que possible la distance qui séparait la capitale de Meidoum, au sud.

L'endroit n'avait rien d'anodin et obsédait le roi, car il était « la demeure d'Atoum », le Principe créateur, déclencheur du premier rayon de lumière au sein de l'océan d'énergie, éclat fulgurant incarné dans un lotus d'or.

Le défunt Houni n'avait-il pas eu connaissance de ce secret ? Le choix de cet emplacement pour sa demeure d'éternité tendait à conforter cette hypothèse.

L'arrivée du bateau royal suscita la curiosité des paysans et, bien vite, l'on sut, dans les environs, que le roi se trouvait à Meidoum.

Sur le chantier désert, un homme d'une trentaine d'années, de taille moyenne, au grand front et aux larges oreilles. Lorsqu'il vit venir les soldats qui encadraient le monarque, il roula le papyrus qu'il étudiait et leur fit face, sans inquiétude apparente.

Quand Snéfrou se détacha de la cohorte, le scribe ressentit aussitôt une autorité supérieure et s'inclina.

— Qui es-tu ?

— Néfer-Maât, le maître d'œuvre de cette pyramide.

— Moi, je suis le successeur de Houni, et je désire honorer sa mémoire en achevant ce monument.

Un large sourire illumina le visage de l'architecte.

— Je n'espérais pas une telle joie ! Regardez, Majesté : Houni s'est inspiré de la pyramide de Djéser, en souhaitant la dépasser. Hélas, il manque plusieurs degrés, et les édifices de l'ensemble pyramidal sont loin d'être terminés.

— Montre-moi.

Un temple d'accueil à la lisière du désert, une chaussée montante en partie couverte et aux murs ornés de bas-reliefs, une chapelle, sur le flanc est de la pyramide, où était tracé un parcours en chicane, transcription architecturale du signe hiéroglyphique signifiant « traverser ». C'est à cet endroit que, chaque matin, des ritualistes que Snéfrou ne manquerait pas de nommer feraient des offrandes à l'âme du pharaon.

— Désirez-vous pénétrer à l'intérieur de la pyramide, Majesté ?

— Guide-moi.

Les deux hommes grimpèrent le long d'un échafaudage, pour atteindre une entrée située sur la face du monument, à une distance impressionnante au-dessus du sol[1]. Elle donnait accès à un couloir long[2] et étroit, qui aboutissait à un parcours horizontal, comportant deux décrochements latéraux, l'un vers l'est et l'autre vers l'ouest.

— Des pas de côté inhérents à toute existence, déclara le maître d'œuvre. L'essentiel consiste à revenir dans l'axe.

— La masse de la pyramide ne risque-t-elle pas d'écraser ces petites pièces ? s'inquiéta Snéfrou.

— Ce fut ma préoccupation majeure, mais j'ai trouvé le dispositif qui empêchera un tel désastre : des voûtes

1. Une vingtaine de mètres.
2. D'une soixantaine de mètres.

en encorbellement, grâce auxquelles les charges, si énormes soient-elles, sont déviées et réparties. Et je l'ai utilisé pour la chambre de résurrection.

Le roi et l'architecte se trouvèrent face à un mur infranchissable[1].

— Nous passons de l'horizontale à la verticale, commenta Néfer-Maât.

Empruntant un escalier de bois accroché à des poutres en acacia insérées dans les parois, ils se hissèrent au cœur de la pyramide, une pièce aux dimensions modestes[2], surmontée d'une voûte en encorbellement, bien visible.

— Le travail n'est pas terminé, Majesté. Puisque votre prédécesseur a été inhumé dans un tombeau voisin, dois-je laisser les lieux en l'état ?

Ce n'était pas la première fois qu'une pyramide, sans abriter de corps[3], serait néanmoins un puissant émetteur d'énergie spirituelle.

En cet endroit, Snéfrou éprouva une sensation d'une intensité exceptionnelle. Si le lotus d'or lui était apparu, il n'aurait pas été surpris.

— Ajoute les degrés qui manquent, ordonna-t-il au maître d'œuvre, achève l'intérieur et les édifices extérieurs. Cette pyramide est semblable au ciel lorsque le soleil y luit. Puisse-t-il faire pleuvoir de la rosée fraîche d'oliban et des gouttes de myrrhe sur ce sanctuaire.

*

* *

1. Haut de sept mètres.
2. 5,90 x 2,65 mètres.
3. La pyramide de Sekhemkhet ne contenait qu'un sarcophage d'albâtre, inviolé et vide.

Snéfrou se détachait à grand-peine de ce site où, il en était certain, venait de se produire un événement qu'il ne parvenait pas à décrypter. Était-il en relation avec sa quête, ou simplement avec son rôle de successeur de Houni ? Avant de regagner la capitale, il désira obtenir des précisions de la part de Néfer-Maât.

— Les travaux dureront-ils longtemps ?

— Non, Majesté.

— Pourtant, les équipes ont été dispersées ! Les rassembler ne sera pas aisé.

— Mon travail ne consiste pas seulement à dresser des plans, mais aussi à organiser le chantier et à résoudre les innombrables problèmes quotidiens, de l'acheminement des matériaux à la qualité des repas, en passant par les soins médicaux. C'est pourquoi j'ai engagé des spécialistes et des artisans d'élite. Je connais chacun d'eux comme s'il était un membre de ma famille. Demain, ils seront tous ici. Quant aux tâcherons, le salaire les attirera. Nous serons tous heureux de mener cette œuvre à son terme.

— 41 —

Entre Mélissa et Rek, la passion était partagée. Du moins, c'est ce que voulait lui faire croire le jeune homme. Chaque rencontre était organisée dans un lieu différent, à l'abri des regards. Nul ne devait être au courant de leur liaison, un impératif qui ravissait Mélissa, tant ces ébats clandestins, parfois brefs mais toujours intenses, l'excitaient.

Follement éprise de son amant, elle ne se lassait pas de ses caresses, souvent audacieuses. Il agissait sur elle comme une drogue, dont elle ne pouvait plus se passer.

Plutôt agréable, l'exécution de la première partie du plan de Rek l'entraîna vers la deuxième plus vite que prévu, grâce aux nombreuses confidences de sa maîtresse, qui ne lui cachait vraiment rien.

*

* *

Fière de participer au conseil de la reine, qui réunissait, une fois tous les dix jours, les principales gestionnaires de sa Maison, Mélissa y brillait d'un vif éclat. La parole facile, l'esprit méthodique, des bilans comptables impeccablement présentés : la jeune femme justifiait son engagement et méritait la confiance de la souveraine.

Un seul point noir : la contrôleuse générale, une quinquagénaire aigrie, qui vérifiait les rapports et les documents émis par les responsables de l'institution. Compétente, elle avait un œil de rapace pour repérer la moindre erreur et rappeler sèchement à l'ordre la fautive.

Entre Mélissa et elle, les rapports étaient exécrables. La secrétaire particulière n'avait pas encore trouvé le moyen de se débarrasser de cette collègue zélée qui, malheureusement, jouissait d'une excellente santé, et devenait de plus en plus pointilleuse. Se plaindre auprès de Hétep-Hérès n'était sans doute pas la meilleure solution.

Oubliant cette harpie, Mélissa se rendit au conseil, afin d'exposer ses récents résultats et de proposer des améliorations techniques.

★

★ ★

Dès qu'elles s'étaient rencontrées, la contrôleuse générale avait pris Mélissa en grippe. Trop jeune, trop jolie, trop futée… La reine avait eu tort de se laisser séduire et d'en faire son bras droit. Tôt ou tard, l'ambitieuse déraperait. Aussi l'expérimentée fonctionnaire la surveillait-elle avec une acuité particulière, guettant sa première faute grave.

À chaque livraison de denrées ou d'objets, un document était établi par le fournisseur. Mélissa devait vérifier qualités et quantités, puis insérer le nom des produits et leur nombre dans un tableau général sans cesse remis à jour, qui alimentait un rapport de synthèse rendu à la reine à intervalles réguliers, de manière que la souveraine soit informée des achats et des dépenses, afin de prendre les bonnes décisions.

Le travail de la contrôleuse générale était fastidieux, d'autant plus que Mélissa, fort attentive, évitait les impairs. Personne n'atteignant la perfection, son ennemie ne désarmait pas et exploiterait la première bévue.

Ce matin-là, alors que l'intrigante participait au conseil, la quinquagénaire crut rêver. Jamais elle n'avait imaginé pareille aubaine. La carrière de Mélissa était brisée.

*

* *

Hétep-Hérès arborait un visage à la fois dépité et sévère.

— Mélissa, je viens de recevoir une grave accusation de la contrôleuse générale à ton encontre.

— Rien d'étonnant, Majesté. Cette vieille bique me hait et ne songe qu'à me détruire !

— Modère tes propos. Elle a une preuve.

— Puis-je la voir ?

La reine remit à Mélissa un papyrus comptable, rédigé de sa main.

— C'est bien ton écriture ?

— Oui, Majesté.

— À la date indiquée ont été livrés à ma Maison des pots d'huiles et d'onguents, dont un contenant un produit coûteux, de l'encens de première qualité. Or, sur ce document, il manque. Tu as omis de l'enregistrer.

— C'est impossible !

— Constate-le par toi-même.

Tremblante, Mélissa examina le papyrus.

— La dernière ligne a été effacée ! C'est elle, c'est la contrôleuse générale qui a commis ce forfait.

— Je suis contrainte d'ordonner une perquisition à ton domicile. J'espère qu'on n'y retrouvera pas le pot d'encens.

*
* *

Mélissa pleurait à chaudes larmes dans les bras de Rek.

— La reine, que j'admirais tant, m'a jugée coupable !

— Qu'a donné la perquisition ?

— Rien, bien sûr ! Je n'ai pas dérobé ce pot d'encens.

En Égypte, le vol était considéré comme un crime, passible de lourdes sanctions. Il portait atteinte à la société entière et à la règle d'harmonie, en rompant la circulation des échanges.

— Qu'a décidé Hétep-Hérès ?

— En raison de sérieux soupçons, mais en l'absence de preuve formelle, elle m'a démise de mes fonctions tout en m'attribuant un poste subalterne. Ma confiance en elle est brisée, je démissionne !

— Surtout pas, objecta Rek.

Mélissa fut étonnée.

— Pourquoi resterais-je dans cette institution qui me méprise ?

Le jeune homme caressa longuement les cheveux parfumés de son amante.

— Parce que nous allons lutter ensemble contre l'injustice. La contrôleuse générale voulait ta chute, la reine ne t'a pas soutenue. Tu es une victime, comme moi. Je vais te conter un secret. Snéfrou n'aurait pas dû être couronné. Il a truqué notre duel et acheté le Grand Conseil afin d'être élu. C'est un être ignoble, prêt à tout pour exercer le pouvoir, et son épouse lui ressemble. Ils conduiront notre pays à sa perte.

Cette déclaration bouleversa la jeune femme.

— Aujourd'hui, ils règnent ! Que pouvons-nous faire ?

— Préparer l'avenir.

— De quelle manière ?

— Toi, en demeurant dans la Maison de la reine, soumise et obéissante, afin de recueillir un maximum d'informations. Moi, en entrant au gouvernement, une récompense que m'offrira mon ami d'enfance, qui pense que nous sommes réconciliés.

— Tu souhaites... éliminer Snéfrou et Hétep-Hérès ?

Rek attira Mélissa près de lui, front contre front.

— Tel est mon but. Est-ce aussi le tien ?

En guise de réponse, elle l'embrassa avec passion. Si elle avait refusé, elle ne serait pas sortie vivante de sa maison.

Rek jubilait. Sa machination était un succès. En effaçant la dernière ligne du papyrus et en faisant soupçonner Mélissa sans aboutir à une condamnation formelle, il avait créé une alliée, éprise de vengeance.

Il ne lui restait plus qu'à jeter dans un canal le pot d'onguent qu'il avait lui-même volé.

— 42 —

Pendant le voyage de retour, de Meidoum à la capitale, Snéfrou avait, en vain, tenté d'interpréter les signes qui s'étaient manifestés sur le site. L'invisible s'exprimait, encore fallait-il savoir déchiffrer ses paroles. Le pharaon était persuadé que la demeure du Créateur jouerait un rôle décisif dans sa quête du lotus d'or, mais il ignorait encore lequel.

Sur le quai du port de Memphis réservé aux navires royaux, la présence de la reine était inhabituelle. Snéfrou se hâta de descendre la passerelle et de la rejoindre. À son visage grave, il comprit qu'un malheur venait de se produire.

— Le Premier ministre Kagemni a rendu l'âme pendant son sommeil, révéla-t-elle. Les embaumeurs sont déjà à l'œuvre et la cour est en ébullition. Qui choisirons-nous pour le remplacer ?

Le roi se sentit amoindri. En maintenant Kagemni à son poste, il assurait une continuité dont il avait besoin pour conforter son règne. Il espérait que le vieillard surmonterait une mauvaise période, mais la maladie et l'âge l'avaient emporté.

— Plusieurs candidats se sont déclarés de façon plus ou moins subtile, précisa la reine. J'ai préparé des dossiers à leur sujet, afin que tu connaisses leur parcours avant de les recevoir.

— Je ne consulterai qu'un seul conseiller : le Vieux. Il a observé les dignitaires et saura me les décrire sans fard.

*

* *

— Kagemni était un authentique serviteur de l'État et un Premier ministre compétent, déclara le Vieux en versant un rouge léger dans deux coupes en albâtre. Le remplacer sera extrêmement difficile. Certains postulants s'imaginent beaucoup plus beaux qu'ils ne le sont en réalité, d'autres sont des ambitieux, d'autres encore ont peur d'être appelés à cette pénible fonction. Quel que soit ton choix, souviens-toi de l'architecture de l'institution pharaonique : à sa tête, les divinités et les esprits lumineux ; en contact avec eux et à leur service, le couple royal ; puis les Grands, chargés de mettre en pratique ses directives. Souviens-toi aussi que « Grand est le Grand dont les Grands sont grands », comme l'ont noté les sages. Autrement dit, sache t'entourer. S'il n'y a que des petits dans ton gouvernement, toi aussi, tu en deviendras un.

Snéfrou but une gorgée de vin.

— Qu'est-ce que gouverner, le Vieux ?

— Pharaon aime, il crée. Donne ton amour à ton pays et à ton peuple ; c'est grâce à l'amour qu'on te portera que ton œuvre durera.

— As-tu entendu parler de Néfer-Maât ?

— L'architecte de Houni ? Bien sûr ! Un maître d'œuvre discret, efficace, organisateur hors pair, qui sait commander tout en respectant autrui.

— Un portrait de Premier ministre, ne crois-tu pas ?

Le Vieux savoura longuement son nectar.

— Un choix que je qualifierais d'audacieux.

— C'est l'un des signes que j'ai reçus à Meidoum. Maintenant, je comprends la raison de notre rencontre.

— « La perfection de la Règle » : Néfer-Maât a un nom lourd à porter. Vous avez en commun le terme *nefer*, « la perfection », dans vos patronymes respectifs. Vous êtes aussi inexpérimentés l'un que l'autre. Il vous faudra apprendre vite. Au moins, les courtisans tomberont par terre, et mettront un certain temps à se relever !

— Je ne doute pas des capacités de travail de Néfer-Maât, mais il aura, dès sa nomination, un vaste chantier à réguler : celui de l'économie, dont les résultats sont fragiles.

— La prospérité, mon roi, se fonde sur la circulation des offrandes. Les plus grandes richesses sont destinées aux divinités et aux ancêtres vivant dans la lumière, et non aux humains. Pour autant, ces derniers ne doivent manquer de rien. Aucune fête possible, si un seul de tes sujets ne mange pas à sa faim. C'est là qu'intervient notre fameuse institution du Trésor, que Kagemni avait laissée sans titulaire, depuis la mort du ministre qui s'était épuisé à la tâche. À dire vrai, quel abominable boulot ! Prélever les impôts, accumuler des denrées alimentaires en prévision de mauvaises récoltes, veiller à la juste répartition des nourritures, des temples jusqu'aux villages, gérer les stocks d'outils, de métaux, d'étoffes, de mobilier, d'onguents, et j'en passe ! Dresser des inventaires, tout vérifier, traquer les erreurs, être en permanence sur le dos d'une armée de scribes et châtier sans pitié un éventuel voleur. De quoi épuiser le plus costaud. Pourtant, sans un bon ministre de l'Économie, vigilant gardien du Trésor, le meilleur Premier ministre court à l'échec. Pour être franc et direct, il faut que ce responsable-là soit un sacré râleur et un emmerdeur de première !

Snéfrou eut un léger sourire, qui intrigua le Vieux.

— Je crois que j'ai trouvé mon ministre de l'Économie et directeur du Trésor.

— Tant mieux pour toi, et tant pis pour lui.

— Souhaitons-lui quand même bonne chance.

— Il en aura besoin !

— *Tu* en auras besoin.

Le Vieux pensa avoir mal entendu.

— À mon âge, je...

— Un jeune n'aurait pas le tempérament requis. Toi, personne ne t'abusera, et tu ne toléreras aucun laxisme.

— 43 —

Mélissa retrouva la joie de vivre dans les bras de Rek, sans lequel son existence n'aurait plus aucun sens.

— J'ai été confirmée à un rang subalterne, révéla-t-elle. Dans sa grande bonté, Hétep-Hérès me garde une certaine confiance.

— L'important était de demeurer dans la Maison de la reine.

— Elle a brisé ma carrière, je la hais ! Elle aurait dû prendre mon parti et non celui de la vieille bique. De plus, j'ai été obligée de m'incliner et de la remercier ! Elle me paiera cette humiliation.

— Nous devrons nous montrer patients, ma douce. As-tu un bon poste d'observation ?

— Je classe les documents officiels et je reste en contact avec les principales dignitaires, dont je faisais partie.

— Excellent ! jugea Rek. Tu obtiendras des confidences qui nous seront utiles.

La jeune femme parut contrariée.

— Tu crois vraiment que...

— Que nous allons nous débarrasser de ce couple royal et le remplacer ? Tel est notre destin, Mélissa, et il s'accomplira, si nous déployons les efforts nécessaires.

La détermination de son amant décupla la hargne de sa maîtresse. Avec lui, elle ne reculerait devant rien ni personne.

— La mort de Kagemni est un bon signe, reprit Rek. Ce vieillard était intègre, il ne nous aurait été d'aucune aide. Sa disparition plonge Snéfrou dans l'embarras. Il connaît mal la cour. Peut-être nommera-t-il Premier ministre l'un de mes amis. Les entretiens avec les postulants doivent se succéder !

— Justement non, objecta Mélissa. D'après ma collègue qui établit les liaisons entre la Maison de la reine et celle du roi, ce dernier n'a reçu aucun candidat.

— Snéfrou est perdu, ou alors...

— À quoi songes-tu ?

— Et s'il me réservait une surprise, à moi, son ami d'enfance ?

*

* *

Le regard rieur de Vent du Nord déplut fortement au Vieux.

— On déménage, c'est comme ça ! Tu crois que ça m'amuse ? J'étais bien tranquille avec mes vignes, je gagnais correctement ma vie, et patatras ! On change tout et on recommence. À mon âge, tu te rends compte ? Ministre de l'Économie et directeur du Trésor... Manquait plus que ça ! Tu ne penses quand même pas que c'est juste ?

En signe d'affirmative, l'oreille droite se dressa.

— Elle est bonne, celle-là ! Tu donnes raison à Snéfrou ?

L'âne confirma.

— Ben voyons ! Tout du côté du roi, rien du mien. Tu ne t'en tireras pas si facilement, en te payant ma tête. Diriger un troupeau d'ânes pour livrer mon vin, ça ne te fatiguait pas trop. Maintenant, tu dirigeras *tous* les troupeaux, et les livraisons seront quotidiennes. Plus question de roupiller quand ça t'arrange.

*

* *

La convocation du monarque avait enchanté Rek. Selon les informations de Mélissa, confirmées par des contacts au palais, Snéfrou n'avait reçu aucun dignitaire, semant le trouble parmi les courtisans. Impossible de gouverner sans un Premier ministre, responsable de la justice auquel le pharaon lui-même était soumis. Le jeune souverain ne pourrait indéfiniment retarder son choix. Il lui fallait même agir vite, afin de préserver l'équilibre des Deux Terres.

Rek jubilait. Indécis, ne privilégiant aucun notable, Snéfrou s'en remettait à son ami d'enfance, dont il appréciait les qualités. Naïf, il allait lui offrir un moyen inespéré de saper les fondations de son règne et de prendre le pouvoir sans violence apparente.

*

* *

Les deux hommes se donnèrent l'accolade.

— Majesté, dit Rek, je suis heureux de te revoir ! D'après de multiples échos, la cour t'est largement favorable, et cet appui n'est pas négligeable. Quant à moi, qui me suis tellement trompé sur toi et moi, comment ne pas me réjouir ? Tu redresseras notre pays, affaibli par ton prédécesseur. Tu peux compter sur moi, à la place que tu m'attribueras, pour t'y aider.

— Je n'en attendais pas moins de toi, mon ami, et je vais, en effet, t'attribuer une place éminente.

Rek masqua sa nervosité.

— Te nommer Premier ministre, poursuivit Snéfrou, aurait été une erreur. Trop de tâches administratives, trop de tracasseries quotidiennes... Tu n'aurais pas supporté ce fardeau.

La gorge serrée, Rek avala néanmoins sa déception, Snéfrou serait un adversaire plus redoutable qu'il ne l'avait imaginé.

— Le maître d'œuvre Néfer-Maât sera mon Premier ministre, déclara le roi. Son principal collaborateur sera le Vieux, en tant que ministre de l'Économie et directeur du Trésor.

Tout en encaissant ces mauvaises nouvelles, Rek demeura impassible.

— J'ai repéré un domaine où notre État est faible, continua le monarque : la sécurité. Certes, la criminalité est presque inexistante, et nous nous sentons à l'abri derrière nos frontières. Mais s'il ne s'agissait que d'une illusion ? C'est pendant le sommeil que les démons nous attaquent, et je dois garder les yeux ouverts. C'est pourquoi je te nomme général en chef, chargé de réorganiser l'armée et la police. Établis un bilan de leur fonctionnement, et nous augmenterons les effectifs si nécessaire.

— Dès demain, dit avec gravité Rek en dissimulant sa satisfaction, je me mettrai au travail.

— 44 —

Appelé à quitter son chantier de Meidoum et à gagner le palais royal de Memphis de toute urgence, le maître d'œuvre Néfer-Maât s'interrogeait sur le motif de ce voyage précipité. Une décision du pharaon, certes, mais de quel ordre ? Lui demanderait-il, après avoir changé d'avis, d'interrompre les travaux de la pyramide à degrés de Houni ? Ne disposant d'aucune information et jugeant inutile de se tourmenter, l'architecte, appuyé au bastingage du bateau, admira le paysage paisible qui défilait devant ses yeux.

*

* *

Dans la salle d'audience, quatre personnes : Snéfrou, Hétep-Hérès, Rek et le Vieux. Néfer-Maât salua le couple royal et s'immobilisa au milieu de la pièce aux quatre colonnes et aux murs décorés de scènes d'offrandes aux divinités.

— Néfer-Maât, déclara le roi, je te présente mon ministre de l'Économie, directeur du Trésor, et mon chef de la sécurité, qui sera à la tête de l'armée et de la police.

Le maître d'œuvre reconnut le Vieux, à la réputation de grincheux bien établie, et découvrit Rek, à l'allure martiale plutôt rassurante.

Le souverain quitta son trône, s'avança vers Néfer-Maât, et lui passa autour du cou un collier comportant un pendentif qui figurait la déesse Maât.

— Je te nomme Premier ministre, tu dirigeras mon gouvernement, dont les deux principaux représentants sont ici. Ton devoir est d'exercer justesse et justice, en préservant la règle de vie et en protégeant le faible du fort. Sois impartial en toutes circonstances, ne privilégie personne, et ne juge que selon des faits avérés. Chaque matin, « derrière le rideau », selon l'expression consacrée, nous nous entretiendrons des affaires de l'État, et tu me présenteras des dossiers argumentés pour que Pharaon puisse trancher. La Grande Épouse royale s'occupera en priorité de nos relations avec les pays étrangers, tu lui signaleras le moindre incident. Ta fonction est amère comme le fiel, tu n'auras que des devoirs. De plus, tu deviens maître d'œuvre de tous les travaux du roi. Poursuis la construction de la pyramide de mon prédécesseur. Bientôt, je te désignerai l'emplacement de la mienne.

À l'origine du monde, l'air lumineux avait séparé le Ciel de la Terre, afin de circuler dans l'intervalle et de donner le souffle aux humains. Crainte majeure : que le Ciel s'écroule sur la Terre et que la vie disparaisse.

À cet instant, il venait de s'effondrer sur la tête de Néfer-Maât.

*

* *

La gigantesque porte en pierre, qui marquait l'accès du domaine d'éternité de Djéser à Saqqara, restait toujours ouverte. Nulle main humaine ne pouvait la manœuvrer. Seul le *ka* royal, puissance créatrice qui passait de pharaon en pharaon et s'incarnait temporairement dans son représentant terrestre, possédait la capacité d'entrer sur ce territoire de l'au-delà.

Snéfrou avança, la porte ne se referma pas. Il s'engagea dans une allée étroite, bordée de colonnes entre lesquelles étaient aménagées des chapelles, puis déboucha sur une immense cour, symbolisant le cosmos sur lequel régnait Pharaon.

*

* *

Un seul corps de sécurité échappait à Rek : la garde personnelle du roi, composée de vétérans et de jeunes soldats recrutés par sa mère. Impossible de se heurter à Méresânkh, qu'il avait réussi à amadouer. Impossible, également, d'assassiner le monarque lorsqu'ils se trouveraient en tête à tête, car Rek serait arrêté et condamné à mort. Il fallait donc que sa disparition fût causée soit par quelqu'un d'autre, soit par un accident, sans qu'aucun soupçon ne pesât sur le chef de l'armée et de la police.

En tant que tel, Rek fut informé du déplacement de Snéfrou à Saqqara, la grande nécropole de Memphis. Intrigué, il décida de suivre le roi et son escorte, qui empruntèrent un bateau léger. Ils voguèrent sur un canal qui aboutissait à un petit temple, puis se dirigèrent, à pied, vers l'ensemble architectural de Djéser, dominé par la pyramide à degrés. Rek avait facilement déniché une barque et manié les rames avec aisance.

De hauts murs protégeaient le domaine sacré du pharaon qui, grâce au génie de son maître d'œuvre Imhotep, avait vu s'ériger la première pyramide en pierre de taille, escalier géant vers le ciel.

Progressant courbé, parfois obligé de ramper, Rek ne perdit pas la trace de Snéfrou, qui franchit l'unique passage donnant accès à la grande cour. Les gardes demeuraient à bonne distance.

N'était-ce pas une superbe occasion dont il fallait profiter ? Seul et sans défense, Snéfrou ne s'attendait pas à être agressé. En exploitant l'effet de surprise, Rek l'attaquerait par-derrière et lui briserait le crâne avec une pierre. Puis il s'éclipserait, et nul ne pourrait l'incriminer. Peut-être attribuerait-on le meurtre à un démon du désert, car quel humain aurait été assez sacrilège pour tuer le roi en un pareil endroit ?

Vif comme un serpent, Rek voulut, à son tour, franchir le seuil, mais se fracassa contre un mur invisible. Pourtant, la lourde porte en pierre était largement ouverte ! Malgré une blessure au front et un nez meurtri, il fit une nouvelle tentative... qui se solda par un nouvel échec.

Rek ignorait que seul un pharaon avait la capacité d'utiliser cette entrée, avant de l'accorder à des ritualistes, lors des fêtes de régénération de l'âme royale. En se repliant, de manière à ne pas être aperçu par les gardes, il devina l'identité du responsable de ce ratage : Tête-en-vie, le magicien officiel. C'est forcément lui qui avait envoûté ce passage, afin d'assurer la sécurité de son maître. Ce technicien devenait de plus en plus gênant.

*
* *

Sur terre, Djéser et Imhotep avaient créé une espèce céleste, insensible à l'air du temps, pour conforter l'institution pharaonique et l'ancrer dans l'éternité. Snéfrou avait besoin de « lire » leur œuvre, de méditer devant les Maisons du Sud et du Nord, les sanctuaires abritant les puissances divines, le mur aux cobras protecteurs, la première demeure de résurrection du pharaon et la seconde, la pyramide à degrés.

Soixante-quinze ans après le règne de son illustre ancêtre, Snéfrou absorba son message.

— Ce que tu as façonné est unique et inégalable, lui dit-il, face à sa statue, placée dans une petite chapelle d'où Djéser pouvait contempler les étoiles, parmi lesquelles il vivait à jamais. Je ne tenterai pas de t'imiter, ce serait te trahir et me rendre indigne de ma fonction. C'est pourquoi, investi de ton héritage, je dois choisir un autre site et une autre forme de pyramide.

— 45 —

En quelques mois, avec l'appui de Méresânkh, la mère de Snéfrou, la reine avait transformé les appartements royaux et le palais de Memphis en un luxueux écrin. Sous l'étroite surveillance du Vieux qui, tout en gérant les budgets au plus serré, admettait l'exigence d'un certain éclat, préconisé pour cette souveraine au charme irrésistible, un nouveau mobilier et un rafraîchissement des locaux avaient redonné de la jeunesse et de la joie au centre du pouvoir.

Grâce au sens inné du raffinement de Hétep-Hérès, quel agréable changement ! Lits, tables, coffres de rangement, sièges, vases, vaisselle... le moindre objet témoignait d'un goût exquis, et chacun se félicitait de travailler dans un tel cadre, en admirant des peintures murales qui figuraient paysages et oiseaux.

La cérémonie d'investiture du Premier ministre Néfer-Maât s'était déroulée sans anicroche. Devant la cour au grand complet, il avait juré de remplir sa fonction sans faiblir et d'appliquer, dans tous les domaines, la règle de Maât, socle de l'institution pharaonique.

Allure tranquille, voix ferme, regard discret : l'homme que le pharaon plaçait à la tête de son gouvernement saurait sans nul doute faire preuve d'autorité. Les renseignements récoltés par Rek sur son compte ne le réjouissaient pas : incorruptible, travailleur, organisateur hors pair, il ne serait certainement pas un allié contre Snéfrou, mais un obstacle supplémentaire sur le chemin du pouvoir.

Lors de la première réunion du cabinet restreint composé de Néfer-Maât, du Vieux et de Rek, l'atmosphère avait été plutôt conviviale, même si le Premier ministre, tout en appréciant un rouge léger offert par le directeur du Trésor, avait formulé ses exigences : redresser au plus vite l'économie, augmenter les réserves de toutes sortes, analyser les faiblesses de l'armée et de la police, recruter des permanents si nécessaire.

Première obligation fixée par le roi : envoyer un corps expéditionnaire au bord de la mer Rouge pour y créer un port, qui faciliterait l'acheminement des matériaux, notamment d'importantes quantités de cuivre, qui servait à fabriquer les lames des ciseaux. À l'évidence, Snéfrou songeait à bâtir une pyramide, dont le maître d'œuvre serait Néfer-Maât en personne.

*

* *

Au coucher du soleil, après un bref rituel dans l'un des temples de la capitale, le roi et la reine s'accordaient un moment d'intimité avant de se vêtir en vue d'un dîner officiel. Snéfrou invitait un à un les chefs de province, qu'il tenait à connaître personnellement, et sans lesquels le formidable projet qu'il mûrissait ne serait pas envisageable. Les provinces formaient le grand corps de l'Égypte, à l'image d'Osiris ressuscité, et le pharaon était le lien qui maintenait l'unité. Des contrées du Sud et du Nord provenaient les richesses que le Vieux avait à gérer, sans tolérer le moindre détournement.

— Pourquoi es-tu si sombre ? demanda Hétep-Hérès à son époux, en lui caressant la joue. Ceux que tu as nommés te décevraient-ils déjà ?

— Au contraire, ils s'adonnent à leurs tâches sans compter. Chaque matin, Néfer-Maât me présente des rapports d'une précision remarquable. Il ne perd pas une seconde en bavardages inutiles. Rek est en train de réformer nos services de sécurité, et j'ai autorisé la construction d'une nouvelle caserne dans la capitale. Quant au Vieux, tu le connais... il a vite repéré les paresseux, les incompétents et les petits tyrans qui profitaient de leur poste. Il se livre à une sorte de grand ménage, hautement nécessaire.

— La quête du lotus d'or ne cesse de te tourmenter.

— Il ne saurait en être autrement, mais je sais qu'elle sera longue et difficile. J'aurai la patience d'attendre les signes qui me mettront sur la bonne voie, mais parviendrai-je à les interpréter correctement ? À Meidoum, j'ai vu le mystère sans réussir à le percer. Au pied de son Grand Œuvre, je me suis adressé à la statue vivante de Djéser pour lui annoncer que je bâtirai ma pyramide, mais pas à Saqqara, son domaine et non le mien. Acceptera-t-il de m'inspirer pour le choix du site, ou restera-t-il muet, me jugeant trop prétentieux ?

— Il te répondra, affirma la reine. Tu as le devoir de créer ta propre demeure d'éternité, afin qu'elle émette l'énergie spirituelle dont notre peuple a besoin avant toute autre nourriture.

La fermeté de la Grande Épouse royale rassura Snéfrou.

— Dès que le signe surgira, Néfer-Maât se mettra à l'œuvre. Auparavant, il convient de se préparer à l'ouverture du chantier, notamment en prévoyant nombre de matériaux et d'outils.

— Tu seras un grand bâtisseur, promit Hétep-Hérès, en attirant son mari contre elle.

— 46 —

Excitée, Mélissa sauta au cou de Rek et l'embrassa avec une telle fougue qu'il en fut ébranlé. Elle lui arracha sa tunique et se servit de lui comme d'un instrument de plaisir, sans lui accorder le temps de respirer.

Ce torride intermède achevé, Rek voulut connaître la raison de l'assaut.

— Que t'arrive-t-il ?

— Si tu savais, si tu savais !

— Je ne demande qu'à apprendre.

Agrippée à son amant, la jeune femme s'exprima d'une voix hachée.

— Je suis ravie de mon nouvel emploi. Subalterne, certes, mais plus important qu'il n'y paraît. Avant d'être archivés, tous les documents officiels passent entre mes mains. Et là... si tu savais !

Mélissa en pleurait de joie. Rek attendit qu'elle se calmât.

— Le roi a ordonné deux expéditions. La première, à destination de la mer Rouge, en face de Meidoum, afin d'aménager un port, qui facilitera l'acheminement des matériaux.

— Je suis au courant, ma douce.

— As-tu entendu parler de la seconde ?

— J'avoue que non.

— Cela ne devrait pas tarder ! Elle est encore confidentielle, mais la reine doit fournir des cartes et des papyrus magiques rédigés par la déesse Hathor elle-même, afin de protéger le roi.

— Le protéger... de quoi ?

— D'un voyage à hauts risques, aux mines de turquoise et de cuivre du Sinaï. Snéfrou a décidé de se rendre sur place afin d'apprécier de visu les ressources de cette contrée dangereuse, infestée de tribus bédouines qui n'hésitent pas à attaquer les caravanes et à commettre des massacres.

Pourquoi le monarque se lançait-il ainsi à l'aventure ? Rek relia les éléments : Hathor, la turquoise, sa pierre sacrée, le lotus d'or qui émanait peut-être de la maîtresse du ciel... Snéfrou n'espérait-il pas le découvrir sur le site dédié à la déesse, au cœur des solitudes du Sinaï ?

— Le roi n'est pas stupide, reprit Mélissa. Il s'entourera du maximum de précautions. Qui chargera-t-il de sa sécurité, sinon toi ?

Rek fit la moue.

— Si je le tue de mes propres mains, je ne lui survivrai pas longtemps.

— Me prends-tu pour une idiote ? La chance qui nous est offerte, c'est de recruter un Bédouin qui assassinera le roi ! Désemparé et sous ta gouverne, le corps expéditionnaire regagnera l'Égypte au plus vite, en ramenant le cadavre de Snéfrou. Si tu es désigné pour célébrer ses funérailles, et qui d'autre le serait, le Grand Conseil t'appellera à régner.

— Recruter un Bédouin tueur... ce n'est pas si simple !

— Pas ici, certes, mais dans le Sinaï, tu en auras l'occasion ! Maintenant, tu diriges la police du désert. Avant l'arrivée du roi, qu'elle procède à des arrestations préventives. Parmi cette racaille, tu dénicheras bien un exécuteur enchanté de s'enrichir en supprimant un pharaon.

— Et s'il bavarde après son exploit ?

— Arrange-toi pour le rendre muet.

Un peu étourdi par des ébats tumultueux qu'il ne détestait pas, Rek pesa le pour et le contre. Monter cette opération serait délicat. Mais avec du doigté, un succès était possible, tel que l'envisageait l'ardente Mélissa, dont la tête fonctionnait aussi bien que le sexe.

*

* *

— Ce projet est insensé ! râla le Vieux. Pourquoi te rendre en personne dans le Sinaï ? Une équipe de mineurs suffirait amplement !

— En temps ordinaire, sans doute. Mais nous traversons une période incertaine.

— Hathor, la turquoise, le lotus d'or... C'est ça, c'est bien ça ?

— En effet, admit le roi. Peut-être est-il caché au fond d'une galerie creusée en l'honneur de la déesse. Qui le reconnaîtra, sinon moi ?

— La reine approuve-t-elle ce voyage ?

— Plus ou moins, mais elle comprend que je dois vérifier cette hypothèse.

— Bon sang de bon sang ! Comment te persuader de renoncer à cette folie ?

— Je crains que ce ne soit impossible.

— Quelles précautions prendras-tu ?

— Rek commandera un régiment d'élite. Il a déjà ordonné à la police du désert d'intercepter les Bédouins qui rôderaient à proximité des mines de turquoise et de cuivre.

— Hmmm, marmonna le Vieux.

— Je dispose également d'amulettes et de papyrus magiques, qui éloigneront les démons du désert, précisa Snéfrou.

— Si je comprends bien, tu persistes ?

— Je persiste.

— C'est ce que je redoutais. En ce cas, à tes précautions, je vais ajouter les miennes.

*
* *

Après une bonne dizaine de livraisons à la tête de ses troupeaux d'ânes, Vent du Nord goûtait à l'étable un repos bien mérité. De l'eau additionnée de bière, de la luzerne fraîche, des figues et des grains de blé composaient un succulent repas.

— On prend du bon temps, mon gaillard ! Profites-en bien. Demain, c'est terminé. Départ pour le Sinaï. Choisis tes congénères les plus robustes pour porter un maximum de jarres. Tu sais quoi ? Le roi figure parmi les voyageurs ! Le danger rôdera partout. Alors, ouvre l'œil et veille sur Snéfrou.

— 47 —

Accomplie en bateau, la première partie du long voyage de la capitale aux mines du Sinaï n'avait pas été trop pénible. La seconde, en revanche, comportait l'épreuve du désert. Dirigé par le roi et son chef de la sécurité, Rek, le corps expéditionnaire disposait de cartes précises indiquant le meilleur itinéraire et, surtout, les points d'eau. Lors de haltes fréquentes, on se reposait et l'on remplissait les jarres que portaient des ânes disciplinés, commandés par un Vent du Nord qui les dépassait d'une bonne tête.

À l'approche de la montagne sacrée de la déesse Hathor où naissaient les turquoises, Rek entendit des aboiements. Aussitôt, les soldats se déployèrent, prêts à utiliser leurs arcs. Ils ne tardèrent pas à distinguer une patrouille de la police du désert, dont les membres encadraient des prisonniers, mains ligotées derrière le dos, surveillés par des chiens, qui leur mordaient les mollets s'ils faisaient un pas de travers.

Rek s'avança pour rencontrer le gradé qui guidait la patrouille, un grand gaillard aux larges épaules et à la voix caverneuse.

— Nous avons suivi les instructions, déclara-t-il, et interpellé plusieurs Bédouins qui rôdaient dans les parages.

— Beau travail. Ils fomentaient sûrement un mauvais coup. Je vais les interroger moi-même. Prépare un camp de fortune. Qu'ils soient placés sous étroite surveillance, avant d'être conduits à la capitale. La justice décidera de leur sort.

⋆
⋆ ⋆

Le site comprenait des demeures en pierre, qui accueillaient les mineurs lors des campagnes d'extraction de la turquoise. Le roi occupa la plus vaste, tandis que les spécialistes formaient les équipes et répartissaient les outils. D'après les rapports en leur possession, ils savaient dans quelles galeries s'aventurer afin d'obtenir les meilleurs résultats. Une moitié des artisans rechercherait la turquoise, l'autre le cuivre.

Une vie de village s'organisa, avec une préoccupation majeure, comme au pays : l'hygiène. Grâce à un cuisinier expérimenté, le corps expéditionnaire ne manquerait pas de bons petits plats, sans compter le gibier rôti sur le gril. Vin et bière transportés par les ânes seraient servis pour fêter les trouvailles.

⋆
⋆ ⋆

Rek examina longuement les quinze Bédouins, à la mine hostile. Certains baissaient les yeux, d'autres le défiaient du regard. Il rechercha les plus haineux. À l'agressivité devait se mêler la ruse. Trois des pillards lui parurent dignes d'intérêt, qu'il se garda de manifester.

— Je vais vous interroger un à un, annonça-t-il. Je vous conseille d'avouer vos méfaits, si vous désirez obtenir l'indulgence du tribunal. Restez muets, et vous serez condamnés à la peine capitale.

Rek s'apprêtait à jouer un jeu des plus dangereux. D'abord identifier un assassin potentiel, aux qualités suffisantes ; ensuite, le persuader d'agir ; enfin, le supprimer pour couper tout lien avec lui. Opération ô combien délicate, mais le succès n'était-il pas à portée de main ?

Les quatre premiers interrogatoires furent décevants. Des brutes, qui admirent avoir attaqué des caravanes et dérobé des marchandises, sans violenter quiconque. Le cinquième prisonnier, lui, avait une autre envergure. Une certaine allure, des yeux malins et féroces.

— Tu es le chef de cette bande, jugea Rek.

L'accusé se contenta de sourire.

— Vous espériez voler des turquoises et n'auriez pas hésité à tuer des mineurs.

— Prouvez-le. Votre justice l'exigera.

— La justice, ici et en ce moment, c'est moi. Si je te déclare coupable de meurtre, je réclamerai ton exécution immédiate. En revanche, si tu m'aides, tu seras libre et riche.

Déconcerté, le Bédouin changea de physionomie.

— Vous aider... de quelle manière ?

— Égorger un Égyptien, ça ne te déplaît pas. Et s'il s'agissait de ton pire ennemi, le pharaon ?

— Vous vous moquez de moi !

— Au contraire, je t'offre un avenir riant, si tu réussis. Dès l'annonce de la mort du roi, nous quitterons les lieux à la hâte, et les mines t'appartiendront.

— Votre souverain est bien protégé !

Ce fut au tour de Rek de sourire.

— Sa sécurité dépend de moi. Je t'indiquerai l'endroit où il loge et la manière de l'atteindre sans être repéré. Tu l'égorgeras dans son sommeil, et tu t'enfuiras, avant de revenir comme héros auprès des tiens, et maître de la montagne aux turquoises.

— Pourquoi faites-vous ça ?

— J'ai mes raisons. Tu refuses ou tu acceptes ?

Le Bédouin prit un long temps de réflexion.

— J'accepte.

*

* *

Utilisant le poignard que lui avait remis Rek, le Bédouin coupa les cordes qui lui entravaient les poignets et les chevilles. En rampant, il sortit de l'enclos où dormaient les membres de sa tribu, passa derrière les gardes et, selon les indications de son commanditaire, se dirigea vers le logement du roi.

Comment aurait-il imaginé qu'il eût été aussi facile de supprimer le maître des Deux Terres ? En proie à une brusque exaltation, le Bédouin évita cependant de se hâter. Au-delà de la conquête des turquoises, un véritable trésor, sa renommée dépasserait les frontières du Sinaï, dont il fédérerait les tribus, créant une armée qui déferlerait sur l'Égypte.

*

* *

Tapi à l'un des angles de la demeure de Snéfrou, Rek vit s'approcher le tueur, qui profitait d'une nuit obscure pour progresser, sans précipitation. Encore deux pas, et il pénétrerait dans l'habitation du souverain.

Alors que le Bédouin, courbé, allait franchir le seuil, un bruit de galop brisa le silence. À peine se retournait-il que Vent du Nord le percutait en pleine tête, l'envoyant loin de l'entrée.

La réaction de Rek fut immédiate.

— À la garde ! hurla-t-il, en se ruant sur le Bédouin, qu'il poignarda à plusieurs reprises.

Des soldats les entourèrent, Snéfrou apparut et contempla le cadavre ensanglanté.

— Cet âne a donné l'alerte, expliqua Rek. Heureusement, je faisais une dernière ronde, et j'ai pu intercepter l'agresseur.

Le roi posa la main sur l'épaule de son ami.

— Tu m'as sauvé la vie.

— La chance nous a servis, Majesté. Retenons la leçon : ces Bédouins seront toujours nos ennemis. Châtions-les sans faiblesse.

— 48 —

Émue aux larmes et dédaignant le protocole, Méresânkh serra son fils dans ses bras.

— Est-il vrai que tu as échappé de justesse à un attentat ?

— Un Bédouin voulait me tuer. Grâce à l'intervention de Vent du Nord, l'âne du Vieux, son attaque a été freinée. Rek s'est jeté sur l'assaillant avec beaucoup de vaillance et, heureusement, l'issue du duel lui a été favorable.

— Dès maintenant, je double ta garde rapprochée, en choisissant des hommes qui te seront dévoués, au point de donner leur vie pour celle du pharaon. Rejoins vite ton épouse, qui s'entretient avec le Premier ministre.

Le voyage de retour s'était déroulé sans aucun incident. Ni mort ni blessé, quelques malades bien soignés. Tous les membres du corps expéditionnaire avaient été ravis de regagner la capitale.

Quand le roi pénétra dans son bureau, Néfer-Maât s'interrompit et le salua. Hétep-Hérès eut un large sourire, mais se retint de lui sauter au cou.

— Pas de problème majeur ?

— Rien d'impossible à résoudre, répondit le Premier ministre. Permettez-moi d'exprimer la joie intense de vous revoir.

La reine tendit les mains à son mari, qui les serra tendrement.

Sentant qu'il était de trop, Néfer-Maât s'éclipsa.

*

* *

Savourant une première fois renouvelée, le roi et la reine avaient fait l'amour avec la fougue de leur jeunesse, conscients que Snéfrou venait d'échapper de peu à la mort.

En lui caressant le front, Hétep-Hérès éprouva de l'inquiétude.

— Pourquoi cette tristesse dans ton regard ?

— Cette expédition sera considérée comme un grand succès. Nous rapportons la plus importante quantité de turquoises et de cuivre jamais répertoriée dans les annales. Hélas, en explorant la totalité des galeries creusées par les mineurs, je n'ai pas décelé la trace du lotus d'or.

— Cette piste-là n'était pas la bonne.

— Comment la trouver ?

— Un signe te la révélera. Pour l'heure, habillons-nous en vue de la cérémonie qu'attend la cour.

*

* *

Le Vieux n'avait pas lâché son équipe de scribes d'une semelle, afin qu'ils enregistrent, avec une extrême précision, les quantités de cuivre et de turquoises qui entraient dans le Trésor. Être traité, à mi-voix, de tyran et d'autres qualificatifs peu élogieux l'indifférait. Les biens de la communauté passaient avant les petites crises de nerfs de ses employés. En cas d'urgence, comme celui-là, il oubliait les temps de repos. Quant aux mécontents, il était toujours à leur disposition.

Prestement, il se vêtit d'une luxueuse tunique, tenue exigée pour se rendre à la cérémonie prévue au palais royal.

*

* *

Honneur insigne, le pharaon passa autour du cou de Rek un collier d'or, « la chair des dieux », un métal qui leur était habituellement réservé. Fallait-il accomplir un exploit pour s'en montrer digne ! Chacun savait, à présent, qu'il avait sauvé la vie du roi sans se soucier de la sienne, face à un Bédouin, expert dans le maniement du poignard.

Pourtant, Rek avait offert sa démission, arguant qu'il était responsable de la sécurité du monarque, et assumait la défaillance des gardes qui surveillaient l'enclos d'où le tueur n'aurait pas dû s'échapper. Estimant que le Bédouin avait forcément bénéficié de complicités, comme le prouvait sa possession d'une arme en dépit des fouilles, Snéfrou avait non seulement maintenu son ami d'enfance à son poste, mais également tenu à célébrer son dévouement.

« Jusque-là, pensa le Vieux, rien à critiquer. » La suite, en revanche, lui semblait plus douteuse. S'il se félicitait évidemment de l'initiative de Vent du Nord, il craignait cependant que celui-ci, décoré à son tour d'un superbe collier de fleurs, ne se montât le bourrichon.

*
* *

À chaque étreinte, un plaisir indescriptible déferlait dans le corps de Mélissa. Rek était le mâle rêvé. Avoir été privée de lui pendant trop longtemps l'avait rendue irritable et angoissée. Dès qu'ils s'étaient enlacés, elle ne lui avait pas laissé le loisir de placer un mot.

Leurs désirs réciproques provisoirement apaisés, les amants se résolurent à analyser la situation.

— Ta stratégie était excellente, reconnut Rek. Nous étions à deux doigts de réussir.

— Mais nous avons échoué !

— Oui et non. Oui, parce que Snéfrou est vivant. Non, parce que je suis devenu un héros et l'un des hommes les plus puissants du royaume.

— La reine mère n'a-t-elle pas doublé la garde rapprochée du pharaon, sur laquelle tu n'as aucune autorité ?

— Méresânkh prend de l'âge et consulte de plus en plus souvent le médecin du palais. Il suffit d'attendre sa disparition. Alors, je prendrai le commandement de cette garde et j'y introduirai l'un de mes hommes, qui aura de bonnes raisons pour assassiner Snéfrou. Encore faudra-t-il dénicher cet oiseau rare, et avoir la certitude qu'il ne me trahira pas. Pour l'heure, un objectif prioritaire, afin de renforcer ma popularité : augmenter les effectifs de la police du désert et traquer les Bédouins sans répit, avec l'ordre d'anéantir les tribus les plus belliqueuses. La sécurité des pistes de caravanes sera rétablie, favorisant notre développement économique.

Même le Vieux sera ravi ! Un autre travail m'attend, ô combien pesant et difficile : recruter des soldats et des policiers, les doter d'un armement efficace et former des officiers supérieurs.

— Cela ne te déplaît pas, susurra Mélissa.

— Snéfrou ne s'est pas trompé en m'attribuant cette fonction, ironisa Rek.

— En agissant ainsi, ne travailles-tu pas pour lui, en rendant son royaume plus puissant ?

— En apparence, ma douce, seulement en apparence ! Mon état-major sera formé de fidèles, qui m'obéiront au doigt et à l'œil. Quand on dispose d'une véritable force, et ce sera mon cas, on est tout proche du pouvoir. Seul inconvénient : cela prendra du temps, beaucoup de temps. Il y a un autre problème à résoudre, et des plus ardus. L'âne qui a donné l'alerte ne s'est pas comporté de manière normale. Il était forcément manipulé par le magicien de la cour, Tête-en-vie. Ce n'est pas la première fois qu'il se dresse sur mon chemin en protégeant Snéfrou.

— Éliminer un magicien ! Tu n'y penses pas ?

— Au contraire, j'y songe chaque jour.

— Si tu ne frappes pas à coup sûr et de manière définitive, Tête-en-vie te détruira !

— Sans aucun doute.

— Pourquoi courir un tel risque ?

— Parce que ce magicien est un obstacle trop important. Je ne sais pas encore comment, mais je finirai par m'en débarrasser.

Mélissa admira l'audace de son amant.

— Embrasse-moi, exigea-t-elle.

— 49 —

En explorant le désert afin d'y découvrir le site idéal pour sa pyramide, Snéfrou s'était éloigné de Saqqara et, attiré par le souvenir de Meidoum, avait pris la direction du sud.

Sous bonne escorte, le roi fut survolé par un ibis noir et blanc, de très grande taille, qui se posa non loin du monarque. Quand ce dernier s'avança vers lui, il s'envola, puis regagna le sol à une centaine de mètres de Snéfrou, comme s'il désirait le guider.

Incarnation de Thot, dieu de la Connaissance, patron des savants et des scribes, l'ibis s'appelait « Celui qui trouve », car son long bec, qui tuait serpents et scorpions, ne s'enfonçait pas au hasard dans la terre ou les terrains marécageux. De plus, là où buvait l'ibis, l'eau était pure.

Tournant le dos au roi, l'imposant oiseau se mit à marcher de façon étrange, chacune de ses enjambées mesurant une coudée[1]. Il s'immobilisa au centre d'un vaste plateau, qui dominait une palmeraie.

---

1. Cinquante-deux centimètres.

Lorsque le souverain y parvint, presque à toucher le bec de l'ibis, ce dernier s'envola à nouveau, et traça deux grands cercles au-dessus de Snéfrou, qui se souvint que, selon l'enseignement de la ville sainte d'Héliopolis, le pharaon, placé sur l'aile de l'oiseau de Thot, pouvait atteindre grâce à lui sa patrie céleste, en quittant le monde des humains à travers la lumière du couchant.

L'ibis sembla se confondre avec le soleil. Ébloui, Snéfrou baissa les yeux. À ses pieds, un œil d'Horus en turquoise, et un papyrus roulé et scellé. Le premier contenait toutes les mesures, le second révélait un plan d'œuvre.

À cet instant, le pharaon vit ce qui n'était pas encore.

*

* *

Au palais royal, branle-bas de combat. Des messagers partirent en courant avertir les personnalités que le pharaon invitait à le suivre, pour un voyage dont on ne savait rien, ce qui déclencha une kyrielle de rumeurs. Mobilisée et au grand complet, la garde rapprochée du souverain fourbissait ses armes. Un événement majeur se préparait, mais lequel ?

Le Vieux chargea lui-même Vent du Nord de jarres d'eau.

— On ne va pas te décorer tous les jours d'un collier de fleurs. Au travail ! Je ne sais pas ce qui se trame, mais on ne se déplace sûrement pas en vain.

*

* *

Le teint pâle de sa mère inquiéta Snéfrou, qui aurait aimé, après lui avoir exposé sa découverte, qu'elle se joignît à l'expédition.

— Une fatigue passagère, expliqua-t-elle. Demain, j'irai mieux. Ce que tu m'apprends me réjouit au plus haut point ! Accomplis l'une des significations de ton nom, mon fils. En toi, Pharaon commence à absorber l'individu, et c'est bien ainsi. Quoi qu'il advienne, je serai toujours à tes côtés, et je verrai par tes yeux.

— Que prescrit le médecin ?

— Malgré ses compétences, il ne saurait effacer l'âge. Mais j'ai encore la force de lutter.

*

* *

D'abord, le bateau ; ensuite, un sentier qui traversait une palmeraie et montait vers le plateau désertique de Dahchour, d'où l'on apercevait, au loin vers le nord, la pyramide à degrés de Djéser.

Sous haute protection, Snéfrou avait réuni le sommet de l'État : Hétep-Hérès, la Grande Épouse royale ; Néfer-Maât, le Premier ministre ; le Vieux, celui de l'Économie ; Rek, le chef de l'armée et de la police ; Tête-en-vie, le magicien officiel. Placide, Vent du Nord se tenait à proximité du petit groupe. Non seulement il lui permettrait de se désaltérer, mais encore observait-il les environs, prêt à intervenir en cas d'incident.

— Dieu s'est construit avant que n'existent le ciel et la terre, déclara Snéfrou. Au pharaon de bâtir à son image et de prolonger son œuvre, en appliquant le précepte suivant : « Toute conduite doit être conforme au fil à plomb. » Issues de la lumière divine, les pierres seront assemblées ici.

Chacun comprit que le roi avait choisi l'emplacement de sa pyramide, et les regards embrassèrent le vaste site, à la fois paisible et grandiose.

Tête-en-vie s'accroupit et toucha longuement le sol de ses mains.

— L'énergie est puissante. Puis-je demander à Sa Majesté si elle a reçu un livre tombé du ciel ?

Snéfrou déroula le papyrus sur lequel était tracé un plan.

— Je l'ai lu grâce à l'œil d'Horus, qui m'a donné les mesures.

— En ce cas, nulle force hostile ne dégradera ce lieu, affirma le magicien.

— Première tâche, indiqua le roi : transformer ce désert en jardin. Nous planterons des arbres, créerons une longue allée ombragée, creuserons des bassins.

— Quelles carrières utiliserons-nous ? s'inquiéta Néfer-Maât.

— En priorité, celle que nous avons sous les pieds : du calcaire jaunâtre et tendre. Des efforts réduits au minimum, pas de transport. Pour le revêtement, nous ferons venir du calcaire blanc et brillant de Tourah, à faible distance. Le granit, lui, proviendra d'Éléphantine, à l'extrême sud du pays, et exigera un long voyage. Nous manquons de barges et de bateaux pour l'acheminement. Dès demain, le chantier naval de Memphis fonctionnera à plein régime. Autre impératif : l'outillage. Il nous faut une grande quantité de boules de dolérite, de maillets, de ciseaux, d'herminettes, de scies, d'équerres, de niveaux, de forets, de poinçons, de haches, de cordeaux, de cordes, de fils à plomb et de traîneaux.

« On sait sur qui ça tombe », maugréa le Vieux, contraint de vider le Trésor et de passer commande à plusieurs ateliers.

— Il te revient d'organiser le chantier, dit le roi à Néfer-Maât, qui tenta de demeurer serein. Je veux que tous les bâtisseurs, des sculpteurs d'élite aux tâcherons, bénéficient de bonnes conditions de vie et de travail. Boulangerie, brasserie, boucherie, dortoirs, centre de soins, forge, ateliers... rien ne doit manquer à cette ville de pyramide, placée sous l'autorité du maître d'œuvre.

— Quel sera son nom ? questionna Tête-en-vie.

— « La ville des Deux Pyramides ».

La révélation du pharaon sidéra l'assistance, qui garda un long silence qu'osa briser Néfer-Maât.

— Majesté, je ne comprends pas...

— Le nom d'un roi ne contient-il pas le secret de son action ? Dans le mien figure « *sen* », le nombre deux. Si je dois « accomplir la perfection », but de mon règne et signification de mon nom, je n'y parviendrai que par le deux. Nous bâtirons donc ici, en même temps, deux pyramides, dont l'une à double pente.

Abasourdi, le maître d'œuvre ne réussit pas à articuler les mots : « C'est impossible. » La reine prit tendrement le bras de son époux. Le Vieux en eut la gorge sèche. Tête-en-vie projeta son regard au loin, comme s'il contemplait déjà les deux monuments.

Quant à Rek, il se pétrifia, muet face à une telle audace, forcément vouée à l'échec. Un instant, sa haine à l'égard de Snéfrou se transforma en respect mêlé d'admiration.

— 50 —

— Vos suspicions sont fondées, dit le médecin du palais à la reine Hétep-Hérès. Tous les doutes sont dissipés.

— Pour le moment, je te demande le secret. Quant au roi, je lui annoncerai moi-même la nouvelle.

Le praticien s'inclina, la souveraine quitta sa chambre et se rendit au bureau de son époux, qui venait de mettre un terme à sa réunion quotidienne avec son Premier ministre.

— Ton regard pétille, observa Snéfrou. Qu'est-ce qui te rend si joyeuse ?

— Je suis enceinte.

*

* *

Mélissa secoua Rek.

— Sors de ta torpeur ! exigea-t-elle. Qu'est-ce qui t'arrive ?

Boire et dormir, dormir et boire... Depuis trois jours, le jeune homme se soumettait à ce cycle infernal, se contentant de donner de vagues directives à ses subordonnés.

— Si tu avais entendu Snéfrou à Dahchour, marmonna Rek, tu serais aussi ébranlée que moi.

— Me relateras-tu enfin la teneur de son discours ?

Tournant la tête de côté en s'enfonçant dans son oreiller, le chef de la sécurité du royaume tâcha de prononcer des paroles intelligibles.

— Snéfrou a ordonné l'édification de deux pyramides géantes. De la pure folie. Pour y parvenir, il doit mobiliser toutes les forces du pays, réorganiser l'économie, fabriquer des dizaines de bateaux, produire de l'outillage en quantité inouïe, extraire des milliers de pierres des carrières, et ériger des monuments jamais vus, selon un plan tombé du ciel ! Soit mon ami d'enfance a perdu la raison, soit il deviendra le plus grand bâtisseur de tous les temps. Pour l'avoir observé et écouté, je crains que la seconde hypothèse ne soit la bonne. Comment détruire un être d'une telle envergure ?

S'emparant d'une jarre d'eau, Mélissa en versa le contenu sur la tête de son amant, qui sursauta et se redressa.

— Sors de ton cauchemar, Rek, et cesse de te laisser envoûter par les projets délirants de ce tyran ! Que fera-t-il d'autre que ruiner son peuple afin d'assurer ses rêves de grandeur ? À toi de l'en empêcher.

Rek fut brutalement dégrisé.

— Je sais ce qui s'est passé. Tête-en-vie, le magicien, nous a envoûtés, moi et les autres ! Le plan tombé du ciel, c'est lui qui l'a déposé à Dahchour, aux pieds du roi.

Mélissa eut un sourire éclatant.

— Enfin, te voilà de retour !
— Si tu ôtais ta robe, ma belle ?

*
* *

Son épouse enceinte, une crue des plus favorables, l'arrivée à Memphis de quarante bateaux transportant des troncs de cèdre en provenance du Liban qui serviraient à la construction du dispositif interne de ses deux pyramides : Snéfrou remerciait les dieux de lui accorder tant de bonheurs, liés, sans nul doute, au choix du site de Dahchour.

Autre motif de satisfaction : l'entente parfaite entre le Premier ministre et celui de l'Économie. Aussi exigeants et intraitables l'un que l'autre, ils commençaient à mettre en pratique les procédés nécessaires pour rendre concrète la vision du pharaon.

Une difficulté, cependant, que le roi résoudrait lui-même : un nombre insuffisant de barges. Commande avait été passée au chantier naval de la capitale, auquel Snéfrou se rendait, désireux de constater l'avancement du travail.

La jeunesse du patron des artisans le surprit, de même que sa carrure de colosse. Charpentier de formation, Hémiounou avait fabriqué des barques dès l'âge de dix ans, avant de s'attaquer à des bâtiments de commerce, avec une habileté vite reconnue.

Sur les quais, dans les ateliers et sous les hangars, des centaines de spécialistes à l'ouvrage, répartis selon la rigoureuse organisation de Hémiounou, qui connaissait chaque aspect du métier. Ses employés recherchaient l'excellence, synonyme de hauts salaires. Au caractère technique de leur labeur s'ajoutait une dimension sacrée : assembler les parties d'une embarcation équivalait à réunir celles, éparses, du corps d'Osiris, donc à faire jaillir la vie hors de la mort.

Entre Snéfrou et Hémiounou, un courant de sympathie immédiat. Tout en manifestant son respect, le chef de chantier garda un regard franc et direct.

— Où en sommes-nous ? interrogea le roi.

— Dans moins de trois mois, Majesté, soixante bateaux de plus de trente-deux coudées de long[1], adaptés au transport de lourds blocs, sortiront de ce chantier. Bien entendu, nous en assemblerons d'autres, en fonction des besoins. Vous pourrez compter sur leur solidité et leur maniabilité. À toute flotte, il faut un vaisseau amiral, presque terminé.

— Montre-le-moi.

Un hangar entier était réservé à un navire dont la taille étonna le souverain.

— Cent coudées de long[2], indiqua Hémiounou. Lors de sa mise à l'eau, nous ferez-vous l'honneur de tenir vous-même le gouvernail ?

— Je le tiendrai, et je nomme cette merveille *Louange des Deux Terres*.

---

1. Plus de seize mètres.
2. Environ une cinquantaine de mètres.

— 51 —

— Je viens d'obtenir un renseignement intéressant, dit Mélissa à Rek en le gratifiant d'un baiser ardent, avant de reprendre son souffle, tant elle était agitée.

Les amants s'assirent sous un sycomore, dans le jardin de la vaste villa du haut dignitaire.

— L'une de mes collègues de la Maison de la reine m'a fait des confidences. Elle couche avec un menuisier du chantier naval. Au début, ça s'est bien passé. Mais il est jaloux et violent. Elle a peur de rompre.

Rek ne parut guère intéressé par ce drame sentimental. Si l'artisan osait frapper cette femme, elle porterait plainte et il serait lourdement condamné.

— Ce menuisier n'est pas n'importe qui, reprit Mélissa. Il travaille à la construction du bateau royal géant, qui sera mis à l'eau la semaine prochaine. D'après la rumeur qui court dans l'atelier, Snéfrou a promis de tenir la barre. Commences-tu à comprendre ?

L'œil de Rek s'éveilla.

*

* *

Malgré sa robuste constitution, le menuisier n'en menait pas large. Être convoqué par la police et reçu par son chef n'avait rien de réjouissant. Le visage sévère de Rek ne lui remonta pas le moral.

— Sais-tu pourquoi tu es ici ?

— Non, je n'ai commis aucun délit !

— Ce n'est pas l'avis de la plaignante.

— La plaignante... quelle plaignante ?

Rek consulta un papyrus vierge, qu'il feignit de lire.

— D'après les déclarations de ta maîtresse, dûment enregistrées, tu l'as frappée à plusieurs reprises.

— C'est faux, totalement faux !

— Cette violence physique s'accompagne d'injures et de menaces. Tu risques gros : plusieurs années de prison. Si une enquête approfondie me procure d'autres éléments accablants, ce sera le bagne.

Décomposé, l'artisan était au bord de la crise de nerfs.

— Ces accusations sont ignobles !

— Seuls les pires des lâches maltraitent les femmes. Je compte demander au juge une arrestation préventive. À moins que...

Le menuisier se raidit. S'il existait une porte de sortie, il n'hésiterait pas à l'emprunter.

— Tu as bien travaillé à la création du nouveau bateau royal ?

— Une merveille, longue de cent coudées ! J'en connais le moindre détail.

— Si tu m'obéis, je déchirerai ce papyrus, et la plainte de ta malheureuse maîtresse sera classée sans suite.

Le sang revint au visage de l'artisan. Mais il reflua lorsqu'il apprit ce que Rek exigeait.

— Ce n'est pas possible, je...

— Si tu refuses, j'alourdis ton dossier. Par exemple, j'affirmerai que tu m'as agressé. Incarcération immédiate.

Le menuisier ne se sentait pas de taille à lutter contre le chef de la police. Il n'avait d'autre choix que de se soumettre.

— La récompense sera à la mesure de ton effort, assura Rek. Je te nommerai directeur du chantier naval de Memphis. D'ici là, silence absolu, et tiens-toi tranquille.

« Après tout, pensa l'artisan, c'est le destin. »

*

* *

Bien que Hétep-Hérès fût en parfaite santé et examinée quotidiennement par le médecin du palais et une sage-femme expérimentée, Tête-en-vie avait insisté auprès d'elle pour que, de nuit comme de jour, elle portât des amulettes protectrices, qui formeraient un barrage efficace contre les ondes nocives.

— Je suis inquiet, dit le magicien au roi.

— À propos de la Grande Épouse royale ?

— Non, à propos de vous. La nuit dernière, j'ai consulté la flamme de la lampe. Elle a dansé de manière anormale. Quelle est votre prochaine obligation officielle ?

— La mise à l'eau d'un nouveau navire royal.

— Je vous accompagnerai.

— Que redoutes-tu ?

— Je l'ignore. Peut-être vous serai-je utile.

*

* *

Le roi avait redoublé de précautions. Plusieurs membres de sa garde rapprochée sur le pont et, sur le quai, le service d'ordre organisé par Rek. Ce serait une belle journée, marquée par la naissance d'un splendide vaisseau, *Louange des Deux Terres*. Tous les artisans s'étaient rassemblés, heureux d'assister à l'événement, qui couronnait leur travail, célébré par le pharaon en personne.

Rek jubilait intérieurement. Quelle que fût l'issue du drame, Snéfrou serait perdant. Soit il mourrait, soit il serait gravement blessé, soit il serait si dévalorisé qu'on jugerait un souverain si piteux inapte à régner.

Quand le navire entra en contact avec le fleuve, des cris de joie s'élevèrent. À la barre, Snéfrou n'avait qu'une manœuvre assez simple à accomplir pour l'orienter dans le sens du courant.

Dans un premier temps, pas de difficulté. Soudain, un craquement. Et le gouvernail ne répondit plus. Accouru à la rescousse du monarque, un soldat n'obtint pas plus de résultat.

Privé du guidage, le puissant vaisseau, proie du vent et du courant, fonçait droit devant lui, et se fracasserait sur le quai opposé. La violence du choc serait telle que les mâts s'écraseraient sur le pont. Incapable de dominer le navire qui lui était dédié, le roi figurerait peut-être parmi les victimes. Les rames étant sorties, impossible de plonger dans le fleuve sans les percuter.

Tête-en-vie se plaça face à la barre.

— Sois celui qui ne saurait être brisé, deviens celui que ne se mouille pas à l'eau, ni ne se brûle au feu.

Revenant à la manœuvre, Snéfrou parvint à reprendre le contrôle in extremis. *Louange des Deux Terres* vira de bord, évita le quai et, sous les acclamations des artisans, s'élança sur le Nil.

*
* *

Snéfrou écouta le rapport de Rek.

— Assurément un sabotage. C'est le comportement étrange d'un artisan qui m'a alerté. Comme il tentait de s'enfuir, j'ai ordonné à l'un de mes archers de tirer. La flèche s'est plantée dans la nuque du criminel. J'ai essayé de l'interroger mais il n'a prononcé que des mots incompréhensibles, avant de mourir. Selon la coutume, nous avons brûlé son corps.

— Qu'as-tu appris sur son compte ? demanda Snéfrou.

— Un bon artisan, que deux collègues ont vu rôder autour du gouvernail, la veille de la mise à l'eau. Ils ont pensé à une ultime vérification. Ce saboteur était aussi un homme violent, qui battait sa maîtresse, et allait être condamné à une lourde peine de prison. Redoutant son arrestation, il est sans doute devenu fou et a voulu se venger du pouvoir qui le châtiait, dont le roi est le principal représentant.

— Sans Tête-en-vie, une catastrophe se serait produite.

— Grâce lui soit rendue, dit Rek avec conviction.

— 52 —

Sur le plus grand chantier jamais ouvert en Égypte régnait une intense activité, soigneusement régulée par le maître d'œuvre Néfer-Maât. Organisées avec minutie, les équipes répondaient à une stricte hiérarchie, synonyme d'efficacité. Contremaîtres, tailleurs de pierre et géomètres, en nombre restreint, formaient le corps d'élite, qui commençait à bâtir les deux pyramides voulues par Snéfrou. Des centaines d'hommes étaient occupés à des tâches moins ardues mais indispensables, du transport des blocs à la réparation des outils.

Huit jours de labeur, deux de repos, et une nourriture aussi abondante qu'excellente, où ne manquaient ni viande, ni poisson frais et séché, légumes variés, fruits, bière, et vin les jours de fête. La plupart des artisans étaient logés sur place avec leur famille ; des dortoirs avaient été aménagés pour les temporaires. Et nul ne se plaignait des salaires.

Grâce aux règles d'hygiène, les équipes jouissaient d'une bonne santé. En cas d'accident, l'établissement de soins implanté sur le site intervenait sans délai.

Alors que d'autres spécialistes achevaient la pyramide à degrés de Houni, à Meidoum, les travaux inaugurés à Dahchour avançaient beaucoup plus vite que Snéfrou ne l'avait prévu.

Pourtant, l'inquiétude assaillait le roi. Son Premier ministre et maître d'œuvre serait bientôt au bord de l'épuisement. Ne négligeant aucun détail, vérifiant tout par lui-même, il en oubliait de dormir. À ce rythme-là, il ne tarderait pas à s'effondrer.

Aussi, en cette belle matinée de printemps, le roi prit-il une initiative, non dénuée de risque.

Chacune des visites du souverain semait la joie parmi les artisans, honorés de cette attention. Voir le pharaon de près, être conscient de participer à la création d'une demeure d'éternité qui transmettait la vie : quoi de plus exaltant ?

En compagnie des géomètres, Néfer-Maât consultait le plan relatif aux premières assises. Le silence, qui s'établit brusquement sur le plateau, l'alerta.

Entouré de membres de sa garde rapprochée, Snéfrou se dirigeait vers lui. Derrière le monarque, un jeune colosse.

— Depuis votre dernière inspection, Majesté, nous avons progressé. Vous aviez raison : nous réussirons à bâtir en même temps deux pyramides lisses.

— Au prix d'efforts considérables, qui te mettent en danger.

— Seule l'œuvre compte, pas moi.

— Sans toi, l'œuvre s'interrompra. Tu as besoin d'aide, Néfer-Maât. Tu as déjà rencontré Hémiounou, je suppose ?

Les regards de l'architecte et du colosse s'affrontèrent.

— Bien sûr, Majesté. À son âge, diriger le chantier naval de Memphis prouve des qualités exceptionnelles.

Malgré la froideur de l'accueil, constata Snéfrou, l'affaire ne s'engageait pas trop mal. Hélas, le roi ne tarda pas à déchanter.

— Chacun son métier, trancha Néfer-Maât d'un ton très sec. Que Hémiounou continue à fabriquer des bateaux. Il est charpentier, pas tailleur de pierre.

— Soumettez-moi à l'épreuve, préconisa le jeune homme, paisible.

Le maître d'œuvre haussa les épaules.

— À quoi bon ?

— Le bois m'a appris à connaître la matière de l'intérieur.

— La pierre, c'est différent !

— D'autres vibrations, je n'en doute pas. Mais si je les ressens, j'espère obtenir votre confiance et, selon le vœu de notre roi, devenir votre assistant.

— Suis-moi.

Néfer-Maât conduisit Hémiounou jusqu'à l'endroit du chantier où étaient entreposés des centaines de blocs, qui provenaient à la fois de la carrière du plateau de Dahchour et d'autres plus éloignées. Il désigna une rangée de pierres d'une taille impressionnante.

— Parmi elles, il y a une « mère ». D'elle dépend la stabilité des assises voisines. Trouve-la. Si tu en es capable, je t'embauche. Sinon, retourne à ton atelier.

Le jeune colosse ne se démonta pas, il prit tout son temps. D'abord, il observa ; ensuite, il toucha d'une main, puis des deux, chaque bloc. Fermant les yeux, il tenta d'entrer en communion avec la vie cachée de ce matériau.

Sa longue expérimentation terminée, il désigna l'une des pierres.

— Voici la matrice, affirma-t-il.

Les bras croisés, Néfer-Maât hocha la tête. Le roi se demanda s'il signifiait ainsi l'échec ou le succès.

— Je t'engage, décréta le maître d'œuvre en plantant son regard dans celui de Hémiounou. Je te formerai, afin que tu deviennes mon bras droit. Désormais, ton existence sera consacrée à la construction des pyramides. Premier enseignement : nos équipes ont droit à des journées de repos, pas moi, ni toi.

Fendant les rangs des artisans qui assistaient à la scène, un messager s'adressa à Snéfrou :

— Majesté, vous êtes prié de rentrer d'urgence au palais.

— 53 —

En sortant du pavillon orné de fleurs, la supérieure des sages-femmes arborait un large sourire.

— L'accouchement s'est déroulé à merveille, dit-elle à Snéfrou, anxieux. Vous avez un magnifique garçon ! D'après mon expérience, ce sera un robuste gaillard. Comptez sur mon équipe de nourrices pour bien l'alimenter. Maintenant, vous pouvez voir votre épouse et votre fils.

Après avoir mis au monde debout son enfant, tenue par deux praticiennes, tandis qu'une troisième récitait des formules d'heureuse naissance, Hétep-Hérès se reposait dans sa chambre, environnée de bouquets montés. De délicieuses senteurs flottaient dans l'air.

— Tu es plus belle que jamais, estima Snéfrou en l'embrassant sur le front.

Grâce aux remèdes apaisants fournis par le laboratoire de la Maison de Vie, toute trace de souffrance avait disparu du visage de la reine. Sans délai, Tête-en-vie s'était évertué à repousser loin de la mère et du bébé la terrifiante voleuse, la mort sournoise. Paroles magiques et amulettes formaient une barrière infranchissable.

— L'astrologue m'a appris que notre fils était né sous le signe du Bélier, indiqua Hétep-Hérès.

Le bélier, incarnation du dieu Khnoum, « Celui qui réunit », le constructeur de barques, le bâtisseur qui, en soulevant sa sandale, libérait la crue fécondatrice.

— Nommons-le Khéops[1], proposa le roi, qu'approuva son épouse.

*
* *

Le Vieux se livrait à une opération délicate, mais fort appréciée de Vent du Nord : le nettoyage des oreilles de l'âne, ses principaux organes de perception, bien plus développés que ceux des humains. Un tissu très doux, à peine humecté, et beaucoup de doigté : personne d'autre n'aurait pu toucher ainsi le quadrupède, à l'indépendance farouche.

Ces derniers mois, Vent du Nord avait conduit de nombreux troupeaux à la ville de pyramide de Dahchour, pour y acheminer nourritures solides et liquides. Ponctualité et discipline étaient ses mots d'ordre permanents, et il n'hésitait pas à rabrouer un congénère dissipé ou mal embouché.

— Espérons que ce petit Khéops aura un bel avenir, souhaita le Vieux.

Rassurante, l'oreille droite de l'âne, remise à neuf, se dressa.

*
* *

1. En hiéroglyphique, Khoufou, « Qu'Il (Khnoum) me protège ».

Chargé de veiller à la sécurité du gigantesque chantier, Rek s'acquittait au mieux de sa fonction, tout en contemplant, non sans admiration, la croissance des deux pyramides.

L'adjoint du maître d'œuvre, Hémiounou, faisait l'unanimité. Proche des artisans d'élite comme des tâcherons, le jeune colosse exerçait son autorité naturelle, sans avoir besoin de forcer le ton. Il avait vite assimilé les enseignements de Néfer-Maât et obtenu la confiance des tailleurs de pierre.

Au dépit de Rek, rien ne semblait pouvoir entraver l'édification des deux géantes, qui créeraient un flux d'énergie d'une intensité jamais atteinte. Garant du bon ordre qui devait régner en ce lieu, il était pris à son propre piège, et assistait impuissant à la montée en force de Snéfrou.

Autre mauvaise nouvelle : la naissance de Khéops, placé sous la surveillance quotidienne d'un médecin et du magicien Tête-en-vie. Succéderait-il à son père ? En éliminant ce dernier, Rek briserait du même coup le destin de son fils.

Une éclaircie, cependant, et pas des moindres : Méresânkh, la mère de Snéfrou, se mourait. Outre la peine que subirait la famille royale, une conséquence immédiate de cette disparition procurerait à Rek un avantage sans doute décisif : la direction de la garde rapprochée de Snéfrou, jusqu'alors assumée par la reine mère, lui reviendrait tout naturellement. À lui de choisir le futur assassin qui se glisserait dans l'effectif.

*

* *

Le teint livide, les traits creusés, la respiration de plus en plus courte, Méresânkh, assise dans un confortable fauteuil muni de coussins, souriait en tenant Khéops dans ses bras.

— Quel moment merveilleux avant d'entreprendre le grand voyage, murmura-t-elle. Cet enfant vous offrira de grandes joies et saura servir son pays.

Snéfrou et Hétep-Hérès peinaient à retenir leurs larmes. À l'issue de cette ultime réunion de famille, Méresânkh, afin d'éviter les douleurs insupportables provoquées par une maladie incurable, boirait la potion qui mettrait fin à ses souffrances et à son existence terrestre.

Après avoir câliné le petit Khéops, aux anges, Méresânkh le remit à sa mère. La tête penchée en arrière, elle regarda au loin.

— Le cœur tranquille, je comparaîtrai devant le tribunal divin. Mes actions seront posées en tas à côté de moi. Je n'ai pas commis le Mal sur cette terre, j'ai lutté pour Maât. Cette nuit, une lumière a percé les ténèbres et j'ai vu le lotus d'or. Je sais qu'il existe. Ne cesse pas de le rechercher, mon fils. Si tu renonçais, ton règne s'effondrerait. Tu ne le trouveras qu'en construisant.

— 54 —

Au terme de funérailles d'État, la momie de Méresânkh avait été inhumée dans un large caveau, au fond d'un puits, bouché avec des pierres. Destinée aux vivants qui demeureraient en contact avec cette ancêtre, la chapelle était ornée de superbes bas-reliefs colorés relatant les rites qu'avait dirigés la mère de Snéfrou. Chaque matin, un serviteur du *ka*, la puissance créatrice immortelle, déposerait des offrandes sur une table de pierre, afin de faire vivre le nom de Méresânkh.

À l'issue de l'ultime cérémonie, marquée par la fermeture du tombeau et l'ouverture de la chapelle, Rek, qui avait assuré la sécurité du couple royal, s'en approcha.

— Je ne saurais ressentir la douleur d'un fils, dit-il d'une voix émue, mais j'éprouve cependant une peine profonde, tant j'admirais cette grande dame. Sa gestion du palais fut exemplaire, tous ceux qui servaient sous ses ordres n'exprimaient que des louanges. Navré de revenir si vite au quotidien, mais ses exigences n'attendent pas, surtout quand elles concernent le pharaon. Je présume que Vos Majestés comptent m'attribuer dès aujourd'hui le commandement de la garde du palais qui veille sur le roi. Tout en adoptant le dispositif préconisé par Méresânkh, je tenterai de l'améliorer.

— Nous ne doutions pas de ton dévouement, déclara Hétep-Hérès, mais tu as déjà fort à faire avec l'armée et la police. J'ai décidé de prendre la succession de Méresânkh. En dirigeant l'élite des soldats qui composent la garde rapprochée de mon époux, je n'autoriserai aucun laxisme, à l'image de la défunte reine mère, qui m'a tout appris.

Dominant sa rancœur, Rek s'inclina.

*
* *

Mélissa avait rarement vu son amant dans un tel état. Fou de rage, il avait brisé des vases et même des chaises, jetant leurs débris au loin.

— Cette sorcière me coupe l'herbe sous le pied ! hurla-t-il. J'avais pourtant trouvé le moyen idéal pour supprimer Snéfrou !

— Calme-toi, recommanda Mélissa, qui put enfin s'approcher de Rek, exténué par son accès de bouillante colère.

— Me calmer...

Les caresses appuyées de la jeune femme eurent un effet apaisant.

— Ni le roi ni la reine ne soupçonnent tes véritables sentiments, susurra-t-elle. Ils t'accordent leur confiance, alors que l'armée et la police sont sous ta gouverne.

— Les manipuler est un travail de longue haleine.

— Qu'importe, si le succès est à l'arrivée.

Serrée contre Rek, Mélissa le guida vers des coussins dispersés sur le sol, qu'elle rassembla du bout du pied. En s'allongeant, elle l'entraîna avec elle.

— Le principal obstacle, estima le jeune homme, c'est le magicien de la cour, Tête-en-vie. Maintenant, il protège Khéops. Et je ne sais toujours pas comment m'en débarrasser.

— Nous y réfléchirons, promit Mélissa. D'ailleurs, j'ai un projet pour semer un grand désordre à la cour et plonger le couple royal dans l'embarras.

Rek s'embrasa.

— Lequel ?

— Aime-moi. Si je suis satisfaite, je te le confierai peut-être.

*

* *

Le Vieux pestait contre tout et contre tout le monde, car rien ne se déroulait exactement comme il le désirait. Par bonheur, un vin blanc sec et fruité lui redonnait l'énergie nécessaire pour affronter mille et une difficultés qui ne manquaient jamais de se produire. De ce côté-là, aucune déception.

Au moins, ses râleries étaient entendues, et l'intendance suivait. La construction de deux pyramides géantes modifiait en profondeur la gestion de l'économie du pays, dont il était responsable. Or, cette folle entreprise se présentait comme un plein succès. Exploitation des carrières, adhésion sans réserve de la population et des chefs de province, développement du transport fluvial, expéditions commerciales au Liban et au Sinaï, mise en valeur des terres agricoles, production de richesses croissante grâce à d'excellentes crues, ateliers d'artisans en pleine activité... De l'avis général, le chantier de Dahchour était le cœur d'un royaume de plus en plus prospère, et les caisses du Trésor ne cessaient de se remplir. « En prévision des mauvais jours », répétait le Vieux à ses collaborateurs, dont la plupart ne voyaient pas plus loin que le bout de leur nez.

En cette fin de soirée, qui équivalait pour la plupart de ses compatriotes à l'arrêt du travail, la visite du roi surprit le Vieux.

— Tu as l'air soucieux, constata-t-il, en s'empressant d'emplir deux coupes d'un rouge léger, dont la principale vertu était de dissiper les idées noires.

— La disparition de ma mère m'a ébranlé, avoua Snéfrou. Ces derniers temps, Néfer-Maât et Hémiounou ont dû régler quantité de conflits sur le chantier, notamment à cause de querelles entre tâcherons.

— N'oublie pas que les humains, nés des larmes de Dieu, se sont révoltés contre la lumière et ont inventé le Mal.

— Justement, je sens qu'il rôde, sans parvenir à l'identifier. Sans le lotus d'or, les deux pyramides géantes verront-elles le jour ?

— Quand le doute s'empare de toi, conseilla le Vieux, n'aie confiance qu'en une seule réalité : la règle de Maât. Si tu pratiques la justesse, elle te guidera pour créer ton chemin. En tant que pharaon, relié à tes ancêtres, tu dois diffuser du *ka*, de la puissance créatrice, à tous les échelons de l'existence et de la société, de la construction d'une pyramide jusqu'à la qualité des nourritures purifiées par les temples.

— Accomplir la perfection, est-ce vraiment possible ?

— Tels sont ton nom, ton nombre et ton destin, rappela le Vieux. Essayer de leur échapper serait vain.

Les forces de destruction ne cesseront jamais de se manifester, mais ta fonction te donne le pouvoir de les combattre et de les vaincre, à condition que tu ne te berces pas d'illusions et que tu appliques la maxime : « Agis pour celui qui agit. »

— 55 —

En s'approchant du village de la Douceur de Hathor, Mélissa se contracta alors que tout, ici, était imprégné de la sérénité de la déesse. Des maisons blanches implantées dans une palmeraie, un canal bien entretenu où l'on se baignait sans redouter les crocodiles, des greniers, des basses-cours, des enfants qui jouaient, des vieillards qui se reposaient à l'ombre en buvant de la bière : les jours s'écoulaient, paisibles, au rythme des travaux agricoles.

C'était pourtant ici que se terrait, non loin de la capitale, un personnage redoutable que Mélissa, grâce à ses contacts avec des collègues de la Maison de la reine, avait fini par localiser. Une bonne surprise pour Rek, dont il ne fallait cependant pas surestimer l'importance, avant d'exploiter la situation à son avantage. Et ce résultat-là n'était pas acquis.

Se fiant à son instinct, la jeune femme s'adressa à une vieille qui balayait devant sa porte.

— Je cherche le mage.

Un regard méfiant se posa sur elle.

— Toi, tu n'es pas du coin.

— Je viens des environs de Memphis.

— Ce n'est pas loin, mais ça fait quand même du chemin ! Tu lui veux quoi, au mage ?

Jouant la petite fille, Mélissa baissa les yeux.

— Mon amoureux m'a quittée pour une autre. Je désire qu'il me le ramène.

— Trouves-en un meilleur.

— C'est celui-là qui me plaît. Il paraît que le mage pourrait m'aider.

La vieille s'accrocha à son balai.

— Va tout au bout de la palmeraie. Je te préviens, il n'est pas commode. Si ton cas ne l'intéresse pas, tu te seras déplacée pour rien.

*
* *

Le Nubien dépassait les deux mètres et pesait au moins cent vingt kilos. Assis sur une natte épaisse, il contemplait Mélissa avec gourmandise.

— Tu es bien jolie.

Sa voix grasseyante fit frémir la visiteuse, qui craignit qu'il ne se jetât sur elle.

La petite pièce sombre et basse de plafond où il la recevait était encombrée de tablettes couvertes de textes, de pots contenant des substances colorées et d'amulettes entassées sur des étagères. Dans cette atmosphère aussi étouffante qu'inquiétante, Mélissa tenta de garder son calme.

— C'est toi, le mage Séfati ?

Les petits yeux noirs du Nubien fixèrent la jeune femme avec agressivité.

— Toi, qui es-tu ?

— L'émissaire d'un personnage important, très important.

— Décampe. Je ne veux plus entendre parler de gens importants.

— N'as-tu pas envie de te venger de Tête-en-vie ?

— J'ignore qui c'est.

— Oh non, s'exclama Mélissa, tu ne le connais que trop bien !

— Comment le sais-tu ?

— J'ai reconstitué ton parcours, Séfati. Il n'est pas banal, et tu n'as pas laissé que de bons souvenirs.

Un rictus déforma la bouche du Nubien.

— Tu m'en diras tant !

— Si tu me prends pour une provocatrice, tu as tort. Sous le règne du pharaon Houni, il a fallu choisir un nouveau magicien officiel, à la suite de la mort du titulaire du poste. Deux candidats ont émergé : Tête-en-vie et... toi. Un duel fut donc organisé. Inquiet et manquant de confiance en tes moyens, tu as été convaincu de tricherie. Une faute impardonnable, qui t'a relégué dans ce village, à jamais loin de la cour et des privilèges que tu convoitais.

— Le passé est le passé.

— L'avenir, lui, se prépare.

— Le mien, c'est de vivoter ici, en faisant bénéficier les paysans de mes dons et en mangeant à ma faim !

— Triste ambition.

— Triste, mais tranquille ! J'aurais pu être lourdement condamné. Je me suis tiré au mieux d'un mauvais pas.

— T'éteindre lentement dans ce bourg, gaspiller ton savoir, avec la rancune qui te pourrit de l'intérieur... Quelle fin pitoyable !

Le Nubien s'emporta.

— Que m'offres-tu d'autre, jolie sorcière ?

— D'abord, n'espère pas me toucher. Ensuite, écoute ma proposition. Si tu n'y donnes pas suite, tu continueras à croupir dans cette cabane en remâchant ton amertume.

Intrigué, Séfati se tassa sur lui-même. Le corps parfait de cette belle brune cachait un tempérament de panthère. Endormir les fauves faisait partie de ses pouvoirs, mais il n'était pas certain de parvenir à maîtriser celui-là.

— Désires-tu te venger enfin de Tête-en-vie et prendre sa place à la cour ?

— Impossible ! J'en ai été expulsé. Il faudrait un invraisemblable coup d'éclat pour m'y présenter à nouveau et en chasser mon rival.

Mélissa eut un sourire féroce.

— Ce coup d'éclat, je l'ai conçu, et tu l'accompliras. Ensuite, à toi de jouer et de terrasser Tête-en-vie.

— 56 —

Quelle fierté, pour le maître d'œuvre Néfer-Maât, accompagné de Hémiounou, de montrer au roi les éléments achevés de l'ensemble architectural dont la pyramide à double pente était l'aboutissement ! Sur le chantier, plus un bruit. Leurs outils posés sur le sol, les artisans, recueillis, observaient leur souverain, qui avait tenu à magnifier l'excellence de leur travail. Pas un long discours, mais des paroles précises, qui allaient droit au cœur et transmettaient de l'énergie. L'éternité de la pierre s'inscrivait dans la pensée et la main des bâtisseurs.

Les trois hommes demeurèrent un moment dans le temple de la vallée, desservi par un canal, en lisière des cultures. Là avaient été érigées deux grandes stèles au nom de Snéfrou. Sur les murs, des femmes, symbolisant les provinces et diverses localités, apportaient des offrandes. Ainsi, la production agricole des Deux Terres dans son ensemble était-elle sacralisée. Nourrir l'âme du pharaon garantissait fécondité et prospérité.

Puis le trio emprunta la chaussée[1] qui montait vers la pyramide, dont les parois étaient, elles aussi, couvertes de bas-reliefs d'une extraordinaire beauté, mêlant scènes de la vie quotidienne et actes rituels, indissociables. Elle aboutissait à un autre temple, où serait chaque jour célébré le culte du *ka* royal, puissance animatrice de l'être de Pharaon.

Protégée par un mur d'enceinte, la pyramide à double pente s'élevait en fonction d'une technique particulière, à savoir celle des lits déversés, les blocs n'étant pas disposés en assises horizontales, mais inclinés vers l'intérieur, à la différence de la seconde pyramide[2], qui privilégiait des assises régulières.

Les bâtisseurs étaient parvenus au stade où ils changeaient d'angle de pente[3] et traçaient la ligne de séparation entre les deux parties du monument qui, elle, devait être rigoureusement horizontale.

Snéfrou admirait l'incroyable finesse des joints quand un gradé osa interrompre sa visite. Le messager semblait affolé.

— Majesté, il faut regagner immédiatement le palais. Il y a du grabuge !

*

* *

Quand le massif Séfati était apparu au centre de Memphis, dans le quartier des ministères regroupés autour du palais royal, nombre d'habitants et de

---

1. Longue d'environ sept cents mètres.
2. Les deux pyramides de Dahchour sont distantes environ d'un kilomètre.
3. Premier angle de pente : 54°. Le second : 43°.

fonctionnaires avaient reconnu l'imposant mage nubien, vaincu par Tête-en-vie et chassé de la cour en raison de son comportement indigne.

Hautain, le pas lourd, Séfati martelait le sol avec l'extrémité d'un long bâton noueux, bien différent de la canne lisse des Grands.

— Suivez-moi, ordonnait-il à intervalles réguliers, je vais révéler la vérité au roi et au pays entier !

D'abord, quelques badauds lui emboîtèrent le pas ; encouragés, des curieux les rejoignirent ; et ce fut bientôt une foule mêlant des gens de toute condition, qui s'agglomérèrent, à la fois étonnés et inquiets.

Au bas des marches menant à l'accès principal du palais, les gardes, stupéfaits, donnèrent aussitôt l'alerte.

Levant les bras au ciel, bâton brandi, Séfati les apostropha.

— Faites venir votre roi ! J'ai à lui parler. Ne voyez-vous pas les nuages qui s'accumulent au-dessus de vos têtes ? Le peuple veut la vérité, je vais la lui offrir !

En l'absence du Premier ministre, parti inspecter le site de Dahchour avec le souverain, l'intendant courut prévenir le Vieux, qui lisait un rapport sur le niveau de remplissage des greniers.

— Le mage Séfati a rassemblé des centaines de personnes devant le palais ! Il exige la présence du pharaon, afin de révéler je ne sais quoi.

— Séfati de retour... Tu en es sûr ?

— Facile d'identifier ce monstre ! Il semble décidé à causer de sérieux troubles.

Le Vieux ne prit pas l'incident à la légère.

— Envoie immédiatement un officier de la garde informer Snéfrou. Où se trouve Tête-en-vie ?

— Je n'en sais rien ! Malheureusement pas chez lui ! À son habitude, il doit errer dans la campagne.

— Que Rek dispose de nombreux soldats autour du palais, afin d'en interdire l'accès.

— Si le mage veut forcer le barrage, il y aura des morts, beaucoup de morts !

— Nous n'en sommes pas encore là, tempéra le Vieux, qui quitta son bureau pour se rendre à l'étable.

Quelqu'un avait repêché Séfati dans sa tanière, afin de semer le trouble et de tenter de ruiner le règne de Snéfrou. Le Nubien disposait d'une capacité de nuisance non négligeable. Cette fois, il convenait de le renvoyer définitivement au fond des ténèbres. Or, seul Tête-en-vie, qui l'avait déjà dominé, en serait capable… à condition de le conduire au plus vite sur le lieu où le Nubien souhaitait déclencher une émeute !

C'est pourquoi, non sans déférence, le Vieux s'adressa à Vent du Nord, qui terminait son dessert, des chardons frais.

— Trouve-moi Tête-en-vie, et qu'il rapplique ! Il en va de l'avenir du royaume.

L'âne s'élança.

— 57 —

De sa voix exaltée qui portait loin, Séfati n'avait cessé, pendant des heures, de haranguer une foule de plus en plus nombreuse, en répétant qu'on mentait au peuple et que lui seul détenait la vérité, qu'il jetterait au visage du roi, si ce dernier osait se confronter à lui.

Une telle éventualité avait d'abord profondément choqué l'assistance. Quelle vanité, de la part du Nubien, de provoquer le maître des Deux Terres ! Ensuite, puisqu'il s'exprimait au nom de la vérité, une conclusion s'imposa : le pharaon ne devait-il pas être le premier à l'entendre ?

Averti, Rek avait aussitôt convoqué un régiment entier, afin d'assurer la sécurité du palais. À la première ruée de séditieux, les archers avaient l'ordre de tirer. Ce massacre marquerait la fin du règne de Snéfrou. Privé de l'amour de son peuple, il serait considéré comme un tyran, que les divinités réduiraient à l'impuissance.

Rek n'avait pas imaginé que Mélissa fût si ingénieuse. Ses dons d'amoureuse brûlante ne l'empêchaient pas de réfléchir. Quelle fabuleuse idée de sortir le mage Séfati de sa torpeur ! Rancune, haine, jalousie avaient accru ses pouvoirs, le transformant en arme décisive contre Snéfrou.

Soudain, un cri.

— Le pharaon... le pharaon arrive !

Précédé par sa garde rapprochée, et accompagné de son Premier ministre, Snéfrou contourna la foule, grimpa les marches de l'escalier menant à l'entrée principale du palais et se tourna vers le Nubien, qui avait fendu les premiers rangs afin de le défier.

— Je suis le mage Séfati ! La vérité parle par ma bouche, le pays entier doit l'apprendre !

— Nous t'écoutons, dit le roi.

Rek se tint à côté du monarque, les archers bandèrent leurs arcs.

— Tue-moi, hurla le Nubien, et les dieux te châtieront !

— Je te le répète : nous t'écoutons.

« Snéfrou est ligoté, pensa Rek. Il ne peut pas clore la bouche de ce mage, et ce que proclamera ce dernier renversera son trône. »

— Je sais déchiffrer l'avenir, affirma Séfati. Quelle que soit ta puissance, il t'emportera comme un fétu de paille. Demain, le disque solaire se voilera, et les nuits effaceront les jours. La froidure succédera à la canicule, et la canicule à la froidure. Bêtes et hommes tomberont malades, avant de mourir de soif. La justice sera bafouée, la loi de Maât piétinée, désordre et violence régneront. Tes pyramides et tes temples s'écrouleront, le palais royal sera dévasté, les demeures d'éternité pillées. Des étrangers envahiront l'Égypte et massacreront les habitants.

Un silence angoissé pesa sur la foule, impatiente d'entendre la réponse du pharaon.

— Tout cela est exact, confirma une voix aussi sonore que celle du Nubien.

Tous se retournèrent, pour découvrir Tête-en-vie, derrière lequel se tenait Vent du Nord.

Muni d'une longue canne, une amulette de l'œil d'Horus autour du cou, le magicien de la cour attira le regard courroucé du Nubien.

— Tout cela *serait* exact, reprit Tête-en-vie, si nous n'avions pas le bonheur de voir un pharaon sur le trône des vivants. La fonction de Snéfrou consiste précisément à éviter les malheurs que tu as décrits. Tu n'es qu'un faux prophète, Séfati, issu des ténèbres afin de répandre le chaos. Tu as bénéficié d'une trop grande indulgence. Il est temps de t'empêcher de nuire. Définitivement.

— Tu rêves debout !

— Quitte le pays, ou tu seras anéanti.

Les spectateurs s'écartèrent, laissant les deux mages face à face.

— Tu n'aurais pas dû sortir de ton antre, jugea Tête-en-vie.

— Je vais prouver que mes pouvoirs sont supérieurs aux tiens et que ce roi ne mérite pas de régner.

— Décidément, Séfati, tu n'as rien appris de ton échec.

Le Nubien jeta son bâton noueux en direction de son rival. À peine toucha-t-il le sol qu'il se transforma en vipère, laquelle se faufila en ondulant vers Tête-en-vie. Avant qu'elle ne se dresse pour frapper, ce dernier, d'un geste d'une vivacité surprenante, lui écrasa la tête sous son talon.

— Tu as perdu la main, Séfati.

Le Nubien se rua sur son bâton, le brisa en deux et lança les morceaux en direction de son adversaire. Cette fois, en plein vol, ils se muèrent en reptiles.

Tête-en-vie leva sa canne à l'horizontale. Chacun vit un trait de feu, qui grilla les agresseurs.

— Ta haine et ta stupidité te rendent dangereux, Séfati. Il faut en finir.

Rek s'avança pour mieux protéger le roi d'une attaque désespérée du Nubien. Les nerfs à vif, Mélissa commençait à douter de la victoire de son protégé, qui semblait se rapetisser, tandis que Tête-en-vie grandissait.

Séfati brandit deux couteaux à double tranchant, leurs lames ondulées comme des serpents. Pas à pas, il s'approcha de sa proie.

— Jette tes armes et disparais, exigea Tête-en-vie. Sinon, tu mourras.

— Ta vanité te perdra !

— Toi, c'est ta bêtise.

Séfati s'élança à l'attaque. La canne de son rival se pointa vers lui, tel un rayon de lumière, qui traversa son corps. Les deux couteaux lui échappèrent, se retournèrent contre lui et se plantèrent dans sa poitrine.

Un flot de sang jaillit de la bouche du Nubien. Chancelant, il tenta d'émettre une ultime malédiction, mais aucun son ne franchit la barrière de ses lèvres, et il s'effondra.

Au terme de plusieurs minutes de sidération, Rek fut le premier à s'approcher du mage, allongé sur le dos.

— Il est mort, constata-t-il. Gloire au pharaon, qu'il nous protège des forces maléfiques !

De joyeuses exclamations montèrent de l'assistance, tandis que Tête-en-vie caressait le museau de Vent du Nord.

— 58 —

Selon la coutume, le cadavre d'un criminel était brûlé, de manière à éviter que son âme ne revînt animer sa dépouille. Celui de Séfati ne ferait pas exception. Si Rek avait tenu à s'acquitter de cette sinistre besogne, c'était pour deux raisons. La première, prouver au pharaon qu'il se montrait impitoyable envers n'importe lequel de ses ennemis. La seconde, procéder à un dernier interrogatoire du Nubien, avant de l'expédier dans le néant. Car, contrairement à ce qu'avait proclamé Rek, le sorcier, d'une robustesse exceptionnelle, respirait encore. Mais le faux cadavre survivrait-il au transport, en civière, jusqu'à la lisière du désert, où avait été dressé un bûcher rudimentaire ? Jeté sur le corps, un drap protégeait les porteurs d'éventuelles émanations nocives.

Pressés d'en finir avec cette macabre corvée, ils déposèrent leur fardeau sur un amas de branches sèches, imprégnées d'huile de pierre.

— Partez, ordonna Rek. Je termine le travail.

Les porteurs détalèrent. Il souleva le drap et eut un léger sourire. Le mourant n'avait pas expiré. Rek lui parla doucement à l'oreille.

— J'apprécie ton courage. Il faut abattre le roi, ce qui implique l'élimination de Tête-en-vie. Un habile magicien, certes, mais qui n'est qu'un humain. Je suis persuadé que tu disposes d'une substance qui l'affaiblirait, au point de diminuer ses capacités de défense. Si tu me communiques ce secret, je te ferai soigner dans un endroit sûr.

Au prix d'un effort inouï, le Nubien réussit à articuler des mots compréhensibles.

— Une pommade… elle le paralysera quelques instants.

— Où la caches-tu ?

— Ma cabane, au village… Un pot marqué d'une flèche rouge.

S'approcher de Tête-en-vie, et obtenir un minimum de confiance afin d'appliquer cette pommade, ne s'annonçait pas facile. En cas de succès, il conviendrait de frapper aussi vite que possible, pendant que le magicien serait sans défense.

— Tu seras vengé, promit Rek au Nubien. Maintenant, je n'ai plus besoin de toi.

Utilisant un briquet en silex, il mit le feu au bûcher.

*

* *

Dominant le centre de la capitale de la terrasse du palais, Snéfrou et Hétep-Hérès, enlacés, commençaient à reprendre leur souffle. L'épreuve inattendue avait ébranlé le monarque, qui remerciait les dieux des soutiens qu'ils lui avaient fournis : Tête-en-vie, qui justifiait sa nomination comme magicien de la cour ; le Vieux, qui l'avait envoyé chercher ; Vent du Nord, à nouveau décoré pour avoir ramené au plus vite le mage, en méditation sous un acacia ; Rek, rempart efficace, prêt à se sacrifier pour sauver son roi. Le cadavre de Séfati brûlé, une menace sournoise s'effaçait.

— Nous avons frôlé le désastre, estima Snéfrou, et je ne négligerai pas les avertissements de ce Nubien. Nous sommes plus fragiles que je ne le supposais. Sans cesse, le Mal lance ses assauts, en exploitant la moindre faille. Si nous manquons de vigilance, il déferlera.

— Ta mère a tracé le chemin : sois un bâtisseur. Grâce à tes pyramides, tu unifies ton peuple et tu corporises sur cette terre la lumière qui dissipe les ténèbres. Que rien n'entrave ce Grand Œuvre.

Il existait une autre lumière : celle qui brillait dans les yeux d'une épouse sublime, sans laquelle il serait volontiers redevenu un scribe, uniquement préoccupé dc lire et de recopier des rituels. L'amour qui les reliait outrepassait les plaisirs des corps pour créer la communion des âmes.

— Je te réserve une surprise, révéla la reine.

— De quel ordre ?

— En tant que supérieure des prêtresses de Hathor, et malgré la lourdeur de mes tâches administratives, je n'oublie pas de consulter les plus anciens textes afin d'améliorer nos rituels et de les rendre plus efficaces.

— Aurais-tu découvert des formules concernant le…

— Le lotus d'or, en effet.

— Que contiennent-elles ? questionna Snéfrou, animé d'un fol espoir.

— J'ai gravé chaque terme en mon cœur : « Lotus, je connais ton nom. Je connais les noms des dieux du royaume de l'au-delà. Donnez-moi ma place dans le pays sacré. Que mon âme soit en tout lieu. Je suis ce pur lotus qui sort, portant le Lumineux. »

Troublé, le roi ne cacha pas une relative déception.

— Un texte bien énigmatique... un dieu s'adresse à un autre dieu. Qu'en déduire ?

— Voici la fin : « Je suis descendu chercher le lotus d'or dans la prairie marécageuse. »

Décisive en apparence, cette indication était plutôt désespérante.

— Des prairies marécageuses, rappela Snéfrou, il en existe des milliers, tant dans le Nord que dans le Sud ! Comment repérer la bonne ?

— En ne déviant pas de ton chemin. Je suis persuadée que la construction de tes deux pyramides te procurera la clé de cette énigme.

Le roi embrassa la reine.

— 59 —

— N'oublie pas l'essentiel, recommanda le Vieux à Vent du Nord : c'est peut-être toi qui as déniché Tête-en-vie et l'as ramené d'urgence, mais c'est moi qui ai eu l'idée de le convoquer. Ne mélangeons pas tout. Maintenant, chacun son travail : livre des pains frais au chantier de Dahchour, je retourne au bureau.

Très digne, l'âne organisa le convoi de ses congénères, tandis que le Vieux regagnait les locaux de son administration. Après le dramatique épisode du mage nubien, le centre de la capitale avait retrouvé sa tranquillité habituelle. Grâce au combat remporté par Tête-en-vie, la popularité de Snéfrou s'était accrue. Protégé contre les forces du Mal, le pharaon pouvait poursuivre son œuvre, avec l'assentiment de son peuple.

Le Vieux se pencha sur un dossier qui le contrariait : celui du financement de l'armée. Certes, elle avait eu besoin d'une sérieuse réorganisation, brillamment menée par Rek. Mais les nouveaux investissements semblaient démesurés, notamment en apport de cuivre pour les pointes de flèches, alors que les principales quantités de ce métal importé auraient dû être destinées à la fabrication des lames de ciseaux utilisés par les tailleurs de pierre. Erreur de distribution, mauvaise gestion ou abus de pouvoir ? Le Vieux voulait en avoir le cœur net.

*
* *

Tous les habitants du village de la Douceur de Hathor s'étaient rassemblés devant la maison du maire. Informés de la mort de Séfati, considéré comme un criminel, qu'ils avaient abrité sans le dénoncer, ils redoutaient des représailles. L'arrivée d'une trentaine de soldats, commandés par Rek, confortait leurs craintes. Seraient-ils accusés de complicité et châtiés en conséquence ?

Bedonnant et rougeaud, le maire vint à la rencontre de Rek.

— Séfati vivait reclus dans sa cabane, affirma-t-il. Il n'a causé aucun trouble, et nous avions presque oublié son existence.

— Tu enjolives la situation. Ne vous rendait-il pas des services appréciables ?

— Trois fois rien, de temps à autre. La magie, c'est parfois utile. Aucun d'entre nous n'avait noué des liens d'amitié avec lui.

Les villageois se serrèrent les uns contre les autres. L'attitude de Rek n'était guère réconfortante. En raison de la gravité des événements, il mènerait des interrogatoires, suivis de comparutions devant un tribunal. La procédure s'imposait, nul ne la lui reprocherait.

— Vous êtes de braves gens, déclara-t-il à la surprise générale. Un mage pernicieux est capable d'abuser n'importe qui. À l'évidence, aucun de vous ne l'a aidé.

Des exclamations variées traduisirent le soulagement de la foule.

— Cependant, reprit le chef de l'armée, je dois extirper un chancre. Où se trouve le logis du sorcier ?

Le maire s'empressa de conduire Rek à la cabane de Séfati. Le haut dignitaire s'y engouffra, à la recherche d'un pot marqué d'une flèche rouge, qu'il ne tarda pas à repérer, et qu'il glissa dans la poche de sa tunique en ressortant. Enfin, le moyen d'éliminer Tête-en-vie !

— Brûlez ce lieu maudit, ordonna Rek à ses soldats, en s'éloignant de la cabane.

*

* *

Après une nouvelle et violente querelle avec son épouse, le tailleur de pierre Bin se dirigea vers le chantier de la pyramide à double pente. Bien qu'il eût encore trop bu pour calmer son irritation, il se sentait capable de pratiquer son métier, se moquant d'éventuelles leçons de morale de son chef d'équipe.

Rude gaillard, Bin supportait mal la hiérarchie et les ordres, mais appréciait son salaire et se félicitait de participer à une aventure fabuleuse. À présent, on s'attaquait aux deux entrées de la pyramide, l'une au nord, l'autre à l'ouest. Un dispositif exceptionnel, pour incarner toutes les formes de la dualité créatrice et la double destinée de l'âme royale, qui s'élançait vers les étoiles éternelles du septentrion, tout en franchissant la porte du Bel Occident.

Aménager les couloirs menant au cœur de l'édifice ne serait pas une mince affaire. Il faudrait un expert pour ouvrir le chemin, et Bin se jugeait comme le meilleur.

La pierre ne lui résisterait pas, il creuserait le long boyau prévu par le maître d'œuvre.

Justement, à sa grande surprise, ce fut Néfer-Maât qui l'interpella au moment de la distribution des outils, et non pas son chef d'équipe.

— Pose ton maillet et ton ciseau, Bin, et suis-moi.

L'architecte entraîna l'artisan dans un endroit tranquille, pendant que ses camarades entamaient leur journée de labeur.

— J'ai reçu de nombreuses plaintes à ton sujet, déclara Néfer-Maât. Elles émanent de ton supérieur, de tes collègues et de ton épouse. J'ai tout vérifié par moi-même, de manière à ne pas céder à la rumeur. Les accusations sont malheureusement fondées. Ton travail est médiocre, voire insatisfaisant ; tu perturbes le chantier, ta violence est inadmissible, ainsi que tes comportements envers ta femme.

Bin s'empourpra.

— Ça ne m'empêche pas d'être le meilleur !

— Tu te surestimes.

— C'est moi qui creuserai le couloir du nord, personne d'autre !

— Tu n'es pas digne de participer à l'édification de cette pyramide, trancha le maître d'œuvre.

En fureur, l'artisan serra les poings.

— Vous... vous osez me renvoyer ?

— Le trésorier te paiera ton dû.

— Vous n'avez pas le droit !

— C'est une obligation, Bin. Comme tu le sais, la conduite d'un ouvrier appelé à bâtir une demeure d'éternité doit être conforme au fil à plomb. Or, ce n'est pas ton cas.

— 60 —

Depuis la nomination de Rek, le contrôleur financier de l'armée ne chômait pas. Entre les exigences de son chef et les vérificateurs pointilleux du Trésor, il se livrait à des exercices d'équilibriste qui lui donnaient parfois le vertige.

Ce qu'il redoutait se produisit : une convocation au ministère de l'Économie, où il serait reçu par le Vieux en personne, ce qui n'était pas une bonne nouvelle.

Les deux hommes se connaissaient bien, car le contrôleur, qui avait, jusque-là, suivi une carrière plutôt paisible de haut fonctionnaire, buvait les vins du Vieux depuis de nombreuses années. Par des bruits de couloir vérifiés depuis son accession à ce poste convoité, il avait appris que le Vieux, connaissant l'intégrité de son fidèle client, s'était évertué, auprès du Premier ministre, à lui faire obtenir une position aussi enviée que délicate.

Comme le contrôleur le prévoyait, l'heure de vérité surviendrait tôt ou tard. Avec le Vieux, impossible de finasser.

*
* *

— Ma dernière cuvée, précisa le Vieux. Malgré mes nouvelles occupations, je continue à veiller sur mes vignes. Heureusement, j'ai formé de bons professionnels, mais je ne lâche pas la bride. Que penses-tu de ce rouge ?

— Suave, aérien, enchanteur, estima le contrôleur, sincère. Tu n'as pas perdu la main. Comme ministre, à part le fait que tu terrorises les dignitaires et les scribes d'élite, tu n'es pas trop mauvais non plus.

— Je ne te fais quand même pas peur ?

— Si, avoua le contrôleur.

— Alors, c'est qu'il existe une bonne raison !

— Exact.

— Es-tu décidé à m'en parler ?

— Puisque tu as commencé à fouiner, tu ne démordras pas. De plus, si tu ne m'avais pas convoqué, je serais venu t'alerter, car je suis de plus en plus mal à l'aise. Cette histoire de cuivre, plus ou moins détourné pour fabriquer des pointes de flèches, est la goutte d'eau qui fait déborder le vase.

Le Vieux resservit du vin. Embarrassé, son interlocuteur s'exprima avec lenteur, en pesant ses mots.

— Chacun sait que Rek est l'ami d'enfance du pharaon, qui le défend en toutes circonstances. En le nommant à la tête de l'armée et de la police, il ne s'est pas trompé. Du moins, jusqu'à présent. Rek a la carrure nécessaire, sa réforme est un succès. Mais...

— Mais ?

— Mais le pouvoir l'enivre plus que n'importe quel vin. Il prend des initiatives qui mériteraient d'être contrôlées et manifeste une autorité, souvent excessive, qui mécontente les officiers supérieurs, contraints d'obéir et de se taire.

— Irais-tu jusqu'à supposer qu'il désire créer un État dans l'État ? s'inquiéta le Vieux.

— Je le crains. Le détournement du cuivre est significatif. D'abord les pointes de flèches de *son* armée, ensuite les outils des bâtisseurs.

— Dans un premier temps, décida le Vieux, je vais régler ça à l'amiable. Toi, tu continues à observer le comportement de Rek. Si la situation s'aggrave, préviens-moi sans délai, et procure-moi des éléments tangibles qui ébranleront la confiance du roi.

— Rek est habile, indiqua le contrôleur. Il tisse une toile solide.

— Pas de mariage en vue ?

— Non, mais une étrange liaison.

— Pourquoi étrange ?

— Il tente de la tenir secrète, mais l'un de ses serviteurs a bavardé, et l'information m'est parvenue. Il voit fréquemment, ici ou là, une femme ravissante, Mélissa.

— N'occupe-t-elle pas une fonction importante à la Maison de la reine ?

— En effet, mais elle a commis une faute grave, qui lui a valu d'être reléguée à un poste subalterne. Ces deux-là formeraient un beau couple. Rek la juge probablement pas assez riche et d'un niveau trop inférieur au sien.

« Peut-être », pensa le Vieux, qui envisagea une autre hypothèse, plus inquiétante : « Et si Mélissa servait d'informatrice à son amant, à l'ambition démesurée ? »

*

* *

— Amène-moi ce Bin, ordonna Rek à son aide de camp.

Un ex-tailleur de pierre, travaillant à la pyramide à double pente, qui désirait s'engager dans l'armée !

Dès qu'il avait été informé, Rek s'était intéressé à ce dossier, avec une idée folle derrière la tête. En vérifier la valeur s'imposait.

Le gaillard qui pénétra dans la caserne était une force de la nature. Visiblement en rogne, il ne s'embarrassa pas de formules de politesse.

— C'est vous, le général en chef ?

— En quelque sorte, répondit Rek.

— Vous ne refusez quand même pas de m'engager ?

— Ça dépend de tes explications.

— Le maître d'œuvre m'a viré du chantier, à tort, voilà l'explication !

— À tort, tu en es certain ?

— Quand on a un type de ma valeur, on ne s'en sépare pas !

— Ce qui est fait est fait, constata Rek. Maintenant, il convient de préparer l'avenir. *Ton* avenir.

— Ce sera soldat !

— Pourquoi pas ? Mais j'ai mieux à te proposer.

Bin croisa les bras.

— C'est quoi ?

— Avant tout, j'exige ton silence. Un silence absolu sur ce que je vais te révéler.

— C'est si grave ?

— Tu souhaites te venger et réparer l'injustice que tu as subie ?

— Sûr de sûr !

— Cette vengeance pourrait te rapporter une fortune, à condition de suivre mes directives et de tenir ta langue.

Décontenancé, Bin se gratta la tempe droite.

— Qu'est-ce que je dois comprendre ? S'il s'agit de taper sur Néfer-Maât, je suis votre homme !

— Tu te trompes de cible.

— C'est lui qui m'a viré !

— Il n'a été qu'un exécutant, affirma Rek. L'ordre est venu d'ailleurs.

— D'où ça ?

— Du roi.

Le tailleur de pierre en resta pantois.

— C'est lui qui a exigé ta tête, confirma Rek. Lors de sa dernière visite du chantier, ton attitude lui a déplu.

— Il ne s'est pas renseigné sur mes compétences ?

— Elles ne l'intéressent pas.

— Il a brisé ma carrière !

— Brise la sienne.

— Vous voulez dire…

— Tu m'as parfaitement compris.

— C'est impossible, je…

— Pour le moment, je t'enrôle dans un régiment de fantassins. Il me reste un problème à régler. Ensuite, nous passerons à l'action.

— 61 —

Prenant très au sérieux les confidences du contrôleur financier de l'armée, qui n'avaient cependant rien d'officiel, le Vieux décida d'enquêter en profondeur sur Rek. Cette liaison avec Mélissa, employée de la Maison de la reine, l'intriguait. Il n'existait aucune raison pour la garder secrète, sinon afin de préparer un mauvais coup.

Ayant de la mémoire, le Vieux se souvint que la grande amitié entre Snéfrou et Rek avait été fortement perturbée par le comportement de ce dernier, désireux d'obtenir le pouvoir suprême. Y avait-il vraiment renoncé, se satisfaisait-il de la lourde et importante fonction confiée par le pharaon, ou comptait-il s'en servir en vue d'un coup d'État ?

Le Vieux avait besoin de l'aide de Néfer-Maât, Premier ministre, également responsable de la bonne marche de la justice. Étant donné la profonde affection qu'éprouvait Snéfrou envers Rek, il ne se contenterait pas de soupçons plus ou moins étayés, mais exigerait des preuves ou, à tout le moins, des indices graves.

Bien qu'indispensable, cette tâche n'enthousiasmait pas le Vieux, redoutant qu'elle n'aboutisse à une vérité abominable.

*
* *

Après des ébats encore plus ardents que lors de leurs dernières étreintes, Mélissa, allongée nue contre Rek, contemplait avec gourmandise le récipient marqué d'une flèche rouge.

— Le dernier cadeau du mage nubien, rappela le chef de l'armée. Vaincu une seconde fois par Tête-en-vie, il triomphera pourtant grâce à nous !

— Ne te réjouis pas trop vite. Nous détenons peut-être une arme décisive, mais encore faut-il pouvoir l'utiliser. S'approcher de ce magicien n'est pas aisé, appliquer une pommade sur sa peau le sera moins encore.

Rek caressa les seins de sa maîtresse.

— Je suis certain que tu as conçu un projet.

— C'est moi qui agirai, en effet. Auparavant, un impératif : connaître le trajet préféré de Tête-en-vie dans la campagne. Quand il l'empruntera, il faudra me prévenir immédiatement, afin que je dispose mon piège.

— Quel sera-t-il ?

— Même Tête-en-vie ne le détectera pas. Quand je t'annoncerai sa mort, nous ferons l'amour comme jamais.

Rek confierait la filature à son nouvel auxiliaire, Bin, le tailleur de pierre avide de vengeance. Si Mélissa réussissait, Snéfrou, privé de la protection du mage, deviendrait enfin vulnérable.

*
* *

À la tête des Suivantes de Hathor, la reine avait dirigé, sur le toit du temple de la déesse, le rituel qui avait pour but de recharger d'énergie lumineuse les objets utilisés pendant les cérémonies tout au long de l'année. Sceptres, vases, bijoux, vêtements et symboles devaient être régénérés afin de demeurer efficaces.

Ce matin-là, au sommet d'un ciel au bleu éclatant, le soleil avait brillé avec une intensité particulière, comme s'il offrait un maximum de force à la Grande Épouse royale. La ressentant au plus profond d'elle-même, Hétep-Hérès en conçut une certaine inquiétude. Ce surplus de puissance ne préludait-il pas à une épreuve inattendue ?

Sa crainte se confirma, lorsque Tête-en-vie l'aborda, au sortir du sanctuaire. Le visage grave du magicien traduisait une vive préoccupation.

— Majesté, je perçois des troubles inquiétants. L'attaque de ce mage nubien n'était pas anodine. Prenez ses propos au sérieux, car la menace émane des profondes cavernes où naissent des vagues dangereuses. Vous et le roi, ne négligez aucun avertissement, si minime soit-il.

— La protection que tu déploies ne serait-elle plus suffisante ?

— À l'heure actuelle, aucune onde nocive n'agresse le palais. Je le vérifie chaque jour. Mais mes propres facultés diminuent et je crains de ne plus former un rempart efficace. Bientôt, un successeur sera nécessaire.

— À qui songes-tu ?

— À vous, Majesté. En tant que souveraine, vous êtes « la Grande de magie ». Jusqu'à présent, vous avez célébré les mystères de Hathor, la déesse de l'amour céleste et de la joie. Maintenant, vous avez à maîtriser la fureur dévastatrice de la lionne Sekhmet afin de la retourner contre vos ennemis. En apprenant à l'apaiser, vous la transformerez en alliée. J'ai le sentiment que le temps m'est compté pour vous enseigner comment procéder. Acceptez-vous de m'accompagner au temple, afin que je vous communique mon savoir ?

Hétep-Hérès annula toutes ses obligations et suivit Tête-en-vie.

Sekhmet, « la Terrifiante », mais aussi « Celle qui exerce la maîtrise », disposait d'un vaste sanctuaire, proche de celui de son divin époux, Ptah, façonneur du Verbe et patron des artisans. À l'intérieur, de nombreuses statues de la femme à tête de lionne, debout ou assise sur un trône.

Tête-en-vie sortit de la bibliothèque sacrée plusieurs grimoires, qui contenaient les formules qui permettaient de rendre Sekhmet favorable, en terrassant les perturbateurs. Il apprit à Hétep-Hérès la bonne manière d'utiliser le feu dévorant de la déesse, en le mettant au service de la justesse et de l'harmonie.

Comme l'espérait Tête-en-vie, la jeune reine possédait une exceptionnelle qualité d'écoute, et le don d'appliquer rapidement et sans erreur l'enseignement reçu. Son intuition atteignait le réel au-delà de l'apparence, et la puissance de Sekhmet pénétra en elle sans causer de déchirure.

— Si la quête du lotus d'or n'a pas encore abouti, indiqua le magicien, il existe une raison majeure que vous et le roi devez garder présente à l'esprit : caché au fond de cavernes emplies de ténèbres si compactes qu'aucune lumière ne peut les traverser, un être se dresse sur votre chemin. Je n'ai pas réussi à l'identifier. Vous, vous y parviendrez.

— 62 —

Tête-en-vie était à la fois soulagé et épuisé. Soulagé, parce qu'il avait transmis à la reine les éléments les plus secrets de la science ; épuisé, parce que ces derniers ne consistaient pas seulement en un savoir, mais aussi et surtout en une vision du cœur, animé par une énergie qu'il avait transférée à la souveraine, au risque de s'affaiblir gravement. Le magicien ne le regrettait pas, car Hétep-Hérès avait tout assimilé avec la rapidité de la lumière qui traversait les mondes.

Quelle merveilleuse existence que la sienne ! Ses dons détectés dès l'enfance, il avait été formé au temple de Sekhmet, et s'était employé à servir la royauté sans ménager ses efforts.

Sous le pharaon Houni, pas de tempête, mais une lente dégradation de l'État. L'arrivée de Snéfrou et de Hétep-Hérès à la tête du pays et l'inauguration du chantier de Dahchour, site de deux pyramides géantes, avaient provoqué le réveil des forces du Mal, perpétuellement à l'œuvre, mais parfois assoupies, lorsque la situation leur convenait. En créant deux demeures d'éternité jamais vues, Snéfrou produisait une énergie qui favorisait l'éclosion du lotus d'or. Succès inacceptable, selon les démons des ténèbres.

Succès possible, cependant, si le couple royal maintenait l'unité de l'Égypte et la renforçait grâce aux deux pyramides. Quoique cette incroyable entreprise fût encore loin d'aboutir, Tête-en-vie était persuadé que Snéfrou et Hétep-Hérès étaient de taille à la mener jusqu'à son terme.

En empruntant son chemin préféré dans la campagne proche de Memphis, Tête-en-vie se sentait privé de son dynamisme habituel, comme si la vieillesse s'était brutalement étendue sur lui. Un événement inéluctable, qu'il avait envisagé sans trop y penser. Le transfert de ses pouvoirs à la reine l'avait déclenché, mais c'était bien ainsi.

Quoi de plus apaisant que de marcher à son pas dans ce paysage luxuriant, en longeant un canal, en traversant une palmeraie, en se reposant à l'ombre d'un sycomore, en levant les yeux vers le ciel où évoluaient faucons, ibis et pélicans ? Naguère, au cours de ces randonnées, Tête-en-vie sentait sa fatigue s'effacer et ses capacités magiques augmenter. Le rayonnement du ciel et de la terre pénétrait en lui et le régénérait.

Tel n'était plus le cas aujourd'hui. Le mage se contentait, comme n'importe quel humain, de communier avec la beauté de la nature environnante.

À l'orée d'un hameau, il distingua un corps étendu sur le sentier. Intrigué, il s'approcha. C'était une jeune femme, les cheveux dénoués, vêtue d'une robe de paysanne, les yeux clos, les bras écartés.

Tête-en-vie redouta le pire. En se penchant sur elle, il constata qu'elle respirait. Il lui restait assez de magnétisme pour la ramener à la conscience. D'abord vacillant, son regard se fixa sur le mage.

— Qui... qui êtes-vous ?

— Un passant. Que t'est-il arrivé ?

La jolie brune éclata en sanglots.

— Un maléfice... je suis victime d'un maléfice ! Ma maison est hantée, un démon l'assaille, je me suis enfuie, il m'a pourchassée, je me suis évanouie, folle de terreur ! Et maintenant, je suis morte.

— Mais non, objecta Tête-en-vie, tu es bien vivante.

— Ça ne peut pas continuer ainsi ! Je vais me jeter dans le canal.

— Il existe une autre solution.

— Laquelle ?

— Anéantir le maléfice.

— Qui y parviendra ?

— Moi.

— Vous...

— As-tu entendu parler de Tête-en-vie ?

— Le magicien de la cour ?

— Lui-même.

— Vous n'êtes pas...

— Si.

— Et vous accepteriez de m'aider ?

— Cela relève de mes compétences.

— Je n'ai pas de quoi vous payer.

— Tant pis, j'interviendrai gratuitement.

— C'est... c'est...

— Ton jour de chance.

Le sourire de Mélissa aurait ravi le plus austère des scribes. Tête-en-vie l'aida à se mettre debout, et se laissa guider jusqu'à une petite maison blanche, précédée d'un jardinet.

— Tu n'es pas mariée ?

— Mon fiancé m'a quittée à cause du maléfice.

— Comment se manifeste-t-il ?

— Lorsque la nuit tombe, les murs tremblent, une odeur pestilentielle se répand, les sièges se renversent, de l'eau rouge monte du sol !

— Un mauvais génie que je connais et que je combattrai, affirma Tête-en-vie.

— C'est vrai... vraiment vrai ?

— Entrons.

Le piège se refermait, Mélissa masqua sa joie. Pendant que Tête-en-vie examinait les lieux afin de préparer son intervention, elle se tint derrière lui et ouvrit une boîte d'où sortit un scorpion de belle taille, qu'elle avait capturé la veille. Agressif, il piqua le magicien au talon. Ce dernier poussa un cri de douleur. Le scorpion se réfugia sous un coffre à vêtements, Mélissa s'empressa de brandir un petit pot.

— Une pommade efficace, indiqua-t-elle. Elle fera disparaître l'inflammation, le venin ne se répandra pas. Allongez-vous sur la natte.

La jeune femme enduisit avec une étoffe le talon et le mollet de Tête-en-vie qui, presque aussitôt, se paralysa, au point de ne plus pouvoir lever une main.

Par précaution, Mélissa lui arracha son amulette protectrice. Puis, avec un poignard à la lame neuve, elle trancha la gorge du magicien d'un geste rapide et précis.

— 63 —

Menée par le chef de la police en personne, Rek, bouleversé, à l'image de la cour, l'enquête sur l'assassinat de Tête-en-vie n'avait pas encore abouti. Les indices manquaient, aucune piste ne se dessinait. Au moment du crime, le hameau était désert. En rentrant chez lui, au terme de sa journée de travail aux champs, le propriétaire de la maison où gisait le cadavre du mage avait aussitôt alerté ses voisins.

Jamais un acte si abominable n'avait été commis dans ce lieu tranquille. Ni meurtre, ni même un vol depuis plusieurs générations.

En l'absence de témoin oculaire, les longs interrogatoires restaient stériles. Aucun habitant du hameau n'avait de lien avec Tête-en-vie. Qu'était venu faire là le magicien ? À se demander si cette tragédie n'était pas l'œuvre d'un démon que, cette fois, il n'avait pas su dominer.

Désemparé, Rek n'avait pu désigner au Premier ministre aucun suspect, encore moins un coupable. Il lui promit néanmoins de poursuivre ses investigations et de ne pas clore ce dossier tant qu'il ne serait pas résolu. Peut-être la chance le servirait-elle.

*
* *

Le couple royal présida les funérailles de Tête-en-vie, le magicien grâce auquel Snéfrou et Hétep-Hérès s'étaient rencontrés. Depuis leur couronnement, il les avait protégés, obtenant une victoire décisive face au sorcier nubien, désireux de détruire la royauté.

Le roi était très affecté par cette disparition.

— Qui a commis cette atrocité ? Ce magicien n'œuvrait que pour le bien du pays ! Seul un monstre pouvait souhaiter sa mort !

— Plutôt un avide, dont le but consistait à supprimer un protecteur efficace, objecta la reine. Tête-en-vie a servi de rempart à ton prédécesseur, puis à toi. Quoi de plus important, pour un chef d'État, qu'une muraille magique ?

— M'en voilà privé, ce qui laisse le champ libre aux forces de destruction !

Hétep-Hérès enlaça Snéfrou.

— Non, mon amour.

— Aurais-tu trouvé un spécialiste aussi talentueux que Tête-en-vie ?

— C'est lui-même qui l'a désigné.

— Qui est-il ?

— Il m'a emmenée au temple de Sekhmet pour me communiquer ses secrets et transformer mon titre de « Grande de magie » en réalité. Désormais, c'est moi qui te protégerai.

*
* *

Mélissa avait tenu sa promesse : faisant l'amour comme jamais, elle et Rek s'étaient enivrés de plaisir.

— Raconte-moi encore, quémanda-t-il.

La jolie brune ne se fit pas prier, et détailla les épisodes de son crime avec gourmandise.

— Moi, si innocente et si frêle, je suis parvenue à terrasser le magicien officiel de la cour ! Jusqu'au dernier instant, j'ai douté de la réussite. Je lui ai si bien tranché la gorge qu'il a très vite succombé. Maintenant, plus de protection magique pour Snéfrou !

Rek se détacha de sa maîtresse et emplit deux coupes d'alcool de dattes. Mélissa perçut son inquiétude.

— Qu'est-ce qui te contrarie ?

— Ne mésestimons pas l'adversaire. Snéfrou prendra conscience de son affaiblissement et tentera d'y remédier.

— Tête-en-vie n'avait pas de disciple, précisa Mélissa. À la Maison de la reine, c'est la consternation. Il n'existe aucun sorcier de son envergure. Le roi recrutera un nouveau magicien, afin de rassurer la cour, mais sans aucun doute un médiocre. Quelle importance ?

En savourant le breuvage qui enflammait le palais, Rek approuva l'analyse de la jeune femme. On ne remplaçait pas un Tête-en-vie, lequel avait tant contrecarré ses projets. Sa seule erreur : se croire intouchable. Nul candidat déclaré à sa succession, nul imposé par le roi. Plus de muraille magique.

— Je mène l'enquête sur cet assassinat, rappela Rek, et le Premier ministre, en charge de la justice, exige un résultat.

De son pied nu, Mélissa toucha le torse de son amant.

— Fournis-le-lui.

— Qu'envisages-tu ?

— Une solution simple et crédible : le coupable est le propriétaire de la maison où gisait le cadavre de Tête-en-vie. Il a joué l'étonné en le découvrant, alors qu'il l'avait égorgé.

— Pour quelle raison aurait-il agi ainsi ?

— Pour la même que celle que j'ai utilisée : sa demeure était envoûtée, seul Tête-en-vie le délivrerait de ce maléfice. Comme il a échoué, le paysan l'a tué !

— Il niera !

— Bien entendu, mais d'après ton rapport fondé sur des confidences du voisinage, il apparaîtra comme hautement suspect. Au tribunal de trancher. Toi, tu auras accompli ton devoir.

Rek regarda sa maîtresse avec autant d'émerveillement que de désir, puis s'allongea sur elle avec une violence qui la fit sursauter.

— Ensemble, ma douce, nous irons loin.

— Au sommet, murmura-t-elle.

— 64 —

Le pharaon avait d'abord emprunté le couloir descendant du nord, puis celui de l'ouest, les deux conduisant aux deux chambres de résurrection de la pyramide à double pente. La dualité était également inscrite dans les dallages et les portes, de manière à concrétiser une partie de son nom comportant le terme *sen*, le nombre deux.

Sur la face ouest, l'accès était situé à une hauteur remarquable[1] ; dédié à la déesse du Bel Occident, qui accueillait en son sein l'âme du juste de voix, reconnu comme tel par le tribunal d'Osiris, il rappela à Snéfrou son extraordinaire rencontre avec elle, un miracle qui avait guidé sa vie.

Couloirs, antichambres, chambres voûtées en forme de triangle composaient un parcours à l'intérieur de la pyramide, afin d'y faire circuler une énergie qui n'était pas de ce monde, mais dont ce dernier avait le plus grand besoin. Snéfrou séjourna longuement dans cette contrée de l'au-delà, révélée au cœur de la montagne

---

1. Trente-trois mètres au-dessus du sol, le plus haut accès connu à une pyramide.

de pierre, puis, en compagnie du maître d'œuvre Néfer-Maât et de Hémiounou, il contempla de l'extérieur la pyramide à double pente, image de la pierre de lumière, surgie de l'océan primordial à l'aube des temps. Sans nul doute, il fallait qu'elle fût construite afin de permettre la nouvelle éclosion du lotus d'or.

*

* *

Ayant pris au sérieux les résultats de l'enquête discrète menée par le Vieux, et compte tenu de ses soupçons d'une exceptionnelle gravité, le Premier ministre avait ordonné à ses services d'approfondir les investigations. Juge suprême, Néfer-Maât, quoique troublé par les indices déjà rassemblés, exigeait des éléments complémentaires avant de se forger une conviction et d'en parler au roi. Si la vérité entrevue se confirmait, ce serait un séisme.

Les bureaux de l'administration centrale étaient vides lorsque le Premier ministre, à la tombée du jour, pénétra dans celui du Vieux, qui terminait l'examen d'un papyrus comptable, à peu près correct. Entre les deux hommes s'étaient noués des liens d'amitié, qui facilitaient leur gestion des affaires de l'État.

— Tu as l'air fatigué, observa le Vieux. Tu travailles trop.

— Ce n'est pas cette charge-là qui creuse mes rides, mais plutôt celle que tu as ajoutée. Je viens de recevoir des résultats, et nous devons faire le point.

— J'ai un remède pour te remonter le moral.

Avec délicatesse, le Vieux déboucha une jarre de quatre fois bon, provenant de sa plus vieille vigne.

— Un véritable remède, affirma-t-il en emplissant deux superbes coupes d'albâtre.

— Au pharaon Snéfrou ! dirent-ils d'une seule voix, avant de savourer la première gorgée du nectar.

Néfer-Maât se sentit mieux. Il avait en mémoire les conclusions des rapports remis par ses limiers.

— Commençons par le détournement de stocks de cuivre afin de fabriquer des pointes de flèches. Les officiers supérieurs sont formels : Rek est l'unique instigateur. Sur ses directives, un scribe a falsifié des documents. Le général en chef voulait donner un maximum de puissance à l'armée, sans avertir ni le roi ni moi. Vu son autorité, il a pensé que sa démarche illégale passerait inaperçue.

— Le souverain sera contraint de le démettre de ses fonctions, estima le Vieux. Si tu juges qu'il s'agit de la préparation d'un complot pour prendre le pouvoir, la sanction sera beaucoup plus lourde.

— Elle le sera d'autant plus qu'il y a d'autres motifs d'inculpation. Je suis persuadé que Rek et sa complice Mélissa, dont tu m'as révélé l'existence, ont assassiné Tête-en-vie.

— Tu ne vas pas trop loin ?

— Non, et voici pourquoi. Qui est allé chercher le sorcier Séfati, caché dans un petit village tranquille ? Une femme dont la description, fournie par plusieurs témoins, correspond à Mélissa. Bien entendu, elle a agi sur l'ordre de son amant, Rek, qui devait rester dans l'ombre. Séfati a été terrassé par Tête-en-vie, mais Rek a obtenu du Nubien un renseignement des plus instructifs : il possédait une pommade paralysante, contre laquelle Tête-en-vie ne parviendrait pas à lutter.

— Comment le sais-tu ?

— Après la mort de Séfati, dont le cadavre a été brûlé, Rek s'est rendu au village de la Douceur de Hathor, où se cachait le sorcier. Il n'a procédé à aucun interrogatoire, ne cherchant pas à identifier d'éventuels complices, a fouillé la cabane du Nubien et, selon l'un des soldats, en est ressorti avec un pot qu'il a glissé dans une poche de sa tunique. Ensuite, il a ordonné de brûler le logis. Or, sur le corps de Tête-en-vie, on a trouvé les traces d'une pommade rouge que le laboratoire de la Maison de Vie a analysée : un assemblage de substances qui ont paralysé le magicien, l'empêchant de se défendre.

— Rek et Mélissa coupables de cet assassinat...

— C'est certain, confirma Néfer-Maât. Et ce n'est probablement pas le seul. Comme tu me l'as appris au terme de ta propre enquête, Rek, avant de connaître Mélissa, avait comme maîtresse Pervenche, une fille de bonne famille, en excellente santé, victime d'une mort si brutale que ses parents, effondrés, ont fini, après un long deuil, par déposer une plainte contre Rek, qu'ils soupçonnaient de violence. Celle-ci a été classée, à la suite de l'intervention de Rek, qui a exigé la destruction du document. Terrorisé par la menace, un greffier ne lui a que partiellement obéi, en l'archivant quand même. Question : si crime il y a, quel mobile ?

— Je crois le connaître, dit le Vieux. Ton intuition est la bonne : Rek a bien supprimé cette malheureuse Pervenche.

Les explications du Vieux convainquirent Néfer-Maât.

— Il y a aussi le sabotage du gouvernail du *Louange des Deux Terres*. Si Snéfrou, aidé de Tête-en-vie, n'avait pas rétabli la situation, il aurait pu être tué ou gravement blessé. Au minimum, sa réputation détruite. C'est Rek en personne qui a mené l'enquête et fait tuer le suspect, qui n'a pas été interrogé.

— C'était donc une tentative d'attentat contre le roi.

— Pour moi, déclara le Premier ministre, tout est clair : Rek joue un double jeu. Il feint d'être le grand ami du pharaon et de le servir fidèlement, alors que son véritable but est de s'emparer du trône, soit en supprimant Snéfrou, soit en fomentant un coup d'État militaire. Mais ce dossier, si accablant soit-il, suffira-t-il à convaincre notre souverain ?

— Je le lui présenterai demain, après le rituel du matin, décida le Vieux.

*

* *

Parfois, la force de l'amitié était telle qu'elle rendait aveugle. Quand elle durait depuis l'enfance, quoi de plus déchirant d'admettre que la haine, la jalousie et une ambition meurtrière l'avaient remplacée ? Malgré les errements de Rek, Snéfrou avait cru à sa rédemption et à sa sincérité, au point de le nommer à la tête de son armée. Le roi reconnaîtrait-il son erreur ou continuerait-il à accorder sa confiance à son ennemi le plus déterminé et le plus retors ?

Bien que les indices accumulés par le Premier ministre et par le Vieux lui-même fussent probants, ce dernier voulut néanmoins, même si cela lui coûtait, procéder à une ultime vérification. Aussi se rendit-il à l'étable où Vent du Nord, au terme d'une rude journée de livraisons, s'apprêtait à goûter un repos bien mérité.

— J'ai une question sérieuse à te poser. Très sérieuse. D'abord, je raconte.

Le Vieux exposa les faits.

— À ton avis, Rek est-il un criminel qui ne songe qu'à tuer Snéfrou ?

L'oreille droite se dressa.

— 65 —

En entrant dans le centre administratif de la Maison de la reine, Mélissa éprouva une curieuse sensation, aussitôt confortée par l'attitude du responsable de la sécurité, qui la regarda avec un drôle d'air et s'adressa à elle sur un ton mordant.

— Pas besoin d'aller aux archives.

— J'ai des documents à classer.

— Ils attendront. Toi, tu te rends chez la reine.

— Chez la reine..., répéta Mélissa. Mais pourquoi ?

— Je n'en sais rien. Sa Majesté m'a prévenu qu'elle voulait te voir dès ton arrivée. Dépêche-toi.

Surprenante, cette convocation accentua l'inquiétude de la jeune femme. La souveraine ne désirait certainement pas féliciter son employée et lui accorder une promotion, mais plutôt l'interroger. Seuls des soupçons suffisamment précis pouvaient provoquer une pareille entrevue.

Mélissa fut persuadée qu'elle n'en sortirait pas libre. Seule solution : fuir et se réfugier dans un endroit sûr.

Sous les yeux du responsable de la sécurité, la jolie brune marcha d'un pas tranquille vers le palais où résidait la reine. Dès qu'elle fut hors de son champ de vision, elle bifurqua, s'éloigna rapidement, tout en se retournant à plusieurs reprises, de crainte d'être suivie.

Personne ne l'intercepta. Seule destination possible : la demeure de Rek. Bientôt, Hétep-Hérès lancerait un mandat d'arrêt contre Mélissa. Qui d'autre que le chef de la police pourrait la protéger ?

Forcer sa porte ne serait pas aisé, car le gardien posté devant l'accès de la grande villa n'avait rien d'aimable.

— Que désires-tu, petite ?

— Ton maître m'a invitée.

— Ça m'étonnerait. Je ne suis pas informé.

Mélissa eut un sourire coquin, puis passa un doigt sur ses lèvres.

— Il ne t'informe pas de tout, tu comprends ? Si tu veux éviter une sérieuse réprimande, laisse-moi entrer, et qu'on m'installe dans un endroit confortable pour y attendre ton maître. S'il ne me trouve pas chez lui, il sera très contrarié, et je lui désignerai le responsable de cette désillusion.

L'argument convainquit le rugueux bonhomme, qui estima que cette femme si attirante ne représentait pas un danger.

— Entendu, entre. Auparavant, je dois te fouiller.

Amusée, Mélissa se laissa faire. Les mains du portier s'attardèrent sur les courbes de son corps, sans détecter d'arme. Puis il la conduisit auprès de l'intendant, lui aussi séduit par cette visiteuse, qu'il convia à s'asseoir sous un kiosque, dans le jardin.

— Soyez patiente, recommanda-t-il. Mon maître vient d'être convoqué chez le roi. J'ignore quand il reviendra.

Mélissa s'efforça de contenir la panique qui l'envahissait. Rek, lui, n'échapperait pas au piège.

*
* *

Après que le Vieux lui eut présenté un dossier aussi accablant qu'effrayant, Snéfrou l'avait montré à Hétep-Hérès. À la fin d'une nuit blanche, le couple royal, atterré, s'était entendu sur une stratégie : la reine s'entretiendrait avec Mélissa et le roi avec Rek, afin d'obtenir des aveux.

Célébrer le rituel de l'aube avait chassé les émotions de l'esprit de Snéfrou. Tout en prenant conscience qu'un humain était capable du pire, le pharaon devait continuer de manœuvrer le gouvernail du navire de l'État où son peuple se rassemblait.

Au milieu de la matinée, Rek pénétra dans la petite salle d'audience du souverain, réservée au Premier ministre et aux membres de son gouvernement. Détendu, le chef de l'armée affichait son assurance habituelle. Il s'inclina néanmoins avec déférence.

— Pressens-tu la raison pour laquelle je t'ai convoqué ?

— Quelle qu'elle soit, j'accomplirai ta volonté.

— Pervenche.

— Pardon, Majesté ?

— Le nom de cette jeune femme te serait-il inconnu ?

— En effet.

— Pervenche m'a envoyé une lettre. Elle prétendait savoir où se trouvait le lotus d'or, afin de m'attirer dans un traquenard. Qui lui en avait parlé ? Ni ma mère, ni mon épouse, ni le Vieux, ni le Chauve de la Maison de Vie, mais son amant. Toi, Rek. Toi qui connaissais l'objet de ma quête. Et cette Pervenche a disparu. Qui a étouffé une éventuelle investigation ? Encore toi, mon ami. Son échec t'a rendu furieux, tu l'as supprimée.

— Qu'oses-tu imaginer ?

— Avec ta complice Mélissa, en ce moment interrogée par la reine, tu as organisé l'assassinat de Tête-en-vie, afin de détruire la protection magique qui t'empêchait de m'atteindre.

— Sauf ton respect, tu déraisonnes !

— C'est toi, également, qui as fait saboter le gouvernail du *Louange des Deux Terres*, en espérant que je ne survivrais pas à un accident. Et c'est toujours toi qui as détourné une importante quantité de cuivre, afin de fabriquer des pointes de flèches pour des archers de *ton* armée, destinées à m'abattre. Constate-le, Rek, tu es démasqué.

Figé, l'accusé estima inutile de nier.

— Tu as un dossier solide, Snéfrou. Quel sort me réserves-tu ?

— Tu comparaîtras devant un tribunal.

— Et je serai condamné à mort !

— À toi de te défendre. Tu sais que je n'ai aucun droit d'intervenir.

— Au nom de notre amitié, je te propose une autre solution : oublie ces accusations, maintiens-moi à mon poste, et je te servirai avec la plus absolue fidélité, en créant une armée et une police qui garantiront la sécurité de notre pays. Quelles qu'aient pu être mes erreurs, elles appartiennent au passé. Balaie-les, continue à m'accorder ta confiance. Tu ne le regretteras pas.

Rek sentit Snéfrou vaciller. L'illusion se dissipa vite.

— Les charges retenues contre toi sont d'une extrême gravité. Tu es en état d'arrestation.

La haine qui flamboya dans le regard de Rek prouva à Snéfrou qu'il adoptait la bonne décision.

— Avant d'être jeté en cellule, puis-je au moins passer à ma villa, licencier mon personnel et prendre des vêtements ?

— Deux gardes t'accompagneront, puis te conduiront à la grande prison de la capitale, où tu seras bien traité jusqu'à ton procès.

Le souverain fit alors entrer deux soldats dans la salle d'audience pour emmener Rek. Avant d'en sortir, celui-ci se retourna.

— Si le destin m'est favorable, Snéfrou, je te combattrai et je te vaincrai. Tu as grand tort de refuser ma proposition. Maintenant, je n'éprouve plus la moindre amitié envers toi et, à chaque instant, je ne songerai qu'à t'anéantir.

— 66 —

Les deux gardes du palais chargés d'encadrer Rek, qu'ils connaissaient bien et qu'ils respectaient, se sentaient mal à l'aise. En chemin vers sa villa, l'un d'eux osa l'interroger.

— Que se passe-t-il, général ?

— Rien de sérieux. Une ex-maîtresse m'accuse de violences. C'est un crime grave, nous en sommes très conscients, mais je suis innocent, comme je le démontrerai devant le tribunal.

— Tout de même, vous envoyer en prison !

— C'est moi qui l'ai exigé, afin d'être hors de portée de cette démone et de prouver ma confiance dans notre justice. Je ne resterai enfermé qu'un jour ou deux. Néfer-Maât organisera rapidement un procès, et l'affaire sera close.

— J'aime mieux ça, lâcha le soldat, soulagé.

Rek pensa à Mélissa. L'interrogatoire de la reine avait forcément débouché sur une arrestation et sa complice devait déjà séjourner dans une cellule. Avait-elle avoué ou nié farouchement ? En tout cas, Rek n'était pas en capacité de la délivrer, d'autant qu'il nourrissait d'autres projets. À présent, peu importaient d'éventuelles révélations de la jolie brune.

Le portier fut étonné de voir son patron entre deux soldats qui ne le suivaient pas comme il aurait convenu, mais le serraient de près. Il s'effaça, laissant le trio progresser sur l'allée sablée qui menait à la villa.

L'intendant, lui aussi, fut surpris.

— Maître...

— Apporte-moi des tuniques et du linge de toilette. À la suite d'un malentendu, je dois dormir une ou deux nuits en prison. La justice est parfois étrange, mais il faut bien s'y soumettre.

— Maître, vous avez une visiteuse. Je l'ai installée dans le jardin, sous le kiosque.

Rek se tourna vers les soldats.

— M'autorisez-vous à l'éconduire rapidement ?

— Bien sûr ! s'exclamèrent-ils en chœur.

« Mélissa a-t-elle été assez habile pour s'échapper, en ayant la bonne idée de se réfugier chez moi ? » se demanda Rek, qui découvrit avec plaisir sa maîtresse, laquelle se leva nerveusement en l'apercevant.

— Tu es libre !

— Pas tout à fait, ma douce. Une escorte m'attend pour m'emmener en prison. La reine t'aurait-elle relâchée ?

— Non, je me suis éclipsée avant qu'elle ne m'interroge.

— Je comptais me débarrasser de mes deux chiens de garde, mais puisque tu es ici, restons unis. Tentons de sortir de ma propriété par-derrière. Il y a une petite porte couverte de lierre, à l'extrémité du mur d'enceinte. Le temps qu'on s'aperçoive de notre fuite, nous serons loin.

— Où irons-nous ?

— D'abord, je dois emporter de quoi assurer à la fois notre subsistance et notre vengeance ; ensuite, rencontrer celui qui accomplira celle-ci ; enfin, nous nous retirerons quelque temps dans le Sud, avant de revenir en triomphateurs.

L'assurance de Rek dissipa l'inquiétude de sa maîtresse. Étonnamment, il put pénétrer en courant dans sa villa, et en ressortit rapidement, équipé d'un sac à dos en cuir.

Il ne leur restait plus qu'à disparaître.

*
* *

L'ex-tailleur de pierre Bin se morfondait dans son rôle de fantassin, qu'il remplissait sans aucun enthousiasme. Mal noté par son chef de bataillon, il ne s'entendait pas avec ses camarades et récoltait les corvées de nettoyage plus souvent qu'à son tour.

Quand cette pénible période se terminerait-elle ? Si la rumeur concernant l'arrestation du chef de l'armée se confirmait, adieu la richesse et la belle vie promises ! Ses illusions perdues, Bin irait chercher fortune ailleurs.

Il balayait mollement l'un des dortoirs de la caserne quand une voix résonna derrière lui.

— Bonsoir, l'ami.

Bin se retourna.

— Vous… vous êtes libre ?

— J'ai échappé à ceux qui voulaient m'emprisonner. Le moment d'agir est venu. Je vais t'expliquer comment. Voici la première partie de ton salaire.

Rek remit à Bin un sachet contenant des turquoises, volées par Mélissa dans le trésor de la Maison de la reine.

Le soldat dénoua la cordelette et contempla les merveilles.

— Ton exploit accompli, hâte-toi de gagner la rive, au bas du plateau. Je t'y attendrai, et je te donnerai bien davantage.

Bin rêvait déjà de tout ce qu'il pourrait acquérir et de l'existence dorée qui s'offrait à lui. Il se força à écouter attentivement les indications fournies par Rek.

— 67 —

Le Premier ministre Néfer-Maât était consterné. Comment Snéfrou avait-il pu se montrer assez naïf pour ne pas prévenir les militaires chargés d'arrêter Rek et de le conduire à la grande prison qu'ils avaient affaire à un suspect dangereux ? Celui-ci aurait pu s'enfuir, avec une femme qui n'était autre que sa complice Mélissa, employée à la Maison de la reine. Sans nul doute, la faute à l'ancienne amitié qui liait Snéfrou à Rek.

Lancées à leur recherche, les forces de l'ordre parviendraient-elles à les retrouver ? Quelle direction avait prise le couple ? Bénéficieraient-ils d'un refuge, sûr et inaccessible ? Élément inquiétant : selon l'intendant de la villa de Rek, son maître avait emporté des sachets contenant des pierres précieuses. De quoi acheter bien des complicités.

*

* *

Afin d'oublier la déchirure provoquée par la haine et la trahison de Rek, Snéfrou ne connaissait pas de meilleur remède que de contempler les deux pyramides géantes de Dahchour qui, en s'élevant vers le ciel, captaient la lumière de l'origine et la faisaient rayonner sur la terre aimée des dieux.

Étant donné le degré d'avancement des travaux, il décida de célébrer le premier rite d'offrande à la pyramide à double pente, qui commençait à émettre l'énergie indispensable à la renaissance du lotus d'or.

★

★ ★

Snéfrou ayant attribué à Néfer-Maât la direction de l'armée et de la police, ce dernier s'assurait que Rek n'y avait pas de partisans capables de fomenter un complot. Aussi Hémiounou assumait-il pleinement la fonction de maître d'œuvre, avec une autorité que personne ne contestait. Sa communion avec la pierre et son sens de la construction avaient étonné les artisans les plus expérimentés, qui lui accordaient leur confiance.

Chaque matin, le jeune bâtisseur consultait les plans des deux pyramides, qu'il sortait d'un coffre en bois doré, sur lequel se trouvait une statue d'Anubis, le chacal qui guidait les âmes des justes sur les chemins de l'au-delà. Seuls Néfer-Maât et lui étaient autorisés à la déplacer pour soulever le couvercle du meuble.

À l'orée d'une journée venteuse, au ciel agité, Hémiounou ne parvint pas à faire bouger la sculpture qui, de plus, était brûlante. Une intense lueur émanait des yeux d'Anubis, lequel fixait la porte de la demeure de l'or où était préservé le coffre.

Hémiounou accompagna son regard et, sur le seuil, aperçut un chacal aux longues oreilles et à la robe d'un noir brillant. Ils s'observèrent un long moment, puis l'animal, haut sur pattes, s'élança.

Hémiounou le suivit.

*
* *

Bin n'avait eu aucune peine à se faire engager comme manœuvre sur le chantier de Dahchour. Précaution majeure : ne pas se faire repérer par ses anciens collègues, ou Néfer-Maât et Hémiounou. Discret et silencieux, il accomplissait des tâches modestes sans sourciller, et attendait l'information qui lui permettrait d'intervenir.

Enfin, elle lui parvint : le lendemain, le roi célébrerait un rituel d'offrande dans le petit sanctuaire accolé à l'une des faces de la pyramide à double pente.

Snéfrou serait seul et sans protection.

*
* *

Du vent, des nuages épais que le soleil perçait à peine, une température fraîche : la journée s'annonçait maussade et tourmentée.

Malgré une traque intensive, l'armée et la police n'avaient pas trouvé trace de Rek et de Mélissa. Disposaient-ils d'une cache particulièrement sûre ou avaient-ils quitté le pays ?

Snéfrou chassa ces interrogations et se concentra sur l'acte décisif qu'il allait accomplir : animer les blocs de la pyramide à double pente grâce à un premier rituel.

L'offrande consisterait en fleurs, vin, bière, pain, morceau de viande et onguents. Présentés sur une table de pierre, ces produits seraient sacralisés par l'eau magique, sortant d'une aiguière, que répandrait le monarque.

Par ce rite, Pharaon prolongeait la création originelle, inscrite dans la pyramide, désormais apte à exprimer sa puissance.

*

* *

La main de Bin serra le manche de son maillet, l'arme avec laquelle il fracasserait la tête de Snéfrou.

Pieds nus sur le dallage du sanctuaire, Bin se déplaçait sans bruit. Lui tournant le dos, penchée sur l'autel des offrandes, sa victime ne percevrait pas la mort en marche.

S'étant introduit dans le sanctuaire pendant la nuit, l'artisan n'avait rien à redouter de la garde rapprochée du souverain, qui se tenait à bonne distance du monument. Son crime accompli, il se faufilerait le long d'une des faces de la pyramide, et se dirigerait, en toute hâte, vers la berge du Nil où Rek l'attendrait afin de régler son dû.

Il vit Snéfrou entrer dans la chapelle, se recueillir, et disposer les offrandes.

C'était facile, si facile… Soudain, l'angoisse. Tuer le pharaon, tuer cet être qui reliait le divin et l'humain, qui faisait régner l'harmonie sur cette terre ! Certes, mais lui, Bin, avait été bafoué, humilié, méprisé, non reconnu à sa juste valeur. Snéfrou était à l'origine de cette injustice. La réparer vaudrait à Bin une fortune qu'il méritait bien.

Alors, il s'approcha du roi et leva son maillet.

À l'instant où il l'abattait, une poigne ferme bloqua son bras.

— Lâche cet outil ! ordonna Hémiounou.

Snéfrou se retourna et assista à une lutte brève mais acharnée entre les deux hommes. La pression contraignit Bin à laisser tomber le maillet sur le dallage. Un coup de tête dans la poitrine de son adversaire lui permit de se dégager et de prendre la fuite.

Il n'alla pas loin. Le chacal qui avait guidé Hémiounou jusqu'au sanctuaire planta ses crocs dans son mollet droit et provoqua sa chute. Aussitôt, une dizaine d'autres canidés se jetèrent sur leur proie.

— 68 —

— Nous avons des obligations, dit le Vieux à Vent du Nord, qu'il achevait de bichonner, après l'avoir longuement et doucement brossé, sans oublier un nettoyage méticuleux des grandes oreilles.

Docile, l'âne avait apprécié les soins, qui mettaient en valeur son superbe pelage gris.

— Ce coup-là, pas de collier de fleurs ! Ce n'est pas toi qui es décoré.

Obligé de revêtir une tunique de fête, le Vieux, contrairement à Vent du Nord, détestait les cérémonies publiques et les mondanités. Il admettait, cependant, que celle qui allait avoir lieu était d'une importance capitale pour rassurer la population, afin de dissiper quantité de rumeurs, parmi lesquelles la mort du pharaon à la suite d'un attentat.

Aussi le couple royal devait-il apparaître à la fenêtre principale du palais, tandis que le Premier ministre ferait une déclaration qui établirait la vérité.

*

* *

Si la prestance et l'autorité de Snéfrou, coiffé de la double couronne, fascinèrent l'assistance, bien des regards se concentrèrent sur la Grande Épouse royale, elle aussi couronnée et parée de bijoux colorés.

— Qu'est-ce qu'elle est belle, ne put s'empêcher de murmurer le représentant de la corporation des parfumeurs.

Snéfrou vivant ! La bonne nouvelle ne tarderait pas à se répandre dans le pays entier.

Un assesseur conduisit un homme jeune, à la carrure athlétique, sous « la fenêtre d'apparition ». Le Premier ministre lui passa autour du cou un collier d'or, puis déclara :

— Sur ordre du roi, je te décore de l'or de la récompense. Tu as sauvé la vie du pharaon au péril de la tienne, avec un courage exemplaire. Anubis a châtié le criminel. Hémiounou, tu es nommé aujourd'hui maître d'œuvre principal des deux pyramides de Dahchour, dont tu achèveras la construction. Le couple royal te confie une autre mission : éduquer leur fils, Khéops, lui faire découvrir la vie d'un chantier et lui apprendre à diriger des équipes.

Des acclamations saluèrent le héros du jour, qui devenait l'un des personnages clés de l'État. En cette heure de fête et de repos pour tous, Snéfrou demeurait anxieux. Toujours pas la moindre trace de Rek et de sa complice, Mélissa. Après avoir montré leurs sinistres talents, ils ne resteraient certainement pas inactifs. C'est pourquoi le monarque avait nommé Néfer-Maât, fidèle et rigoureux, à la tête de l'armée et de la police, alourdissant le fardeau du Premier ministre. Par bonheur, Hémiounou, maintenant bien formé, saurait achever les deux pyramides en résolvant les nombreuses difficultés techniques, prévues et imprévues.

Une certitude s'imposa, tant à la cour que chez les gens les plus simples : malgré la disparition de Tête-en-vie, et grâce à la Grande magicienne, Hétep-Hérès, à qui il avait communiqué ses pouvoirs, la protection du pharaon était toujours assurée avec un maximum d'efficacité.

*

* *

Impossible d'emprunter un bateau, car tout ce qui circulait sur le Nil était forcément contrôlé par la police fluviale. Rek ne doutait pas que son portrait et celui de Mélissa, tracés par d'excellents dessinateurs, eussent été communiqués aux chefs de province et aux forces de l'ordre. Une traque à grande échelle avait débuté. Sortir de la nasse pour atteindrc son but serait très difficile, mais la haine et le désir d'abattre Snéfrou étaient si intenses qu'ils effaçaient la fatigue.

Se diriger vers le Grand Sud en passant par des zones désertiques ou peu fréquentées prendrait des mois. Les deux amants dormaient à tour de rôle, loin des hameaux. Grâce au trésor de guerre de Rek, ils achetaient de la nourriture à des paysans, en se faisant passer pour un couple ordinaire qui se rendait dans sa famille.

À deux reprises, une patrouille avait frôlé leur campement de fortune, sans le repérer. Les nerfs de Mélissa, qui regrettait l'existence confortable de la capitale, commençaient à craquer.

— Ce voyage abominable ne se terminera jamais, se plaignit-elle. Me diras-tu enfin où nous allons ?

Du haut d'un monticule, Rek contemplait des rochers à fleur d'eau.

— Nous approchons d'Éléphantine, la frontière méridionale de l'Égypte, indiqua-t-il.

— Tu veux aller en Nubie ?

— En effet, ma douce.

— C'est de la folie !

— Au contraire.

— Je ne comprends pas.

— Tu comprendras. Es-tu une bonne nageuse ?

— Je crois, mais...

— La frontière est bien gardée. Du haut des tours de la forteresse, des archers sont postés jour et nuit. Les carrières de granit sont sous surveillance permanente. Quand le soleil sera couché, nous nous glisserons dans l'eau et nous tenterons d'échapper aux remous. Si tu as peur de te noyer, reste sur la berge.

— Tu m'abandonnerais, après tout ce que nous avons vécu ensemble ?

— Je sais où je vais, Mélissa, et je ne te force pas à m'accompagner.

— Avant de mourir, accorde-moi au moins la grâce de me révéler ton projet.

Rek attira Mélissa contre lui, faisant aussitôt renaître leurs désirs.

— Nous allons rejoindre la tribu d'où était originaire le mage nubien Séfati. J'apprendrai à son chef que Snéfrou est responsable de sa mort tragique, et le convaincrai qu'il faut soulever des milliers de guerriers pour le venger.

Mélissa embrassa son amant avec violence.

— C'est un beau projet, approuva-t-elle.

— 69 —

Désolé, le Premier ministre Néfer-Maât baissa la tête.

— Rien, Majesté.

— Comment, rien ? s'étonna Snéfrou. Les portraits de Rek et de Mélissa ont été diffusés dans tout le pays, les gouverneurs de province alertés, et personne, nulle part, ne les a repérés !

— C'est malheureusement le constat actuel. Peut-être sont-ils morts.

— On aurait retrouvé leurs cadavres !

— Je partage votre avis. Je crois plutôt qu'ils se sont réfugiés en Libye, et que nous n'entendrons plus parler d'eux.

— Tu ne connais pas Rek. S'il est bien vivant, ce dont je suis persuadé, il ne renoncera pas à sa quête du pouvoir. Là où il se cache, il prépare un mauvais coup, avec l'intention de nous attaquer par surprise !

— Je demeure vigilant, assura Néfer-Maât, et j'ai constaté que les officiers supérieurs et les responsables de la sécurité intérieure n'appréciaient pas l'autoritarisme de Rek. Armée et police vous sont fidèles. Je m'en porte garant.

Connaissant la rigueur de son Premier ministre, Snéfrou fut rassuré : le péril ne proviendrait pas du cœur du royaume.

★
★ ★

Hétep-Hérès savait comment calmer l'impatience de son époux. À la reine, contrainte de diriger sa Maison avec une certaine poigne, se substituait une femme amoureuse, à la fois douce et ardente, apte à dissiper les doutes et à redonner au roi la force nécessaire pour accomplir sa fonction.

Le couple goûtait un bref instant de quiétude sur la terrasse, en admirant le coucher du soleil, lorsque l'intendant du palais manifesta sa présence en toussotant.

— Qu'y a-t-il ? demanda Snéfrou.

— Majesté, le maître d'œuvre Hémiounou vous fait savoir que tout est prêt.

★
★ ★

— C'est le grand jour, annonça le Vieux à Vent du Nord. Ton équipe apportera de la bière de fête à Dahchour. Tâche de maintenir la discipline. Dis donc, toi, tu n'as pas l'air de bonne humeur !

L'âne gratta le sol de son sabot gauche.

— Que ça te plaise ou non, au travail ! Aujourd'hui, notre souverain va connaître la plus formidable joie de son règne.

D'un pas tranquille, mais la mine boudeuse, Vent du Nord alla organiser son troupeau. « Quel caractère pénible », pensa le Vieux, en rejoignant le cortège de dignitaires convoqués à Dahchour, ravis d'assister à un événement exceptionnel.

*
* *

Au pied du bassin aux lotus creusé entre les deux pyramides de Dahchour, le sycomore de la déesse du Bel Occident déployait un feuillage abondant, qui dispensait une ombre délicieuse.

Des deux géantes, encore inachevées, émanait déjà une énergie d'une puissance inégalée. Incarnation de la butte primordiale, la pyramide à double pente abritait à présent des salles symbolisant les grottes où la lumière se façonnait dans le secret de ténèbres fécondatrices. Face à elle, la pyramide aux faces lisses, « Celle qui apparaît en brillant », servait de gigantesque chapelle à la précédente. À l'intérieur, trois chambres voûtées en encorbellement et en forme de triangle produisaient cette lumière secrète, afin de la rendre perceptible et bénéfique.

« Accomplir la perfection » : Snéfrou avait-il rempli le devoir assigné par la divinité ? Remercierait-il assez les dieux de lui avoir attribué des maîtres d'œuvre et des artisans de génie, qui avaient rendu possible l'impossible et visible l'invisible ? Grâce à eux étaient nés des monuments d'éternité d'une taille inédite, à la fois réceptacles et émetteurs du rayonnement du premier matin.

D'autres souverains se seraient contentés de cet extraordinaire succès. Mais que signifierait-il, sans la résurrection du lotus d'or ?

Autour du bassin aux lotus, le roi, la reine, Néfer-Maât, Hémiounou et le Vieux espéraient que le miracle se produirait.

Le pharaon déclama les formules de transformation en lotus d'or, et la Grande Épouse royale fit crisser les sistres, afin de dissiper les ondes nocives.

L'eau frémit. Au centre du bassin, les lotus s'écartèrent, dégageant un cercle qui prit d'abord une couleur rougeâtre, avant de se teinter d'or.

Tous retinrent leur souffle. La fleur divine, emblème d'une vie régénérée et inaltérable, allait-elle surgir des profondeurs ?

Hélas, la clarté s'estompa, le cercle s'effaça, et le bassin reprit son apparence habituelle.

*
* *

La déception de Snéfrou était cruelle. Malgré de nombreuses tentatives, le lotus d'or refusait d'éclore.

S'appuyant sur le travail acharné du Vieux, plus râleur et intransigeant que jamais, le Premier ministre était fier de décrire au roi une économie prospère et un pays heureux, nourri par l'énergie des deux pyramides géantes, qui seraient bientôt recouvertes d'un parement de calcaire blanc et brillant, reflétant les rayons du soleil.

Cette nouvelle étape de la construction représentait l'ultime espoir du pharaon.

— 70 —

Le courant, les remous, les rochers... Rek et Mélissa s'étaient noyés dix fois, mais leur instinct de survie et leurs talents de nageurs leur avaient permis de franchir la première cataracte du Nil, sans être repérés par les guetteurs, perchés sur les tours de la forteresse d'Éléphantine.

Épuisés, fous de joie d'avoir surmonté cet obstacle redoutable, ils s'étaient longuement reposés sur une grande roche plate, en pleine lumière. Puis Rek, de nouveau animé par la fureur qui le guidait, s'était jeté sur Mélissa. Elle ne lui avait opposé aucune résistance, bien au contraire. Après avoir frôlé la mort, quoi de plus exaltant qu'une étreinte enfiévrée ?

Son désir momentanément assouvi, la jeune brune reprit conscience de la réalité.

— Nous sommes... en Nubie ?

— Exactement, ma douce.

— Sais-tu vraiment où nous allons ?

— Oublies-tu que j'ai commandé l'armée du pharaon et que j'ai consulté les cartes de cette région ? C'est pourquoi je connais l'emplacement de la tribu d'où était originaire Séfati. Notre future alliée.

*
* *

N'ayant plus à redouter la police fluviale égyptienne, le couple avait emprunté une barque de pêcheurs. Se nourrissant de poissons et de dattes, les deux jeunes gens s'étaient enfoncés sans encombre dans un paysage brûlé par le soleil. De temps à autre, Rek avait aperçu des Nubiens, qui se déplaçaient entre des hameaux installés sur des buttes. Aucun signe d'hostilité, mais mieux valait ne pas s'y arrêter.

À l'horizon, un fortin.

— Une garnison égyptienne, indiqua Rek. On abandonne la barque et on continue à pied. La tribu que nous recherchons se trouve de l'autre côté, pas très loin vers le sud.

Bien qu'elle n'eût guère envie de quitter le confort, pourtant relatif, de leur modeste embarcation, Mélissa se résolut à suivre son compagnon pour accomplir un pénible trajet, qu'il lui annonçait court.

*
* *

Au terme d'une nuit passée à la belle étoile, alors que l'aube se levait, Rek fut réveillé par une sensation désagréable : quelque chose de pointu s'enfonçait dans son ventre.

— Ne bouge pas, l'Égyptien, ordonna une voix rauque. Sinon, je t'embroche.

En ouvrant les yeux, Rek découvrit une dizaine de Nubiens bien bâtis, vêtus d'un simple pagne et maniant de longues lances, dont celle qui le menaçait. Mélissa n'était pas en meilleure posture.

— Je suis Bébon, chef de la tribu dont tu violes le territoire. Toi, qui es-tu ?

— Rek, ex-général en chef de l'armée du pharaon.

Le regard agressif de Bébon se figea.

— Tu te moques de moi !

— Mon ami d'enfance, le roi Snéfrou, que je hais, me pourchasse parce que j'ai refusé sa tyrannie. Il a fait exécuter Séfati, un magicien exceptionnel, et je souhaite le venger, avec l'appui de ses frères de sang, les Nubiens.

— Tu as dit « Séfati » ?

— Un fidèle serviteur que Snéfrou a piétiné, malgré mes suppliques. Je me reproche de ne pas avoir réussi à le sauver. Maintenant, je n'ai d'autre but que d'abattre ce souverain impitoyable, et je viens chercher de l'aide auprès des Nubiens.

— Relève-toi, exigea Bébon en écartant sa lance. Séfati était mon père.

— Raison majeure pour ne pas demeurer inerte ! Seule stratégie : soulever un maximum de tribus, attaquer la forteresse d'Éléphantine et envahir l'Égypte. Son armée ne résistera pas. Je connais ses défauts, je saurai exploiter ses lacunes. Fais-moi confiance, et notre triomphe sera éclatant.

Digérant sa surprise, Bébon planta sa lance dans le sol et scruta l'aventurier inattendu qui lui faisait face.

— Et si ton beau discours n'était que mensonge ?

— Il faudrait être le dernier des imbéciles pour venir se jeter dans tes griffes. Aujourd'hui, quoique seul et sans armes, je suis un expert quant au terrain sur lequel nous aurons à combattre. Toi, si tu le désires, tu disposes des troupes nécessaires pour obtenir la victoire.

Le Nubien planta sa lance plus profondément.

— Il me faut des preuves de ta bonne foi.

— Lesquelles ?

— Il y a d'abord la garnison de tes compatriotes qui surveille le fleuve et nous persécute depuis tant d'années... Si tu m'aides à l'anéantir, j'admettrai que tu es mon allié.

— Nous devons élaborer un plan.

— Oui, nous devons y réfléchir ensemble. En attendant, cette femme, qui t'accompagne, est très jolie. J'en ai déjà plusieurs, mais une Égyptienne si ravissante, je ne l'espérais pas. Donne-la-moi.

Les yeux de Mélissa chavirèrent.

— Rek, murmura-t-elle, tu ne vas pas m'offrir à ce... à ce...

— Des intérêts supérieurs sont en jeu, ma douce. Oublions nos destinées individuelles et ne nous préoccupons que du grand destin qui nous attend.

Rek ouvrit largement les bras.

— Bébon, cette femme est à toi.

— 71 —

La popularité de Snéfrou ne cessait de croître. Il procurait à son peuple les trois bonheurs qui lui permettaient de considérer l'existence avec joie : la justice, la paix et la prospérité. Sous l'égide de l'implacable Vieux, l'économie, fondée sur le partage, la redistribution et la circulation des offrandes, était florissante. Compétents et admirant leur souverain, les chefs de province se comportaient en gestionnaires loyaux, sans abuser de leurs prérogatives. Entre eux et le pouvoir central, l'entente était fructueuse.

Non seulement Snéfrou ne se vantait pas de ses succès, mais encore les jugeait-il fragiles. Tant que le lotus d'or ne couronnerait pas son œuvre, celle-ci menacerait de s'écrouler.

Ultime espoir : la mise en place du calcaire blanc sur les faces des deux pyramides de Dahchour. Les équipes de Hémiounou, souvent accompagné du jeune Khéops, avaient travaillé avec une rapidité et une efficacité extraordinaires.

En ce matin de printemps, le soleil se leva, dissipant les nuages. Le couple royal célébra le rituel de l'aube dans le sanctuaire de la pyramide à double pente, réservé pour la vénération de la lumière renaissante. Puis il se dirigea vers le bassin aux lotus et, à l'abri du sycomore de la déesse du Bel Occident, assista à la montée du disque d'or.

Au zénith, ses rayons se reflétèrent sur les pierres blanches des deux pyramides, les transformant en émettrices d'une énergie si puissante qu'elle animerait le pays entier.

L'eau du bassin frémit. Il sembla à Snéfrou que les lotus s'écartaient, pour laisser place à celui qu'il espérait tant. Mais l'illusion se dissipa.

*
* *

— Souviens-toi de la recommandation de ta mère, dit la Grande Épouse royale au pharaon : « Tu ne trouveras le lotus d'or qu'en construisant. Ne cesse pas de le rechercher, sinon ton règne s'effondrera. »

— Je n'oublie pas ces paroles un seul instant. Les deux pyramides de Dahchour sont achevées, bien plus hautes que celles de mes prédécesseurs. Pourtant, le lotus d'or demeure dans les ténèbres.

— Je crois connaître la raison de cet échec temporaire.

Snéfrou prit son épouse dans ses bras.

— Quelle est-elle ? questionna-t-il d'une voix aussi angoissée qu'impatiente.

— Au temple de Sekhmet, la déesse-lionne, si dangereuse qu'elle provoque la maladie tout en nous procurant les moyens de la guérir, je me suis longuement recueillie devant sa statue la plus sacrée, celle de la chapelle de l'Orient. Au cœur du silence, elle a parlé.

— Qu'a-t-elle dit ?

— La même chose qu'Anubis et Tête-en-vie : « Celui qui empêche la renaissance du lotus d'or est un être qui se cache au fond des cavernes, emplies de ténèbres si compactes qu'aucune lumière ne peut les traverser. » Et elle a ajouté : « Tant qu'il vivra et sèmera haine, violence et désordre, la plénitude ne surviendra pas. »

— Rek… ce démon ne saurait être que Rek ! s'exclama Snéfrou.

— J'en suis persuadée. Il faut le retrouver, le combattre et le vaincre.

Le roi étreignit Hétep-Hérès avec passion.

— J'y suis déterminé, mais il a disparu ! Pas la moindre information à son sujet. La piste libyenne semble privilégiée, nos services de renseignement sont en alerte maximale.

— Je le ressens, affirma la reine : Rek est bien vivant, et son pouvoir de nuisance demeure intact. En piétinant votre amitié et en vendant son âme aux forces de destruction, il est devenu un adversaire redoutable.

— Que prépare-t-il en secret ?

— Nous le saurons, promit Hétep-Hérès.

— Ne sera-t-il pas trop tard ?

★
★ ★

Rapports mal ficelés ou incomplets, deux scribes souffrants à remplacer d'urgence, des livraisons de céréales à vérifier, un papyrus comptable à scruter dans le moindre détail… le Vieux se demanda si la multiplicité des tâches de cette journée venteuse n'allait pas le faire tourner en bourrique !

En plus, il avait dû remonter le moral du Premier ministre, navré de ne déceler aucune trace de Rek en dépit des efforts constants de l'armée, de la police et des services d'espionnage. La veille, le roi avait de nouveau insisté sur cette mission prioritaire.

Délaissant son bureau, le Vieux se rendit à l'étable où Vent du Nord avait installé ses quartiers, des plus confortables. Ayant droit à un après-midi de repos, il se prélassait sur une couche de paille moelleuse.

— Je t'ai apporté des figues trempées dans la bière. Moi, je m'offre une petite jarre de rouge costaud, le meilleur des fortifiants. On est dans la panade, mon gars !

L'oreille gauche de l'âne se dressa.

— Comment, non ? On a un démon qui veut nous détruire, on ignore sa stratégie, il va nous prendre par surprise, et toi, tu estimes que tout va bien ! Ce Rek est introuvable, tu entends : in-trou-vable !

L'oreille gauche demeura dressée.

« Cette bête ne se trompe jamais, pensa le Vieux. Pourvu que ce ne soit pas sa première erreur. »

— 72 —

Implanté au cœur de la Nubie, le fortin égyptien sommeillait sous une chaleur écrasante. Sa principale fonction consistait à surveiller le Nil, pour empêcher des bateaux nubiens de se diriger vers le nord. Une éventualité de moins en moins probable, car les tribus s'entredéchiraient. Incapables de s'unir, elles n'envisageaient pas de s'attaquer à la puissante Égypte, et chacune s'acharnait à défendre son bout de territoire.

Dans moins d'un mois, le commandant de la garnison et ses soldats seraient relevés. Après deux années de profond ennui, quel bonheur de retourner chez eux ! Ravitaillés régulièrement, ils n'avaient manqué de rien, mais se réjouissaient de regagner leur pays.

Un garde brisa la sieste du commandant.

— Chef, un messager !

L'officier se réveilla en sursaut.

— Qu'est-ce que tu racontes ?

— C'est urgent et important, d'après lui. Il est seul et sans arme. On l'a fouillé à l'extérieur. On le fait entrer ?

— Amenez-le-moi.

Adepte de la routine, le commandant avait horreur de ce genre d'imprévu, forcément synonyme de tracas.

Encadré de deux soldats, l'homme qui pénétra dans ses quartiers avait belle allure.

— Qui es-tu ?

— Messager du pharaon Snéfrou. D'après un espion, une révolte nubienne se prépare. Voici mon accréditation.

Rek remit au commandant un papyrus rédigé par lui-même, lui donnant tout pouvoir pour inspecter le fortin. Son sceau d'ex-général authentifiait le document. En ce coin perdu, peu probable que son portrait eût été diffusé.

L'officier lut le texte et ne cacha pas sa contrariété.

— On doute de ma vigilance ?

— Pas du tout, rétorqua Rek. C'est un simple contrôle. J'ai constaté que l'accès principal du fortin était parfaitement surveillé. N'en existe-t-il pas un autre ?

— Une petite porte donnant sur la berge. Deux gardes en permanence.

— Puis-je la voir ?

Le duo traversa une cour à ciel ouvert, puis s'engagea dans un long escalier qui menait au bas d'une poterne.

À son approche, deux solides gaillards sortirent de leur torpeur et présentèrent leurs lances.

— Comme tu le constates, cette porte étroite est d'une robustesse à toute épreuve.

Rek n'avait d'yeux que pour le poignard fiché dans la ceinture du commandant. À un contre trois, ses chances de succès étaient minces. Mais il avait un avantage non négligeable : l'effet de surprise. N'ayant pas le choix, il misa sur sa rapidité.

D'un geste vif, il arracha le poignard et trancha la gorge du commandant. Mal réveillés, les deux gardes ne comprirent pas immédiatement ce qui se passait. Aussi Rek eut-il le temps d'en trucider un, avant que l'autre ne réagisse et ne pointe sa lance vers lui. Celle-ci rata sa poitrine, mais lui déchira le flanc gauche. Furieux, Rek ne laissa pas à son adversaire le loisir de se retourner et lui planta son couteau dans la poitrine.

Il ne lui restait plus qu'à ouvrir la porte derrière laquelle se tenaient les guerriers de Bébon, qui se ruèrent à l'intérieur du fortin.

*

* *

Sidérés et cédant à la panique, les soldats égyptiens n'avaient opposé aux Nubiens déchaînés qu'une résistance dérisoire. Tous avaient été massacrés, le fortin incendié.

Raffolant du corps de Mélissa, Bébon profitait d'elle chaque nuit, négligeant ses cris et ses suppliques, qui ne contribuaient qu'à l'exciter davantage.

Sérieusement blessé, Rek avait été soigné par le sorcier de la tribu, qui appliquait sur sa plaie des pansements d'herbes, fréquemment renouvelés. À l'issue d'une semaine de traitement et de repos dans une case, à l'abri du soleil, il constata une nette amélioration.

Bébon y pénétra, la mine réjouie.

— Tu nous as rendu un fier service, l'Égyptien. Maintenant, je sais que tu es sincère.

— Ce n'était que la première étape, précisa Rek. À présent, il faut fédérer les tribus, rassembler les milliers de combattants, attaquer la forteresse d'Éléphantine et libérer la Nubie du joug du pharaon. Snéfrou sera contraint de répondre en personne. Alors, je l'abattrai.

— Qui commandera nos troupes ?

— Toi, bien entendu. Moi, je t'indiquerai la bonne stratégie. Il faudra agir avec un maximum de cruauté, à laquelle mes compatriotes ne sont pas habitués. Ni prisonniers ni rescapés, y compris chez les femmes et les enfants. La débandade, dont le roi sera rendu responsable. La victoire acquise, tu régneras sur la Nubie, et moi sur l'Égypte.

Bébon parut gêné.

— Ton plan me tente, mais subsistent deux obstacles.

— Lesquels ?

— D'abord, l'union des tribus sous ma houlette. Je dois convoquer les chefs, leur révéler ce grand projet et obtenir leur accord. Les palabres seront longs.

— Qu'ils débutent sans tarder, préconisa Rek. Je compte sur ta capacité de persuasion. Et le second obstacle ?

— Aucun chef n'acceptera d'obéir sur ordre d'un Égyptien. À moins que...

— Je t'écoute.

— À moins que tu ne deviennes un guerrier nubien.

— Ne l'ai-je pas été en tuant le commandant de la garnison et plusieurs soldats ?

— Ça ne suffit pas. Si tu veux marcher à la tête de combattants nubiens, plonge-toi dans le bassin de la mort et ressors-en indemne, comme je l'ai fait moi-même afin de gouverner ma tribu. Séfati avait ordonné cette épreuve, de sorte que les démons des ténèbres jaillissent de leurs cavernes et me rendent invulnérable.

— Conduis-moi, décida Rek en se relevant.

Une vingtaine de porteurs de lances escortèrent les deux hommes jusqu'à un lieu sinistre, loin du campement.

Entre deux monticules de sable et de pierraille, un bassin rempli d'un liquide rouge.

— Un mélange du sang de nos ennemis et d'animaux. Immerge-toi, imprègne-toi de leur mort et de leur haine. Si tu n'es pas assez robuste, elles t'étoufferont. Si tu survis, tu deviendras l'un des nôtres.

Malgré la chaleur, Rek frissonna. À ce stade, impossible de reculer. Oubliant l'effroyable odeur qui montait du bassin, il prit un bain de sang.

*

* *

Assis à côté de Bébon et bénéficiant des meilleurs morceaux du gibier abattu le jour même, arrosés d'alcool de dattes, Rek était le héros du banquet qui célébrait son exploit.

L'attitude des membres de la tribu à son égard avait radicalement changé. Non seulement il en faisait désormais partie, mais encore était-il reconnu apte à commander le plus féroce des bataillons.

Rek ne regrettait pas d'avoir définitivement vendu son âme aux démons, dont la puissance dévastatrice lui serait indispensable. À la suite du bain de sang, son désir forcené de supprimer Snéfrou s'était encore accru. Il ne vivait plus que pour lui donner la mort.

— Venez, rugit Bébon, en désignant de l'index deux superbes jeunes femmes. Cette nuit, vous honorerez mon ami.

Accroupie derrière son nouveau maître, Mélissa souffrit d'une infinie tristesse, mêlée de rancœur. Elle avait gâché sa vie pour favoriser l'ascension d'un être ignoble.

— 73 —

Une langue douce lécha le front du Vieux, qui émergea d'un rêve merveilleux dans lequel il passait une journée enchanteresse à son bureau, sans aucun souci.

— Ah, c'est toi, dit-il en reconnaissant Vent du Nord. C'est urgent ?

L'oreille droite se dressa.

— Permets-moi quand même de faire ma toilette !

Les ablutions se terminèrent par une coupe de blanc sec, qui déverrouillait les articulations et remettait la comprenette en fonctionnement.

En raison de la forte chaleur, le Vieux avait dormi près de l'étable, sur une natte épaisse. Son rang de ministre ne l'empêchait pas de conserver ses habitudes de paysan.

L'âne piaffait d'impatience.

— J'arrive ! On va où ?

Le quadrupède prit la direction du centre administratif de la capitale et s'immobilisa devant le bâtiment abritant les services du Premier ministre.

Les gardes laissèrent passer le Vieux, qui grimpa jusqu'au bureau de Néfer-Maât, en grande discussion avec ses généraux.

— Que se passe-t-il ?

— Je procédais à une ultime vérification des témoignages avant de t'avertir, déclara le Premier ministre d'une voix sombre. Nous avons retrouvé la trace de Rek.

— À voir ta mine, ce n'est pas la bonne nouvelle que nous espérions.

— Aux côtés d'un chef de tribu, Bébon, connu pour son aversion envers l'Égypte, Rek a pris la tête de guerriers nubiens et se dirige vers Éléphantine. La garnison d'un de nos fortins a été massacrée, et les autres sont incapables de freiner cette déferlante.

*
* *

Le conseil de guerre réunissait le roi, la reine, le Premier ministre, chef de l'armée, et le Vieux.

— La forteresse d'Éléphantine empêchera-t-elle cette horde d'envahir le sud du pays ?

— Je l'espère, répondit Néfer-Maât.

— Tu n'en es pas sûr ?

— Non, Majesté. Nous n'avons jamais été confrontés à une force d'invasion si nombreuse et si dangereuse.

— Que préconises-tu ?

— Le repli de nos troupes, afin de protéger la capitale.

— Autrement dit, rugit le Vieux, des provinces entières seraient abandonnées à elles-mêmes et dévastées ! Si notre frontière méridionale cède, c'est tout le pays qui sera ravagé, et l'institution pharaonique anéantie. Envoyons des régiments à Éléphantine et renforçons nos défenses.

— Ce ne sera pas suffisant, jugea Snéfrou. Cette précaution prise, que j'approuve, la menace ne sera pas éradiquée pour autant. Il n'existe qu'un seul moyen d'en venir à bout.

Le Vieux redoutait d'entendre la décision du pharaon, tout en sachant que c'était la bonne.

— Le démon est enfin sorti de sa caverne emplie de ténèbres, déclara Snéfrou. Mon ami d'enfance, Rek, veut notre perte. C'est à moi de l'affronter. Nous rendrons notre frontière méridionale infranchissable, et j'irai porter le combat en Nubie, afin de surprendre l'adversaire et de briser son élan.

— Pardonnez-moi, Majesté, protesta Néfer-Maât, mais nos fantassins ne feront pas le poids face aux archers nubiens !

— Qui te parle d'un affrontement terrestre ? C'est notre flotte qui détruira les bateaux des envahisseurs.

— Oubliez-vous le dédale de rochers de la première cataracte ?

— Fais dégager un chenal suffisant pour que nous puissions le traverser.

*

* *

Atterré, le Premier ministre avait cependant suivi les directives du souverain. Grâce à la rapidité de la poste militaire, tailleurs de pierre et spécialistes des canaux furent vite à l'œuvre pour dégager une voie permettant de passer d'Éléphantine au territoire nubien. Mais serait-elle assez large ?

Des centaines d'archers et un millier de fantassins venaient d'être mobilisés. Une force de frappe non négligeable. Néanmoins, serait-elle capable de terrasser de redoutables guerriers, fanatisés par Rek, si avide de revanche ?

Ces interrogations hantaient les esprits, mais nul ne contestait la volonté du pharaon, qui avait « tranché la parole ».

Avant son départ, Snéfrou, en compagnie de Hétep-Hérès, tint à contempler, peut-être pour la dernière fois, les deux pyramides de Dahchour, à présent achevées. Bornes de l'éternité, foyers d'énergie pour son peuple, elles se teintaient des ultimes lueurs du couchant.

— En mon absence, dit le monarque à la Grande Épouse royale, tu gouverneras les Deux Terres. Le Premier ministre te secondera. Si nous sommes vaincus, poursuis le combat jusqu'au bout. Si je meurs...

— Tu ne mourras pas.

— Comment peux-tu en être certaine ?

— Parce qu'à la proue de ton navire se dressera la statue de la déesse-lionne.

— 74 —

En état d'alerte, la forteresse d'Éléphantine, dont la garnison avait été considérablement renforcée, veillait sur la frontière méridionale de l'Égypte. Elle vit la flotte de guerre de Snéfrou s'engager dans le chenal récemment creusé. À sa tête, le *Louange des Deux Terres*, à bord duquel avait embarqué la meilleure compagnie d'archers.

Le capitaine blêmit.

— Nous ne passerons pas, Majesté. C'est trop étroit, les rochers déchireront nos flancs.

Snéfrou mania la rame-gouvernail. Voiles baissées, le vaisseau amiral progressait lentement. À la proue, la statue de la déesse-lionne Sekhmet avait le regard fixé sur la Nubie.

Accostés aux bastingages, les archers, eux, scrutaient avec angoisse les blocs qui semblaient former un étau destructeur. Peu à peu, le goulot d'étranglement se rétrécissait.

Le *Louange des Deux Terres* était le bateau le plus large et le plus imposant. S'il sortait intact de ce labyrinthe minéral, ses suivants, rassurés, circuleraient aisément.

Le roi n'avait pas le droit à l'erreur. Il bénéficiait d'une aide précieuse : deux yeux complets tracés de part et d'autre de la proue, et un troisième sur la rame-gouvernail. Le navire voyait par lui-même, et la main ferme du monarque traduisait cette vision, en impulsant la trajectoire adéquate.

À deux reprises, des blocs de granit éraflèrent le bâbord, sans causer de dommages. Et le *Louange des Deux Terres* franchit la première cataracte, acclamé par les équipages.

*

* *

À l'issue d'interminables palabres, une majorité de tribus avait enfin accepté de partir à l'assaut de l'Égypte. Refusant de se lancer dans une aventure trop périlleuse à leur goût, les autres préféraient le statu quo. « Après notre victoire, avait promis Bébon, j'empalerai moi-même les lâches. »

Cette perte de temps exaspérait Rek. Elle offrait à Snéfrou l'occasion de renforcer les défenses d'Éléphantine, un verrou qu'il ne serait pas facile de briser. Néanmoins, la férocité des Nubiens inspirerait une telle terreur aux Égyptiens qu'ils finiraient par céder. Des hordes guerrières déferleraient, les provinces du Sud seraient ravagées, et Snéfrou n'aurait d'autre échappatoire que de se réfugier dans sa capitale. Un long siège en perspective, et le triomphe inéluctable de Rek.

La flotte nubienne avait un aspect hétéroclite : aucun bateau d'envergure, une multitude de barques en plus ou moins bon état, et même des radeaux. De plus, les Nubiens n'étaient pas des navigateurs de première force, et maîtrisaient mal les caprices du Nil. Il y aurait forcément quelques incidents, mais l'essentiel consistait à gagner la frontière le plus vite possible et à s'emparer de la forteresse.

*

* *

Mélissa subissait un véritable supplice. Commençant à se lasser d'elle, Bébon l'offrait en cadeau à ses guerriers les plus robustes. Meurtrie, désespérée, mains et pieds liés, la jeune femme gisait sur le pont du bateau dérobé à la garnison égyptienne anéantie, le seul digne de ce nom qu'avaient choisi Bébon et Rek.

— Comment te portes-tu, ma douce ?

Mélissa lui adressa un regard mouillé.

— Rek ! Sors-moi de cet enfer, je t'en supplie !

— Impossible. Tu es la propriété de Bébon, maintenant. Une chance extraordinaire, car il est le futur maître de la Nubie.

— Il me livre à ses soudards !

— À la guerre comme à la guerre. Habitue-toi aux coutumes locales.

— Rek, implora-t-elle, ne m'abandonne pas ! Tu m'aimais, tu...

— Tu m'as aidé, je l'admets, mais la situation a évolué. Chacun son destin, ma douce.

Il s'éloigna, évitant ainsi un torrent de larmes, qui charriait un absolu mépris.

*

* *

La double couronne, la vêture, les ritualistes autour de lui, la remise des sceptres, la proclamation de ses noms de pharaon... Rek fut brutalement arraché à son rêve par la poigne de Bébon.

— Réveille-toi ! Un barrage !

— Qu'est-ce que tu racontes ?

— Des bateaux disposés pour interdire le passage. Il faut que...

Bébon ne termina pas sa phrase. Un déluge de flèches s'abattit sur les embarcations nubiennes, et l'une d'elles se planta dans le cou de l'allié de Rek. Foudroyé, il ouvrit la bouche, d'où jaillit un flot de sang.

L'Égyptien rampa jusqu'à la proue du navire, évitant de peu deux dards enflammés qui rasèrent sa tête. Le spectacle qu'il découvrit le tétanisa.

D'une vingtaine de bateaux disposés en rangs serrés, les archers de Snéfrou ne cessaient de tirer avec précision, décimant les adversaires désemparés. De la statue de Sekhmet, à la proue du vaisseau amiral, semblait provenir un feu qui embrasait une à une les barques ennemies. Dérisoire, la riposte des révoltés n'entravait pas la manœuvre décisive des soldats du pharaon.

Une défaite cuisante s'annonçait. Seule solution : la fuite.

*

* *

Le pont brûlait. Mélissa se servit des flammes pour se délivrer de ses liens, sans se soucier des blessures qu'elles lui infligeaient.

Alors qu'elle se redressait malgré la souffrance, elle aperçut un homme qui rampait vers la poupe, sans doute afin de se jeter à l'eau et d'échapper au carnage.

Rek.

Repensant au cadavre de Bébon avec joie, la jeune femme s'empara de son poignard, courut jusqu'au fuyard et lui planta la lame dans les reins.

— Te voilà cloué au sol, lâche parmi les lâches !

— Mélissa... je t'ai toujours aimée ! Disparaissons ensemble, je te protégerai.

— Toi, tu vas disparaître, et tout de suite !

Déployant toute sa force, elle lui sectionna la nuque. Ce fut son dernier geste, car une flèche se ficha dans son dos. Mélissa s'effondra sur le corps de Rek, tandis que le bateau s'embrasait.

*

* *

Parmi les sept mille prisonniers nubiens, un grand nombre serait engagé dans la police du désert afin d'assurer la sécurité de la région. Les meilleurs archers serviraient dans l'armée égyptienne. Prêtant allégeance au pharaon, les chefs de tribus, en échange de leur désir de paix, recevraient les denrées nécessaires pour assurer le bien-être des populations locales.

L'Égypte entière s'apprêtait à célébrer le triomphe de celui que l'on appelait « le bon roi Snéfrou ». Loin de s'enivrer de cette réputation, le souverain demeurait hanté par *la* question majeure : le lotus d'or réapparaîtrait-il ?

— 75 —

— Je te l'avais promis, rappela Hétep-Hérès en serrant son mari dans ses bras : Sekhmet t'a protégé et tu es revenu vivant. L'Égypte entière chante tes louanges. Tu es le rempart aux murs de métal céleste, le havre de paix qui sauve l'homme menacé par ses adversaires, l'abri à l'époque de l'inondation, l'eau fraîche quand règne la canicule, le lieu sec et chaud pendant l'hiver, la montagne qui arrête le vent et endigue l'orage, la puissance qui stoppe l'ennemi aux frontières.

— Toi, tu es la magie qui m'a guidé. Maintenant que Rek a été anéanti, plus rien ne devrait empêcher le lotus de ressurgir.

— Plus rien, en effet.

— Ma reine... saurais-tu ce qu'il convient d'accomplir ?

— Dans ton nom figure le nombre deux, que tu as amené à la perfection grâce à tes deux pyramides de Dahchour. Ce nombre est issu de l'unité qui t'a inspiré et que tu dois, à présent, amener, elle aussi, à la perfection sur cette terre.

Snéfrou éprouva une sorte d'illumination.

— Meidoum... je dois achever la pyramide de Meidoum, celle du Principe créateur.

*
* *

— Je ne suis pas optimiste, confia le Vieux à Vent du Nord. Il y a déjà eu tellement d'échecs ! Meidoum, la demeure du Principe, c'est bien beau ! Et s'il refuse de se manifester, pour une raison que nous ignorons ? On ne le manipule pas à notre guise, celui-là ! Lui, il agit ; nous, on se débrouille. Enfin, le couple royal y croit. Sa dernière chance de voir refleurir le lotus d'or.

Le Vieux n'allait quand même pas demander son avis à cet âne...

— Écoute, juste comme ça, pour causer : ce lotus pourrait-il se trouver à Meidoum ?

L'oreille droite se dressa.

*
* *

Enfin, le message tant attendu de la part du maître d'œuvre Hémiounou ! Les degrés de la pyramide de Meidoum avaient été comblés, de manière à la transformer en pyramide à faces lisses, comme celles de Dahchour, et le parement de calcaire posé.

Le moment était venu d'embarquer pour le domaine d'Atoum, en compagnie des principaux membres de la cour, et de rejoindre l'architecte, qui avait révélé nombre de ses secrets au jeune Khéops, assistant attentif.

— Mon dernier espoir, confia Snéfrou à Hétep-Hérès.

*

* *

Le navire royal accosta le quai du temple d'accueil de la pyramide de Meidoum, près duquel avait été creusé un bassin où prospéraient des lotus blancs et bleus. Après qu'un ritualiste eut procédé à une cérémonie de purification et d'offrandes, le souverain et son épouse gravirent la chaussée couverte, contemplant au passage d'admirables bas-reliefs. Puis, dans le petit sanctuaire dont l'entrée était marquée par deux grandes stèles, ils consacrèrent la pyramide comme un être vivant. Avant l'acte ultime, la pose du pyramidion couvert de feuilles d'or, Snéfrou tint à méditer longuement dans la chambre de résurrection, au cœur de l'édifice. Comme lui, la reine ressentit une énergie d'une incroyable intensité. Cette pièce, aux dimensions modestes, n'incarnait-elle pas le ciel des origines, où le soleil s'était levé pour la première fois ?

*

* *

Recueillis, tous ceux qui avaient la chance d'assister à l'événement levèrent les yeux vers le sommet de la pyramide, à présent couronnée d'un pyramidion, symbole de la pierre primordiale, mère des temples et des sanctuaires qu'habitaient les divinités.

— Souviens-toi, dit Snéfrou à Khéops, que la pyramide est le canal qu'emprunte l'amour créateur pour répandre la vie.

— Jamais je n'oublierai l'enseignement de Hémiounou[1].

Soudain, un rayon jaillit du pyramidion, si éblouissant que chacun dut fermer les yeux, Vent du Nord compris. Le phénomène ne dura que quelques secondes, laissant stupéfaits les témoins de ce miracle que Hémiounou lui-même ne sut expliquer.

Tandis que le Vieux sortait des jarres de vin des sacoches portées par Vent du Nord, un ritualiste se dirigea en courant vers le couple royal.

— Majestés, venez vite ! C'est... c'est...

À bout de souffle et au comble de l'émotion, il ne parvint pas à en dire davantage, se contentant de redescendre vers le temple d'accueil, suivi des souverains et des participants à la cérémonie.

Parvenus au bord du bassin, ils demeurèrent cloués sur place, respirant à peine. En touchant l'eau, le rayon émis par le pyramidion avait fait surgir un immense lotus, le lotus d'or.

« Snéfrou a accompli la perfection, pensa le Vieux. La déesse du Bel Occident l'accueillera dans sa lumière. »

---

1. L'angle de pente de la grande pyramide de Khéops sera semblable à celui de la pyramide de Meidoum (environ 52°).

ŒUVRES DE CHRISTIAN JACQ

Romans

L'Affaire Toutankhamon, Grasset (prix des Maisons de la Presse).
Barrage sur le Nil, Robert Laffont.
Champollion l'Égyptien, XO Éditions.
Le Dernier Rêve de Cléopâtre, XO Éditions.
Égypte, l'ultime espoir. La vie héroïque du grand prêtre Pétosiris, XO Éditions.
L'Empire du pape blanc (épuisé).
Les Enquêtes de Setna, XO Éditions :
 * *La Tombe maudite.*
 ** *Le Livre interdit.*
 *** *Le Voleur d'âmes.*
 **** *Le Duel des mages.*
Et l'Égypte s'éveilla, XO Éditions :
 * *La Guerre des clans.*
 ** *Le Feu du Scorpion.*
 *** *L'Œil du Faucon.*
La Femme d'or. La vie miraculeuse de la reine-Pharaon Hatchepsout, XO Éditions.
Horemheb, le retour de la lumière, XO Éditions.
Imhotep, l'inventeur de l'éternité, XO Éditions.
J'ai construit la Grande Pyramide, XO Éditions.
Le Juge d'Égypte, Plon :
 * *La Pyramide assassinée.*
 ** *La Loi du désert.*
 *** *La Justice du vizir.*
La Création du Temple de Salomon, Ebook (uniquement).
Maître Hiram et le roi Salomon, XO Éditions.
La Mission secrète de Sinouhé l'Égyptien, XO Éditions.
Le Moine et le Vénérable, Robert Laffont.
Mozart, XO Éditions :
 * *Le Grand Magicien.*
 ** *Le Fils de la Lumière.*
 *** *Le Frère du Feu.*
 **** *L'Aimé d'Isis.*
Les Mystères d'Osiris, XO Éditions :
 * *L'Arbre de vie.*
 ** *La Conspiration du mal.*

**** Le Chemin du feu.*
***** Le Grand Secret.*
La Naissance d'Anubis ou le Crime suprême (nouvelle), J Éditions.
Néfertiti, l'Ombre du Soleil, XO Éditions.
Pharaon, mon royaume est de ce monde, XO Éditions.
Le Pharaon noir, Robert Laffont.
La Pierre de lumière, XO Éditions :
** Néfer le Silencieux.*
*** La Femme sage.*
**** Paneb l'Ardent.*
***** La Place de Vérité.*
Pour l'amour de Philae, Grasset.
Le Procès de la momie, XO Éditions.
La Prodigieuse Aventure du Lama Dancing (épuisé).
Que la vie est douce à l'ombre des palmes (nouvelles), XO Éditions.
Ramsès, Robert Laffont :
** Le Fils de la Lumière.*
*** Le Temple des millions d'années.*
**** La Bataille de Kadesh.*
***** La Dame d'Abou Simbel.*
****** Sous l'acacia d'Occident.*
Ramsès III, le dernier des géants, XO Éditions.
La Reine Liberté, XO Éditions :
** L'Empire des ténèbres.*
*** La Guerre des couronnes.*
**** L'Épée flamboyante.*
La Reine Soleil, Julliard (prix Jean-d'Heurs du roman historique).
Sphinx, XO Éditions.
Toutânkhamon, l'ultime secret, XO Éditions.
Urgence absolue, XO Éditions.
La Vengeance des dieux, XO Éditions :
** Chasse à l'homme.*
*** La Divine Adoratrice.*

Ouvrages pour la jeunesse

Contes et légendes du temps des pyramides, Nathan.
La Fiancée du Nil, Magnard (prix Saint-Affrique).
Les Pharaons racontés par..., Perrin.

Essais sur l'Égypte ancienne

Ces femmes qui ont fait l'Égypte, XO Éditions.

L'Égypte ancienne au jour le jour, Perrin.

L'Égypte des grands pharaons, Perrin (couronné par l'Académie française).

Les Égyptiennes, portraits de femmes de l'Égypte pharaonique (épuisé).

Les Grands Sages de l'Égypte ancienne, Perrin.

Initiation à l'Égypte ancienne, MdV Éditeur.

La Légende d'Isis et d'Osiris, ou la Victoire de l'amour sur la mort, MdV Éditeur.

Les Maximes de Ptah-Hotep. L'enseignement d'un sage du temps des pyramides, MdV Éditeur.

Le Monde magique de l'Égypte ancienne, XO Éditions.

Néfertiti et Akhénaton, le couple solaire, Perrin.

Paysages et paradis de l'autre monde selon l'Égypte ancienne, MdV Éditeur.

Le Petit Champollion illustré, Robert Laffont.

Pouvoir et sagesse selon l'Égypte ancienne, XO Éditions.

Préface à : *Champollion, grammaire égyptienne*, Actes Sud.

Préface et commentaires à : *Champollion, textes fondamentaux sur l'Égypte ancienne*, MdV Éditeur.

Rubriques « Archéologie égyptienne », dans le *Grand Dictionnaire encyclopédique*, Larousse.

Rubriques « L'Égypte pharaonique », dans le *Dictionnaire critique de l'ésotérisme*, Presses universitaires de France.

La Sagesse vivante de l'Égypte ancienne, Robert Laffont.

La Tradition primordiale de l'Égypte ancienne selon les Textes des Pyramides, Grasset.

La Vallée des Rois, histoire et découverte d'une demeure d'éternité, Perrin.

Le Voyage dans l'autre monde selon l'Égypte ancienne. Épreuves et métamorphoses du mort d'après les Textes des Pyramides et les Textes des Sarcophages (épuisé).

Voyage dans l'Égypte des pharaons, Perrin.

Autres essais

La Flûte enchantée de W.A. Mozart, traduction, présentation et commentaires de Ch. Jacq, MdV Éditeur.

La Franc-maçonnerie, histoire et initiation, Robert Laffont.

Le Livre des Deux Chemins, symbolique du Puy-en-Velay (épuisé).

Le Message initiatique des cathédrales, MdV Éditeur.

Saint-Bertrand-de-Comminges (épuisé).

Saint-Just-de-Valcabrère (épuisé).

Trois voyages initiatiques, XO Éditions :

* *La Confrérie des Sages du Nord.*
** *Le Message des constructeurs de cathédrales.*
*** *Le Voyage initiatique ou les Trente-Trois Degrés de la Sagesse.*

Albums illustrés

L'Égypte pharaonique, XO Éditions et E/P/A :

* *Un royaume de lumière.*
** *L'Âge d'or des pyramides.*
*** *De la puissance au crépuscule.*

L'Égypte vue du ciel (photographies de P. Plisson), XO Éditions et La Martinière.

Karnak et Louxor, Pygmalion.

Le Mystère des hiéroglyphes, la clé de l'Égypte ancienne, Favre.

La Vallée des Rois, images et mystères (épuisé).

Le Voyage aux pyramides (épuisé).

Le Voyage sur le Nil (épuisé).

Sur les pas de Champollion, l'Égypte des hiéroglyphes (épuisé).

Bandes dessinées

Les Mystères d'Osiris (scénario : Maryse, Jean-François Charles ; dessins : Benoît Roels), Glénat et XO Éditions :

* *L'Arbre de vie (1).*
** *L'Arbre de vie (2).*
*** *La Conspiration du mal (1).*
**** *La Conspiration du mal (2).*

LES ENQUÊTES DE L'INSPECTEUR HIGGINS, XO Éditions / J Éditions

Déjà parus

1. Le Crime de la momie
2. L'Assassin de la Tour de Londres
3. Les Trois Crimes de Noël
4. Le Profil de l'assassin
5. Meurtre sur invitation
6. Crime Academy
7. L'Énigme du pendu
8. Mourir pour Léonard
9. Qui a tué l'astrologue ?
10. Le Crime de Confucius
11. Le Secret des Mac Gordon
12. L'Assassin du pôle Nord
13. La Disparue de Cambridge
14. La Vengeance d'Anubis
15. L'Assassinat de Don Juan
16. Crime dans la Vallée des Rois
17. Un assassin au Touquet
18. Le Crime du sphinx
19. Le Tueur du vendredi 13
20. Justice est faite
21. Assassinat chez les druides
22. La Malédiction de Toutânkhamon
23. L'École du crime
24. Le Démon de Kensington
25. L'Aiguille de Cléopâtre
26. Brexit oblige
27. Crime sur le lac Léman
28. Comédien, assassin ?
29. Sauvez la reine !
30. L'Énigme XXL
31. Le Marchand de sable
32. Jack l'Éventreur : le retour
33. Un crime pour l'éternité
34. Les Sept Merveilles du crime
35. Crime niçois
36. L'Empreinte carbone
37. Que le diable l'emporte !
38. L'Ennemi invisible
39. Le Monstre du loch Ness
40. Le Crime d'une nuit d'été
41. Le Masque de l'assassin
42. Le Noël de l'assassin
43. Drones, les ailes du crime
44. La Couronne du crime
45. Crime bordelais
46. La Messe de l'assassin
47. L'Assassin augmenté
48. Le Mystère de la chambre noire
49. Les Larmes d'Isis
50. La Dame à la licorne
51. Crime connecté
52. Crime à quatre mains
53. Crime à l'italienne
54. Murder Society

Composition et mise en pages
Nord Compo à Villeneuve-d'Ascq

Soucieuses de la préservation de l'environnement, les Éditions XO utilisent du papier issu de forêts gérées de manière responsable.

Impression réalisée par CPI BUSSIÈRE
Saint-Amand-Montrond (Cher), en septembre 2024

N° d'édition : 5241/01 - N° d'impression : 2079951
Dépôt légal : octobre 2024

Imprimé en France